Albrecht Sommerfeldt

Der Pesthof

Historischer Kriminalroman

c/o AutorenService24
Wenneberg 14
48653 Coesfeld
www.autorenservice24.de

ISBN: 9789403660516

Kapitel 1

Freitag, 23. August 1619

Die laue Luft der Spätsommernacht trug das Läuten der Kirchenglocken über die Hamburger Stadtbefestigung hinaus auf den Hamburger Berg. Durch Fenster und Luken drang der Klang der Bronzeglocken dumpf bis in die Kammern des Pesthofs vor.

Dirk Hinrichs zählte mit geschlossenen Augen drei Schläge. Dann wartete er noch einige Atemzüge, gähnte tonlos und richtete sich langsam auf seiner Bettstelle auf.

Das Stroh knisterte und der alte Bettkasten knarrte, als der Mann sein Gewicht verlagerte.

Abwartend saß er auf der Kante und sog einige Male tief die stickige Luft ein. Die Atemnot der letzten Wochen schien sich wohl für länger festzusetzen, stellte er wieder einmal missmutig fest. Anfangs hatte das verfluchte Geschwulst an seinem Kehlkopf sich nur eigentümlich angefühlt und ein wenig Halsschmerz verursacht. Dann kam die Heiserkeit, bis er schließlich seine Stimme und auch viel seiner Kraft verloren hatte.

Vor einem Jahr hatte er seine Arbeit als Zeugschmied niederlegen müssen und war hierher in den Pesthof gekommen. Als Geselle hatte er nur wenig auf der hohen Kante gehabt, aber sein Amt, wie in Hamburg die Zunft genannt wurde, ließ die ihren nicht im Stich. So musste er seine Kammer nicht teilen und hatte ein ordentliches Bett, was beides nicht für jeden Bewohner des Hofes zutraf.

Manch armer Schlucker musste mit etwas Stroh auf dem Boden vorliebnehmen.

Er fuhr sich durch das ergraute Haar, bevor er sich seufzend in die Höhe stemmte. Das Holz der Dielen fühlte sich angenehm warm unter seinen Füßen an. Eine Weile sammelte er noch seine Kräfte, bevor er ein fingerlanges Metallstück unter seinem Kissen hervorzog und es schwach lächelnd in die Tasche seines schmuddeligen Nachthemds gleiten ließ.

Er ging bis zur Tür und hielt lauschend inne. Es war nie ganz ruhig im Hof. Das Holz der Dachbalken arbeitete in der abgekühlten Nacht, Schwindsüchtige husteten trocken, Schlafende schnarchten lautstark und die Dielen knarrten unter den Füßen der Bewohner, die den Abort aufsuchten. Manchmal war gar ein Pflegeweib unterwegs, das sich um einen Sterbenden kümmerte, oder ein Knecht, der nächtens nach dem Rechten sah.

Aber auf dem Gang vor seiner Kammer konnte Dirk Hinrichs keine Schritte ausmachen.

Also öffnete er vorsichtig die Tür und steckte seinen Kopf durch den Spalt in den Gang hinaus. Die Luft schien rein zu sein, deshalb schlich er langsam vorwärts. Er war diesen Weg schon so oft gegangen, dass er selbst in der nächtlichen Dunkelheit keine Schwierigkeiten hatte, sich zu orientieren. Seine nackten Füße vermochten gar die Dielen auszulassen, von denen er wusste, dass sie besonders laut knarren würden.

Er öffnete die Tür am Ende des Ganges und schritt in den Speisesaal. Ordentlich schloss er die Tür wieder hinter sich und steuerte durch die leeren Reihen aus Tischen, Bänken und Stühlen, bis er erneut vor einer Tür stand.

Dahinter lag die Küche des Hofes, von der auch die Lagerräume abgingen. Für eine wohltätige Einrichtung war die Verpflegung im Pesthof zwar recht passabel, dennoch wüssten die Kranken eine Zusatzration Brot, Speck oder Bier sicherlich zu schätzen. Demzufolge war diese Tür auch von einem Schloss versperrt. Für die meisten Bewohner ein unüberwindliches Hindernis.

Hinrichs fischte das Metallstück aus der Tasche seines Nachthemds und begann gefühlvoll damit im Schlüsselloch zu arbeiten. Wenige Atemzüge später öffnete sich der Riegel mit einem metallischen Schaben.

Als er vor einigen Monaten zufällig einen Blick auf den Schlüssel einer Magd geworfen hatte, war ihm gleich aufgefallen, wie simpel der Mechanismus war. Für den gelernten Zeugschmied hatte ein dickes Stück Draht und einige unbemerkte Stunden im Nebengebäude mit der Werkstatt ausgereicht, um das kleine Kunstwerk zu hämmern. Er mochte nicht so reibungslos seinen Dienst verrichten wie der eigentliche Schlüssel, aber mit etwas Gefühl und mittlerweile viel Übung leistete das simple Kastenschloss kaum Widerstand.

Noch einmal sah er sich prüfend um und lauschte. Bisher waren seine nächtlichen Ausflüge unbemerkt geblieben und er wollte auch, dass dem so blieb. Nicht mehr sprechen zu können, war zwar in manchen Momenten ein Vorteil, die Leute verzichteten in der Regel auf Erklärungen, aber seinen Aufenthalt in der verschlossenen Küche würde man nicht ohne weiteres hinnehmen.

Er schlüpfte in die Küche und zog sorgfältig die Tür hinter sich zu. Abschließen würde er erst wieder auf dem Rückweg. Zielstrebig griff er eine Öllampe vom Arbeitstisch und machte sich auf zur Feuerstelle. Kurz hielt er seinen Handrücken gegen die umgedrehte Tonschale und nickte zufrieden, als er die Hitze spürte. Die Küche war auf dem Pesthof so häufig und lange in Betrieb, dass die Küchenarbeiter meist versuchten, die Glut am Leben zu halten, um das Feuer nicht immer wieder neu entfachen zu müssen.

Hinrichs griff sich einen Span aus dem Holzstapel. Er kippte die Schale leicht an und hielt den Span in das rote Glühen, das unter dem Spalt hervorschimmerte. Es bedurfte nur eines kurzen Anblasens und der Span fing Feuer. Vorsichtig führte er die Flamme an den Docht der Lampe und warmes Licht breitete sich in der Küche aus.

Nun hieß es zügig voranzugehen. Das Licht wäre vielleicht von draußen durch die Spalten der Fensterläden und Türen zu sehen. Sein Weg führte ihn die breite, aber steile Steintreppe in die Kellergewölbe hinab. Erneut durchschritt er eine Tür und ließ sich nach einigen weiteren Schritten auf einer alten Holzkiste nieder. Er stellte die Lampe ab, bog seinen Rücken durch und sog tief die Luft in seine Lunge.

Nachts war es meist besonders arg mit seiner Atemnot und er genoss die deutlich kühlere Luft in dem unterirdischen Gewölbe. Ungehalten spuckte er aus. Peter Möhring, bestellter Pestmeister und Bader des Hofs, hatte ihm wenig Hoffnung gemacht. Vielleicht hätte er noch ein oder zwei Jahre, aber die Geschwulst im Rachen würde ihm zunehmend Kraft und Atem rauben, bis er unter die Erde kam.

Doch bis dahin wollte er sich das Leben noch so angenehm wie möglich gestalten. Wenn ihn sein Eindruck und Instinkt der letzten Wochen nicht trügte, war hier unten vielleicht sogar mehr zu holen als nur Wurst, Käse und Bier.

Wobei letzteres auch nicht zu verachten war, dachte er und machte sich auf den Weg zu den Fässern. Die Knechte fluchten immer, wenn sie die schweren Gebinde die steile Treppe hinunterschleppen mussten, aber das war ihm freilich gleichgültig. Er öffnete den Hahn und füllte den großen Krug, der neben den Fässern stand.

Eigentlich war der Tonbehälter nur zum Transport nach oben gedacht und zum Trinken viel zu groß. So lief dem Schmied das Bier in glänzenden Fäden aus seinem ergrauten Bart, nachdem er gierig den Krug an die Lippen gesetzt hatte.

Ein heiseres Rülpsen schlich sich beinahe kläglich aus seiner Kehle, als er den geleerten Krug abstellte. Beiläufig verwischte er mit dem Fuß das verschüttete Bier auf dem kalten Steinboden.

Er schnitt sich noch ein Stück Käse von einem Laib und biss genüsslich hinein. So ließ es sich aushalten, befand er. Man durfte es nur nicht übertreiben. Sicherlich taten sich auch die Angestellten hier und da an den Vorräten gütlich, aber wenn der Schwund zu auffällig wurde, würde Möhring die Lebensmittel sorgfältiger verwahren lassen.

Frisch gestärkt machte Hinrichs sich wieder einmal daran, den Keller näher zu durchsuchen. Das unterirdische Gewölbe hatte beachtliche Ausmaße und erstreckte sich beinahe über die Hälfte des Haupthauses. Etliche stützende

Säulen, Regale mit Vorräten, Kisten, Fässer und Gerümpel verwandelten es zudem in ein unübersichtliches Labyrinth.

Suchend wanderte der Zeugschmied durch die Gänge, öffnete hier und da mal eine Kiste, sah in einen Jutesack oder fuhr gar mit der Handfläche über die feuchte Mauer. Ab und an hielt er lauschend inne und blickte in Richtung der Kellertreppe. Aber es war nichts zu hören oder zu sehen und da das Gewölbe nur diesen einen Zugang besaß, konnte er seine Suche beruhigt fortsetzen.

Ein Erfolg mochte sich jedoch nicht einstellen. Grübelnd, was er als Nächstes durchstöbern könnte, öffnete er beiläufig einen Steinguttopf und roch daran. Zufrieden fischte er eine eingelegte Silberzwiebel aus dem Sud und biss hinein.

Da mischten sich andere Geräusche in das Kauen seiner Kiefer. Es war ein Schaben, wie von einer Tür. Hinrichs schluckte hastig, sah sich um und horchte. Waren das Schritte?

Beinahe erschrocken blies er die Lampe aus, als ihm klar wurde, wie verräterisch deren Schein in der Dunkelheit war.

Er duckte sich tief in die Schatten hinter ein Regal und spähte in die Dunkelheit. Ein Lichtschein hatte sich im Keller ausgebreitet wie vorher der seiner Lampe. Er hörte ein Schaben und etwas Schweres, das hörbar auf den Boden gestellte wurde.

Nervös leckte sich Hinrichs über die Lippen, als er beobachtete, wie die Quelle des Lichts langsam durch die Gänge wanderte. Da vernahm er in seinem Rücken ein Knirschen, wie es entstand, wenn man mit Schuhen auf dem

Steinboden auf kleine Kiesel oder heruntergefallene Getreidekörner trat. Er zuckte zusammen und fluchte innerlich. Der Schein der Lampe hatte ihn zu sehr abgelenkt.

Langsam drehte er sich um und erblickte die Gestalt, die sich im Halbdunkel vor ihm abzeichnete. Erst Unglauben, dann Verständnis zeichnete sich auf dem Gesicht des Zeugschmieds ab. Mit knackenden Knien richtete er sich auf und blickte die Gestalt an. Ein breites Grinsen schlich sich auf sein Gesicht. Er streckte der Gestalt den Arm entgegen und rieb die Spitze von Daumen und Zeigefinger aneinander. Die allgemein anerkannte Geste des Geldes.

Stumm verharrte die Gestalt vor ihm und schien nachzudenken. Dann blitzte plötzlich die Klinge eines Messers in ihrer Hand auf. Mit zwei ruckartigen Bewegungen fuhr ihm die Schneide in Brust und Bauch. Ungläubig taumelte Hinrichs und blickte auf sein Nachthemd, das sich rot färbte. Erneut blitzte die Klinge auf. Sie hätte wohl seinen Hals durchtrennen sollen, aber er ruckte instinktiv zurück, sodass sein Kiefer vom Ohr bis zum Kinn bis auf den Knochen zerschnitten wurde.

Keuchend griff er sich ans Gesicht und schrie gepeinigt auf. Zumindest versuchte er es, denn es war kaum mehr als ein lautes, heiseres Krächzen, das seine Lippen verließ. Hinrichs taumelte weiter zurück und stürzte. Beinahe hätte er ein Regal mit sich gerissen, wenn die Gestalt es nicht gehalten hätte. Hart schlug Hinrichs auf dem Boden auf, während er verzweifelt die Hände auf seine Wunden presste und erneut versuchte um Hilfe zu rufen.

Er bemerkte, wie der Lichtschein näher kam und eine aufgeregte Stimme etwas sagte.

Dann war wieder die Gestalt mit dem Messer über ihm und stach erneut zu. Verzweifelt versuchte er die Klinge mit Händen und Armen abzuwehren, doch immer wieder fand das scharfe Metall den Weg in sein Fleisch. Als sich schließlich die Spitze mit einem hässlichen Geräusch in seine Augenhöhle bohrte, blitzte etwas in seinem Kopf auf. Dann wurde es dunkel in ihm.

Kapitel 2

Samstag, 24. August 1619

Schwere, heiße Dunstschwaden waberten um den sitzenden Mann herum und führten den aromatischen Geruch von Kräutern mit sich. Der Mann, der bis auf einen leichten Lendenschurz nackt war, blies sich mit geschürzten Lippen die Nässe von der Nasenspitze und rieb sich mit Daumen und Zeigefinger den Schweiß aus den grünen Augen. Ein hoffnungsloses Unterfangen. Eine Mischung aus Dampf und Schweiß rann ihm unablässig über die blasse, von Sommersprossen überzogene Haut und tropfte von seinen widerspenstig abstehenden roten Haaren und dem kleinen Spitzbart.

Er war an sich ein stattlicher Mann. Schlank, doch nicht ohne Kraft, recht hochgewachsen dazu und mit markanten Zügen. Doch seine eigentümliche Erscheinung hatte ihm bereits als Kind viel Spott hinter vorgehaltener Hand eingebracht.

»Rote Haare, Sommersprossen, sind des Teufels Tischgenossen« oder »Klabautermann«, tuschelten und spotteten Kinder, Mägde und Knechte hinter seinem Rücken.

Der Mann gähnte ob der frühen Stunde. Derlei heimlichen Hohn oder gar Misstrauen hatte er schon immer zu begegnen gewusst. Das galt für seine Kindheitstage und nun, fast vierzig Sommer später, noch viel mehr. Ein kurzes Lächeln umspielte seine Mundwinkel. Er erinnerte sich vergnügt daran, wie er es als Halbwüchsiger geschafft hatte, einer üppigen Küchenmagd weiszumachen, es brächte

Glück und Geld, wenn sie sich gelegentlich an ihm reiben würde. Ähnlich wie mit einer Hasenpfote. Als sein Vater davon erfuhr, hatte dieser ihm bedauerlicherweise den Aufenthalt in der Küche untersagt.

Tief sog er den Dampf ein und massierte sich Schultern und Unterarme. Mit gerümpfter Nase strich er über einen der unscharf verschwommenen, rötlichen Flecken auf seinen Beinen. Er fühlte sich taub an, aber das war auch nicht anders zu erwarten gewesen.

Die schmale Tür öffnete sich knarrend und ein kräftiger Knecht schob seinen blonden Schopf in die Schwitzkammer. »Ihr müsstet zum Ende kommen, Herr Overdiek«, sagte er, nachdem er den Wasserdampf vor seinem Gesicht fortgewedelt hatte.

»Ist gut, Reinhold«, stimmte der schwitzende Mann dem Knecht zu, während die Tür sich bereits wieder schloss. Er genoss die Schwitzbäder, selbst jetzt im Spätsommer. Leider war ihm der Aufenthalt hier nur in den frühen Morgen- oder späten Abendstunden erlaubt, wenn die anderen Kranken sich nicht in der Badestube befanden.

Abermals gähnend erhob er sich von der nassen Holzbank und ging in den Nebenraum. Er stellte sich unter den aufgehängten Bottich, atmete entschlossen durch und zog an dem Hanfseil. Ein Schwall kaltes Wasser ergoss sich über ihn und er schnappte nach Luft. Das Wasser wurde aus dem Brunnen geschöpft und gerade zu frühmorgendlicher Stunde war es selbst im Sommer mehr als frisch.

Er schüttelte sich prustend, warf sich dann ein Leinentuch über und griff nach seinen abgelegten Kleidern. Nun endgültig munter ging er über den kurzen Flur in das Nachbarzimmer.

»Einen guten Morgen, Herr Möhring«, wünschte er beim Eintreten in das Zimmer.

Ein Mittfünfziger mit ergrauten, schulterlangen Haaren hob seinen Kopf vom Schreibtisch. »Auch euch einen guten Morgen, Herr Overdiek«, entgegnete der Bader und gewählte Pestmeister des Hofes. Der rothaarige Mann war einer der wenigen Bewohner des Hofes, dem Möhring das respektvolle »Herr« oder gar das »Ihr« entgegenbrachte. Doch üblicherweise waren seine Patienten auch arme Schlucker, die weder über Vermögen noch Verwandte verfügten, die für ihre Pflege in den eigenen vier Wänden aufkamen, und keine wohlhabenden Händler.

»Nehmt Platz«, sagte Möhring und halb klang es wie eine Einladung und halb wie eine Anweisung.

Sein Besucher war bereits unterwegs zum Behandlungstisch und setzte sich auf die Kante der Steinplatte. Noch bevor der Bader mit einer fahrigen Handbewegung auf das Leinentuch deutete, hatte er das Tuch bereits abgelegt.

Möhring kam zu ihm, blieb jedoch in respektvollem Abstand vor ihm stehen, bevor er seinen Patienten musterte. Unbewusst fuhr er sich mit der Rechten durch den Bart und rieb sich mit der Linken den sichtlichen Bauchansatz. Das tat er immer, während er seine Patienten musterte. Doch auch wenn der Badermeister oft etwas abwesend wirkte, galt er als kompetenter Bader und gewissenhafter Verwalter des Hofs.

»Wie geht es euch heute?«, murmelte er, während er seinen Patienten weiter musterte.

»Ich könnte Bäume ausreißen. Zumindest sehr junge«, befand Overdiek. Und das entsprach der Wahrheit. Außer diesen vermaledeiten tauben Flecken wies er keine Anzeichen einer Krankheit auf. Letztes Jahr waren sie einem anderen Bader aufgefallen, den er aufgrund einer Verletzung aufgesucht hatte. Dieser hatte seine Wunden zwar behandelt, aber ihn zur Begutachtung an den Hamburger Stadtphysikus, Doktor Sandtmann, geschickt. Dessen Diagnose war eindeutig gewesen.

»Ich meine, der Aussatz hat sich vergrößert«, murmelte der Bader und inspizierte die rötlichen Flecken aus sicherer Entfernung.

»Hat er nicht«, bestritt sein Patient ruhig.

»Seid ihr sicher?«, murmelte Möhring ungläubig.

»Ich zähle und vermesse sie täglich und führe Buch«, erklärte Overdiek geduldig, wie er es schon oft getan hatte.

»Wie es einem guten Kaufmann ansteht«, bemerkte Möhring, wie er es ebenfalls schon oft getan hatte.

»Habt ihr mir einen neuen Tiegel mit der Salbe mischen lassen?«, fragte Overdiek.

Der Pestmeister nickte und deutete auf einen verschlossenen Steinguttopf, der auf seinem Schreibtisch stand. »Findet ihr, sie bewirkt etwas?«, fragte er.

Sein Patient zuckte die Schultern. »Zumindest stinkt sie erbärmlich und bewirkt, dass mir schlecht wird, wenn ich sie nach dem Essen auftrage.«

Möhrings Mundwinkel zuckten einen Lidschlag lang. Mit viel gutem Willen hätte man es für ein Lächeln halten können. »Storchen- und Geierfett, vermischt mit Schwalbenkot, Schwefel und Klettenkraut. Ich habe die Rezeptur nach euren Angaben fertigen lassen.«

Der rothaarige Mann nickte. »Eigentlich sind es die Angaben der Frau Hildegard von Bingen, die seinerzeit die Rezeptur nebst Schwitzbädern angeraten hat.«

»Hildegard von Bingen ist mir durchaus ein Begriff, Herr Overdiek«, murmelte Möhring.

Merten räusperte sich. »Irgendeinen guten Einfluss habe ich davon jedoch nicht wirklich feststellen können. Aber ich habe eine ins Lateinische übersetzte Schrift erhalten, in der arabische Ärzte eine Salbe aus Quecksilber empfehlen. Selbstredend in Verbindung mit einem Schwitzbad.«

»So so, arabische Heidenärzte haben das empfohlen …«, brummte Möhring abfällig. »Meint ihr, ich könnte diese Abschrift einmal sehen?«, fragte er dann doch mit nur mühsam unterdrückter Neugier.

»Sicher, ich bringe euch das Schriftstück bei der nächsten Untersuchung mit«, bot Overdiek an. Er wusste das Interesse des Pestmeisters an neuen Ideen durchaus zu schätzen.

Schon seit jeher beschäftigten sich Aussätzige mit ihrer Krankheit und waren nicht selten echte Experten, die mehr über die Krankheit wussten als ihre Ärzte. Das galt erst recht in diesen Tagen, wo der Aussatz kaum noch vorkam und viele Ärzte und Bader keine Erfahrung mehr damit hatten. Möhring hatte trocken gescherzt, dass vielleicht die Pocken den Aussatz vertrieben hatten, und zugegeben, dass er bisher nur während seiner Wanderzeit als Geselle Aussätzige zu Gesicht bekommen hatte und das war schon sehr viele Jahre her.

Overdiek hatte hingegen trotz seiner »Verbannung« in den Pesthof noch immer Kontakte und Beteiligungen an Handelsgeschäften und zahlte einen ordentlichen Preis, wenn ein reisender Händler ihm neue Informationen über die Krankheit lieferte. Er konnte nur hoffen, dass sich diese »Investition« irgendwann auszahlen würde. Es sollte Fälle geben, in denen die Krankheit in diesem frühen Stadium stagnierte oder gar abklang. Erst recht, wenn man gesund und kräftig war. Sie konnte jedoch einen wahrlich fürchterlichen Verlauf mit grauenvollen Entstellungen und einem tödlichen Ende nehmen, wie er wusste. Auf seinen Reisen waren auch ihm schon Aussätzige begegnet und er wollte deren Schicksal sicherlich nicht teilen. Das Wissen um den möglichen Verlauf des Aussatzes legte sich immer wieder als dunkler Schatten auf sein ansonsten sonniges Gemüt.

»Ich für meinen Teil kann euch nur zu einem bewährten Einlauf raten. Das reinigt den Körper und bringt die Säfte in ein gutes Gleichgewicht«, riss der Bader seinen Gesprächspartner aus seinen Gedanken.

Overdiek verzog gequält das Gesicht. Einläufe mit verschiedensten Essenzen waren eine gern angeratene Kur von Ärzten und Badern. Bei ihren Patienten waren sie zumeist weniger beliebt. »Wir werden sehen«, antwortete er zögerlich.

Ein kurzes Klopfen gefolgt vom Öffnen der Tür unterbrach die beiden Männer in ihrem Gespräch. Erneut streckte der blonde Knecht seinen Kopf durch die Tür. »Es sind schon einige da, Meister Möhring«, erklärte er.

Der Pestmeister nickte. »Nun gut, dann tragt die Salbe weiter auf, Herr Overdiek. Wenn sie zur Neige geht, schauen wir mal mit dem Quecksilber«, verabschiedete er seinen Patienten und deutete auf den Salbentopf auf seinem Schreibtisch.

Sein Patient kleidete sich rasch in seine graue Kleidung, nahm die Salbe und verabschiedete sich von dem Bader.

Vor dem Badehaus blickte er in den blauen Morgenhimmel und blinzelte kurz zu der noch niedrigstehenden Sonne. Es versprach ein schöner Tag zu werden.

Auf dem Weg zum Haupthaus grüßte er einen alten, humpelnden Patienten, der jedoch nur knapp nickte und ihn weiträumig umging. Nicht wenige Bewohner des Hofes hatten Angst vor dem Aussatz oder verachteten ihn gar, da er offensichtlich für seine Sünden von der »Geißel Gottes« gestraft wurde. Welch Ironie, war er doch abgesehen von den roten Flecken vermutlich der mit Abstand gesündeste Bewohner des Hofes, einschließlich der Bediensteten.

Schulterzuckend setzte er seinen Weg zum Haupteingang des massiven, quadratischen Hauptbaus fort. Vorm Haupteingang hob er grüßend die Hand zu den zwei Patienten, die in abgetragenen Kleidern auf einer Bank die Morgensonne genossen. Beide hatten einfache Krücken neben sich gelehnt. »Morgen, Theresa, morgen, Balthasar«, grüßte er die beiden, als er näher gekommen war.

»Guten Morgen, Merten«, grüßte die Frau lächelnd zurück, auch wenn es aufgrund ihrer schweren, schlecht verheilten Gesichtsverletzung, etwas grimassenhaft wirkte.

»M… M… Morgen … Merten«, grüßte auch der Mann höflich. Seit den ehemaligen Hauslehrer vor einigen Jahren der Schlagfuß[1] getroffen hatte, wollten Körper und Zunge ihren Dienst nicht mehr so recht verrichten.

»Sind schon alle fertig?«, fragte Merten Overdiek und deutete mit dem Daumen zum Eingangstor des Hauptgebäudes. Sein Aussatz schloss ihn von den gemeinsamen Mahlzeiten im Speisesaal mit den anderen aus und er musste sich gedulden, bis die anderen Bewohner des Hofes verköstigt waren.

Die Frau nickte. »Du kannst ruhig gehen.«

Bevor Merten sich verabschieden konnte, hob Balthasar die Hand. »W… will… w…«, begann er und machte eine Pause. »Schach spielen?«, entschloss er sich schließlich für einen einfachen Satzbau.

Merten wog den Kopf. »Ich hatte heute eigentlich dem General eine Partie versprochen, aber der scheint mir momentan nicht in der besten Verfassung. Aber falls nicht heut, dann gern morgen«, bot Merten an. Balthasar, den eigentlich alle nur »den Lehrer« nannten, nickte etwas wacklig, aber freudig.

---

[1] Schlaganfall bzw. Hirnschlag.

Wenig später setzte Merten seinen Weg durch das Tor in den schattigen Innenhof des Pesthofes fort und bog in die Tür zum Speisesaal ab. Ein kurzer Blick durch die Tür verriet ihm, dass keiner der Patienten mehr am Speisen war. Lediglich Conrad Fadenrecht, der bezahlte Vorleser des Hofes, verstaute seine Bibel gerade in einem Leinenumschlag und verabschiedete sich mit einem knappen Nicken vom Nachzügler.

Merten suchte sich seinen Weg durch die Reihen der Tische und Stühle und wählte seinen Lieblingsplatz, von dem er die Tür zur Küche im Auge hatte. Es hatte auch seine Vorteile, wenn man alleine essen musste. Freie Platzwahl und deutlich mehr Ruhe als zu den üblichen Zeiten. Er hatte die Köpfe nie gezählt, vermutete aber, dass sicherlich über achtzig Kranke, Alte und Schwache an den Mahlzeiten teilnahmen. Dazu kamen vermutlich noch etwas über zwanzig Bettlägerige, die von den Pflegeweibern oder anderen Kranken ihre Nahrung in den Kammern erhielten. Und dann noch etwa ein Dutzend Bedienstete und gelegentliche Helfer, die sich um die Kranken, die Küche oder den Pesthof selbst kümmerten. Als der Hof vor gut zwölf Jahren errichtet wurde, sollten es nicht mehr als zwanzig Kranke und keine Handvoll Bedienstete gewesen sein.

»Morgen, Herr Overdiek«, grüßte ihn ein halbwüchsiger Blondschopf mit starkem holländischem Dialekt und stellte einen Holzteller und eine Zinnschüssel vor ihm auf den Tisch.

»Oh, sieh an, Herr Overdiek nennt mich der wohlerzogene junge Mann«, entgegnete Merten mit gespieltem Erstaunen.

Der Küchenjunge warf einen besorgten Blick über die Schulter. »Wenn ich dich Merten nenne, dann haut mir die Landschoof wieder was an die Rüsstüten[2]. Weil du doch ein feiner Herr bist und keiner von dem Gelumpe«, erklärte der Junge. Dann kratzte er sich am bartlosen Kinn. »Ich glaube, sie freut sich über jeden Grund, den sie findet, um mir eine zu langen.«

Merten nickte grinsend. Mit der Köchin war nicht gut Kirschen essen.

Dann griff er sich Brot, Butter und ein Ei aus der Zinnschüssel. Dafür, dass der Pesthof eine mildtätige Einrichtung war, war die Verpflegung erstaunlich gut und mit den regelmäßigen Zuwendungen, die er dem Hof zukommen ließ, noch ein wenig besser.

»Gibt es was Neues, Hajo?«, fragte er den Küchenjungen kauend.

»Der Hein, der mit der Fallsucht, hat beim Frühstück nen Anfall bekommen, aber sonst war nichts los.«

Der Kaufmann zuckte die Schultern.

»Merten?«, fragte der Küchenjunge.

»Hmm, ja?«

»Wolltest du mir nicht das Fechten beibringen?«

Der rothaarige Mann lehnte sich kauend zurück und schluckte. »Wolltest du nicht vernünftig lesen und rechnen lernen?«

---

[2] Ohren.

»Kann ich doch!«, protestierte der Junge.

Merten hob zweifelnd eine Augenbraue.

Dann streckte der Küchenjunge in einer Geste der Verzweiflung die Handflächen gen Decke. »Das braucht doch kein Mensch und überhaupt … Der Lademacher kriegt doch in der Schule seine eigenen Gedanken nicht zusammen.«

Merten grinste. Georg Lademacher, der Schulmeister, der die nicht wenigen verwaisten, kranken Kinder auf dem Hof unterrichtete, genoss sein Bier zu jeder Tageszeit mehr als ausgiebig.

»Nun, Lehrer Balthasar würde es sicher eine Freude sein, dir auszuhelfen«, begann Merten süffisant, bis ein markerschütternder Schrei aus der Küche ihn unterbrach.

»Das war nicht die Landschoof«, sagte Merten, während er aufstand.

»Nein, leider nicht«, meinte Hajo, während er noch vor Merten zur Küche lief.

In der Küche stießen sie auf die Köchin und eine aufgelöste Küchenmagd, die sich stammelnd und keuchend vom Niedergang in den Lagerkeller entfernte.

Unwirsch schüttelte die Köchin die junge Magd. »Wer ist tot?«, fragte sie barsch.

»Der Dirk Hinrichs! Abgestochen wie ein Schwein, von der irren Brid aus dem Tollhaus. Alles voller Blut!«, rief sie aufgeregt und blickte immer wieder ängstlich zum Niedergang.

»Red keinen Unsinn!«, rügte die Köchin sie, blickte jedoch selbst misstrauisch zum Niedergang.

Merten nahm der aufgelösten Magd die Lampe aus der Hand. »Geh den Meister Möhring holen, ich werde mal nachschauen.«

»Herr Overdiek … Das hier ist eine Küche! Überall Essen … Ich meine, ihr … ihre …«, keifte die Köchin hörbar empört.

»Das Wort, das sie suchen, ist Aussatz, Frau Landschoof«, erklärte Merten ruhig und machte sich auf den Weg zur Treppe.

Auf dem Niedergang hörte er gerade noch den schmerzhaften Aufschrei Hajos, dem die Köchin mit offensichtlich »schlagfertigen« Argumenten untersagte, dem Händler in das Kellergewölbe zu folgen.

Langsam öffnete Merten die Tür und spähte in die Dunkelheit. Als er keine Gefahr ausmachen konnte, ging er mit erhobener Lampe langsam voraus. Erstaunt sah er sich um. Ein Gewölbe dieser Größe hätte er nicht erwartet. Aufmerksam blickte er sich zwischen den Reihen aus Regalen, Säcken, Kisten und reparaturbedürftigen Möbeln um, hielt zwischendurch inne und lauschte, doch es war nichts weiter zu vernehmen.

Der Kaufmann schloss kurz die Augen, um in der Dunkelheit besser sehen zu können. Lag dort hinten etwas Helles zwischen den Regalen?

Vorsichtig ging er vorwärts. Da lag ein Mensch auf dem Boden, war er sich nach einigen Schritten sicher. Merten schluckte. Dann war die Magd vermutlich doch keinem Trugbild aufgesessen. Die reglose Gestalt trug nur ein Nachthemd, das wie von einem Raubtier zerrissen und in eine dunkle Flüssigkeit getränkt war. Ohne Zweifel Blut, vermutlich teils schon getrocknet. Als er noch näher trat, sah er die unzähligen furchtbaren Wunden auf dem Körper des Mannes. Selbst das Gesicht war beinahe bis zur Unkenntlichkeit zerstochen und zerschnitten. Aus einem tiefen Spalt im Bauch des Mannes quollen seine Eingeweide und hatten sich auf dem nackten Steinboden ausgebreitet.

Keine zwei Schritt von der Leiche entfernt lehnte eine dürre Frau an einem Regal. Die Knie hatte sie eng an den Körper gezogen und die schmalen Arme darum geschlungen. Auch sie trug nur ein Nachthemd, das über und über mit eingetrocknetem Blut besudelt war. Auch ihre blassen Arme und ihr geschorenes Haupt waren damit verschmiert. Die Frau war wach und ihre tief in den Höhlen liegenden Augen wanderten unstet im Raum umher. Kurz blieben sie an Merten hängen und musterten ihn, setzten jedoch sogleich ihre rastlose Reise fort.

Beklommen sah Merten das lange Küchenmesser vor ihr auf dem Boden liegen. Ohne jede Hast stellte Merten die Lampe auf dem Regal ab und machte einen vorsichtigen Schritt nach vorne. Dabei ließ er weder das Messer noch die Frau aus den Augen. Ihre Augen folgten seinen Bewegungen zwar, schweiften jedoch immer wieder ab. Sie wirkte auf eine merkwürdige Weise zugleich apathisch und aufgeregt.

Merten machte einen vorsichtigen Schritt über das Bein des Toten hinweg und gab Acht, nicht auf dem klebrigen Blut auszurutschen, das die Leiche umgab. Er hatte die Frau schon das eine oder andere Mal in Begleitung auf dem

Pesthof gesehen und war sich sicher, dass sie zu den Seelenkranken aus dem Tollhaus gehörte. Die »irre Brid« hatte die Magd sie genannt.

»Guten Morgen, mein Name ist Merten Overdiek. Brid, nicht wahr?«, fragte er in ruhigem Tonfall, während er langsam in die Knie ging. Er hoffte, sie mit seiner Stimme etwas abzulenken, während er langsam nach dem Messer griff.

Doch seine Sorge erwies sich als unbegründet. Die Frau verfolgte zwar ab und an seine Bewegungen, während sie im Raum umhersah, und er hatte auch den Eindruck, sie würde ihn hören, aber eine Reaktion zeigte sie nicht.

Erleichtert griff der Kaufmann nach dem langen Messer und verstaute es in einem Regal hinter seinem Rücken.

»Wollen wir nicht vielleicht hochgehen?«, fragte er nach einer längeren Pause und sah sie aufmunternd an. Die Frau blickte ihn nur mit einem Ausdruck an, der ihm einen Schauer über den Rücken jagte. Vermutlich hatte ihr Verstand sich schon sehr lange in eine düstere Nische ihres Kopfes zurückgezogen.

Schritte ließen Merten aufschrecken und auch die Frau zuckte zusammen. Offensichtlich verängstigt schlang sie die Arme noch fester um sich.

»Gehen Sie da besser weg, Herr Overdiek!«, ertönte da Möhrings sonore Stimme. Der Pestmeister war in Begleitung zweier kräftiger Knechte und blickte mit Schrecken auf die blutige Szenerie.

»Ist schon gut, ich hab das Messer«, entgegnete der Kaufmann beschwichtigend. Er stand auf und reichte Möhring die Klinge.

»Sperrt das irre Weib in eine Tollkiste und gebt Schwester Agatha Bescheid«, wies Möhring die beiden Knechte kopfschüttelnd an.

Wenig gefühlvoll griffen die beiden Knechte die leichtgewichtige Frau an den Armen und zogen sie hoch. Widerstandslos wie eine Kinderpuppe ließ sie sich von den beiden Männern aus dem Kellergewölbe führen.

Der Pestmeister blickte noch immer kopfschüttelnd auf den abgeschlachteten Mann auf dem Boden. »Das ist Dirk Hinrichs. Sein Amt wird nicht erfreut sein«, murmelte er.

»Ich frage mich, wie das passiert ist«, fragte Merten nachdenklich.

Möhring zuckte die Schultern. »Vielleicht haben sie sich für ein Stelldichein hier hineingeschlichen und sind dann anderweitig aneinandergeraten«, mutmaßte er.

»Und dafür haben sie vorsichtshalber schon einmal ein Messer mitgenommen?«, fragte Merten wenig überzeugt.

Möhring seufzte. »Der Hinrichs war eigentlich ein ganz verständiger Mann, aber wer versteht schon, was dieser Brid Eisner so im Kopf rumspukt?«

»War sie denn gefährlich?«, wollte Merten wissen.

Der Pestmeister schüttelte den Kopf. »Eigentlich nicht. Ihr Geist war nur schon arg umnebelt und keiner hat sie bisher ein Wort sprechen hören. Aber sie durfte nicht allein aus dem Tollhaus und eigentlich konnte sie das auch nicht«, erklärte er grübelnd und rieb sich das bärtige Kinn. »Euch kann ich nur danken, Herr Overdiek. Nicht auszudenken, wenn sie mit dem Messer noch fortgelaufen wäre.«

Merten machte eine wegwerfende Handbewegung.

Dann seufzte Möhring erneut. »Ich werde wohl den Brookvogt informieren müssen. Die Brid ist sicherlich nicht schuldfähig, aber melden muss ich es trotzdem und einen Bericht schreiben«, dachte der Pestmeister laut nach. »Und das Amt von Dirk Hinrichs fragen, ob ich es bei einem Armensarg belassen soll«, fuhr er halblaut fort und machte sich bereits geistesabwesend auf den Weg zur Treppe.

Merten besah sich noch eine Weile den Toten mit verschränkten Armen. Die Wunden sahen wirklich übel aus. Dann zog er fragend eine seiner roten Augenbrauen hoch.

Aus der zerrissenen Tasche am Nachthemd des Mannes schimmerte etwas metallisch. Er griff sich die Lampe und ließ sich auf die Knie nieder. Mit spitzen Fingern fischte er das Objekt aus dem Tuch. Es war ein seltsam geformter, dicker Draht. Wozu sollte das Ding gut sein? Grübelnd drehte er es zwischen den Fingerspitzen. Die Form ähnelte der eines primitiven Schlüssels. Der Kaufmann legte den Kopf schief. Hatte der Tote sich einen Schlüssel gefertigt oder besorgt? Das provisorisch gehämmerte Stück Eisen gehörte sicherlich nicht zu einer persönlichen Truhe. Vielleicht war das die Erklärung, wie die beiden ungesehen in den Keller gekommen waren.

Vielleicht könnte er ihn in einem unbeobachteten Moment an der Küchentür ausprobieren, dann wäre er schlauer. Ein Anflug von schlechtem Gewissen rang mit seiner aufgeflammten Neugier. Es war ein ungleicher Kampf. Nach einem kurzen Blick über die Schulter ließ er das Metallstück mit einem verschmitzten Lächeln in seine Tasche gleiten.

Kapitel 3

Dienstag, 27. August 1619

»Nie im Leben, das ist das Dämlichste, was ich in meinem Leben je gesehen habe. Und du kannst mir glauben, dass ich in meinem Leben schon eine Menge dummes Zeug gesehen habe. Was glaubst du, was ich bin? Ein Sack Mehl?« Der Mann mit den schulterlangen grauen Haaren verschränkte trotzig die Arme vor der Brust.

»Nein, ein Sack Mehl ist nicht so stur wie du«, entgegnete Merten frech grinsend.

Sein Gegenüber nahm den großen Filzhut mit der Seitenkrempe vom Kopf und legte ihn so schwungvoll auf den Holzstapel, auf dem er saß, dass die rote Straußenfeder darauf hektisch wippte. »Hundsfott, willst mir noch den letzten Rest Würde nehmen?«, knurrte der Grauhaarige. Sein mürrisches Gesicht wirkte ausgezehrt vom Leben und von Krankheit. Lange Narben zeugten von einer bewegten Vergangenheit. Seine abgetragene Soldatenkluft hatte schon manches Schlachtfeld gesehen. Nun wirkte sie zu groß für den ausgemergelten Körper und bot vermutlich mancher Motten- und Flohfamilie Unterschlupf.

»Selbst der Papst lässt sich ziehen oder tragen, da kanns für dich doch nur recht und billig sein«, argumentierte Merten und klopfte bekräftigend mit der Schuhspitze gegen den Handkarren, den er sich geborgt hatte.

»Ich versteh nicht, warum wir unsere Partie nicht einfach hier oder im Haus spielen können«, brummte Hagen Torfner, der alte Soldat, den alle nur »den General« nannten.

»Weil die Sonne in den letzten Tagen wieder den Graben halb ausgetrocknet hat und es hier überall stinkt wie in einer Jauchegrube. Mehr noch, als der Hof mit euch Mumien ohnehin schon müffelt«, entgegnete ihm Merten.

Der alte Soldat ließ ein unentschlossenes Brummen verlauten. Kurz noch zögerte er, dann öffnete er die Gürtelschnalle und nahm Gürtel samt Degen ab. Immer noch etwas widerwillig streckte er dem Kaufmann die Hand entgegen. »Dann hilf mir schon in den Karren, du Pfeffersack.«

»Sicher?«, fragte Merten nun vorsichtig. Pfleger wie Kranke hatten in der Regel einen Heidenrespekt vor körperlichem Kontakt zu ihm.

Hagen Torfner lachte kurz freudlos auf. »Der Aussatz lässt dich über viele Jahre langsam lebendig verfaulen. Elende Sache, aber nichts, vor dem ich mir mit meiner Auszehrung von dem Krebs noch Sorgen machen müsste«, meinte er hörbar gehässig.

»Du verstehst es, einen aufzumuntern. Mal überlegt Pastor zu werden?«, brummte Merten und hievte den besorgniserregend leichten Leib des Mannes auf den kleinen Karren und reichte ihm seine Waffe.

Dann legte sich der Kaufmann trotz der angenehmen Spätsommerwärme den hellgrauen Siechenmantel um, zog die leichten Handschuhe an und setzte den breitkrempigen schwarzen Filzhut auf. Schließlich schob er sich noch den Zeigestock und die hölzerne Lepraklapper in den Gürtel. Auch wenn er innerhalb des Pesthofs sein Erscheinungsbild etwas formloser gestalten durfte, so war er doch angehalten, außerhalb des Hofs zur Warnung und zum Schutz die vorgeschriebene Leprosentracht anzulegen. Würde die Krankheit sich erst einmal äußerlich stärker bemerkbar machen, wäre es vermutlich mit der Nachsichtigkeit innerhalb des Hofes auch vorbei.

Früher gab es im Reich unzählige Leprosien, in denen die Aussätzigen ihr Leben unter ihresgleichen fristeten, nachdem sie die Kirche formal für tot erklärt hatte. Mit dem starken Rückgang der Krankheit mussten jedoch immer mehr Leprosien aufgelöst werden oder nahmen auch andere Kranke und alte Kostgänger auf. Oder sie wurden wie im Fall von Merten Overdiek in »normale« Hospitäler einquartiert. Im Gegensatz zu anderen Kranken war an eine häusliche Pflege innerhalb der Stadtmauern durch Anverwandte oder Angestellte nicht zu denken. Keine Stadt wollte Aussätzige innerhalb ihrer Mauern. Genau genommen wollte man sie nirgendwo. So konnte er sich noch glücklich schätzen, dass der Stadtphysikus ihn nur der Stadt verwiesen und die Unterbringung im Pesthof angeordnet hatte und ihn nicht in eines der weit entfernten noch existierenden Leprosien überwiesen hatte.

»Ich weiß es zu schätzen, dass du dich so für mich aufhübschst, meine Schöne, aber ich bin ein aufrechter Mann und nicht so leicht zu verführen«, kommentierte der General Mertens Kleiderwechsel und lachte meckernd über seinen eigenen Scherz.

»Benimm dich, oder ich karre dich einfach auf den Pestfriedhof von Michaelis vor der Stadtmauer. Die bemerken keinen Unterschied und graben dich einfach ein. Jetzt machs dir mal bequem.«

»Hundsfott«, knurrte der Soldat, lehnte sich aber mit einem schiefen Lächeln zurück.

Dann fasste der Kaufmann nach den beiden Handgriffen des Karrens und schob ihn langsam weg vom Lagerhaus, aus dem Merten den Karren geholt hatte. Das Lager, in dem sich auch die Werkstatt befand, lag zwischen dem Tollhaus und dem Badehaus. Wie die Kapelle nebst Pfarrhaus befand sich alles auf der Nordseite des wuchtigen Hauptgebäudes.

Merten schob den Karren auf dem gut befestigten Weg zwischen den Gebäuden, Beeten und Büschen hindurch bis auf den großen Vorplatz auf der Ostseite des Hauptgebäudes. Einige besonders Schwache dösten auf Bänken unter den Bäumen. Weniger kränkelnde machten sich in den Kräutergärten nützlich oder kümmerten sich um andere Bewohner. Die wenigsten Patienten waren privilegiert und konnten ihren Aufenthalt hier mit barer Münze vergelten. Die meisten waren angehalten, für die Mildtätigkeit, die ihnen erwiesen wurde, im Rahmen ihrer Möglichkeiten mit anzupacken. Zumal der Pesthof keine städtische Einrichtung war und sich von Steuern finanzierte, sondern von den Spenden der Kirchen und wohlhabenden Bürger.

Merten wich einem Bauern auf einem voll beladenen Ochsenkarren aus. So viele Mäuler wollten hier gestopft werden, dazu reichten die paar Gärten und Beete um den Hof nicht im Ansatz aus.

»Ein gar eigenartiges Gespann hast du dir zugelegt, Hagen«, ertönte da eine amüsierte Frauenstimme hinter ihnen.

»Guten Morgen, Maria. Hmm, ja ich glaube, der Händler hat mich betrogen«, frotzelte der Söldner und blickte abwechselnd zwischen der Frau und Merten hin und her.

»Guten Morgen, Maria«, begrüßte auch der Kaufmann die Frau.

»Schwester Maria, Herr Overdiek«, korrigierte sie höflich, aber bestimmt. Zwar war der Pesthof kein geistlicher Konvent und Klöster wurden nach der Reformation in Hamburg grundsätzlich aufgelöst, dennoch hatte sich die Anrede »Schwester« für die Pflegeweiber im Pesthof etabliert.

Der rothaarige Mann seufzte müde. »Was habe ich euch nur getan, dass ihr mich mit dieser Förmlichkeit straft? Müsst ihr wirklich auf Herr Overdiek und Schwester beharren?«, fragte er die attraktive Frau gespielt leidend.

»Nein. Ihr könnt mich auch mit Frau Oppermann ansprechen, wenn euch das mehr zusagt, Herr Overdiek«, entgegnete sie und ihr Lächeln wurde noch eine Spur hinreißender. Dem tat auch der abgebrochene Schneidezahn keinen Abbruch.

Resigniert ließ Merten den Kopf hängen.

»Wie fühlst du dich heute, Hagen?«, fragte sie dann den Soldaten im Karren.

Der lächelte schief. »Bereit für die Schlacht, solange ich noch etwas von meinem Zaubertrank hab«, erklärte er und tippte sich fahrig auf die Brust.

»Passen Sie gut auf den General auf, Herr Overdiek«, verlangte die Frau und blickte den Kaufmann nicht ohne eine Spur Misstrauen an.

Merten wollte gerade zu einer gespielt empörten Erwiderung ansetzen, da machte sich die Frau schon wieder auf ihren Weg. Beide Männer sahen ihr träumerisch hinterher.

»Wäre ich doch nur dreißig Jahre jünger und nicht innerlich zerfressen«, murmelte der alte Soldat.

Merten brummte kurz ungehalten. »Immerhin seid ihr per du«, gab er zu bedenken und schob den Karren wieder an.

Ihr Weg führte sie über die Brücke des Wassergrabens, der die ganze Anlage umgab, und beide schnaubten angewidert. Der Graben war höchstens noch ein Drittel gefüllt und die üble Brühe stank erbarmungswürdig.

»Das ist schlimmer als ne Feldlagerlatrine«, meinte der Soldat und hielt sich den Ärmel vor das Gesicht.

»Ich glaube, es wäre besser, wenn wir nicht mehr die Abfälle, Abortgruben und das Waschwasser da reinleeren würden«, vermutete Merten und schob schneller.

»Na, das kann jetzt ja auch keine Lösung sein«, erwiderte der General ungläubig.

»Der Wind kommt von Süd-Ost. Lass uns Richtung Elbe, da ist die Luft besser und wir sind nicht so nah an der Stadt«, schlug Merten vor und schob den Karren weiter auf der Baumallee gen Osten.

Der Pesthof lag etwa mittig zwischen der Stadt Hamburg und dem von den Hamburgern ungeliebten Dorf Altona. Zur Hamburger Seite hin führte die Allee zunächst durch einige Felder und Wiesen und dann durch eine Ansammlung von Häusern bis zum Millerntor. Eigentlich war das Bebauen vor der Stadtmauer und des Hamburger Bergs, wie die Region westlich der Stadt genannt wurde, untersagt. Zu groß war die Gefahr, dass die Häuser anrückenden Truppen Schutz und Unterschlupf boten. Dennoch hatten sich hier viele Zugewanderte, Arme und Juden niedergelassen und der Rat hatte den Wildwuchs irgendwann resigniert toleriert. Vor einer Weile hatte man auf dem Areal gar einen Pest- und Armenfriedhof nebst einer kleinen Michaelis-Kapelle errichtet. Aber auch reiche Hamburger Bürger hatten sich trotz des Verbots in Elbnähe schicke Landhäuser errichtet, um im Sommer der Hitze und dem Gestank der engen Gassen der Stadt zu entkommen.

Nun verfolgte der Rat ein anderes Ziel. Man hatte den berühmten niederländischen Festungsbauer Johan van Valckenburgh engagiert, um eine neue Stadtbefestigung zu errichten. Der neue Wall sollte Hamburg nicht nur besser schützen, sondern auch vergrößern und dabei das Siedlungsgebiet im Westen mit umfassen. Zum Wallbau wurde gleich auch ein Teil des Hamburger Bergs abgetragen, damit belagernde Truppen nicht mehr von dem höher gelegenen Areal mit Kanonen in die Stadt hineinschießen konnten. Vor etwa drei Jahren hatten die Bauarbeiten begonnen und auch jetzt sah man in einiger Entfernung Bauarbeiter, die geschäftig ihr Tagwerk verrichteten.

Doch lange bevor sie die ersten Häuser vor der Stadtbefestigung erreichten, schob der Kaufmann den Karren über eine Abzweigung gen Süden.

Ein entgegenkommender Knecht mit einer über der Schulter gelegten Egge musterte das merkwürdige Gespann verständnislos. Beiläufig zog Merten die Lepraklapper aus seinem Gürtel, wie es Vorschrift war, und wedelte beinahe gelangweilt damit.

Einige Augenblicke versucht der Knecht den Sinn der seltsamen Handlung zu erfassen. Dann zeichnete sich erschrockenes Verstehen auf seinem Gesicht ab und er stolperte hastig einige Schritte seitwärts und machte den Weg frei. Auch wenn der Aussatz heutzutage selten war, hatten seine Symbole ihren Schrecken noch immer nicht verloren.

»So'n Ding hätte ich früher auf dem Schlachtfeld gebraucht«, kicherte Hagen und deutete mit dem Daumen auf die Klapper.

»Ich könnt drauf verzichten«, murmelte Merten beklommen, steckte die Klapper weg und schob den Karren zügig weiter. Etwas später bog er an einer festen Stelle vom Weg ab und steuerte den Karren in eine kleine Ansammlung von Birken neben einen umgestürzten Stamm.

»Hier lässt sich's aushalten, oder?«, meinte er, setzte sich auf den Stamm und deutete auf das in der Sonne schillernde Band des Elbstroms.

Der alte Soldat stöhnte nur und murmelte etwas Unverständliches.

»Ist dir nicht wohl?«, fragte Merten besorgt.

Der Angesprochene tat mit geschlossenen Augen zwei lange Atemzüge. Dann spie er verbittert über den Karrenrand.

»Früher bin ich meilenweit marschiert, hab dann ein paar Humpen Bier gesoffen und die restliche Nacht im Hurenhaus verbracht. Nun wollen meine Beine mich keine hundert Schritte mehr tragen. Nachts kann ich trotzdem nicht liegen und geistre durch den Flur wie ein Gespenst, bis meine Knie zittern und ich in mein Bett kriech wie ne Kellerassel. Und wenn ich in nem Karren geschoben werd, reißt's in mir, als wenn der Feldscher in meinen Innereien mit dem Meißel nach ner Musketenkugel stochert«, murrte der Mann resigniert.

»Tut mir leid, ich hätt dich wohl nicht hier rausbringen sollen«, sagte der Kaufmann schuldbewusst.

Erneut tat der alte Kämpe einen tiefen Atemzug und blickte dann schief grinsend auf den Flusslauf. »Hast schon recht getan, Junge. Was soll das für einen Wert haben, wenn ich in meinen letzten Tagen auf einem miefenden Haufen Stroh im Hospital verrotte?«

»So ist es gut gedacht!«, sagte der Kaufmann aufmunternd.

Hagen fingerte an seiner Brusttasche und förderte eine lederbezogene Zinnflasche zutage. Er drehte den Verschluss ab und nippte mit geschlossenen Augen zweimal an der Flasche. Intensiv wehte der eigentümliche Geruch zu Merten hinüber. Seinen »Zaubertrank« nannte der Soldat die Mischung aus Alkohol und Arzneipflanzen, die ihm die Schmerzen nahm, ihn aber auch schlaff und schläfrig machte.

»Ich dachte eigentlich immer, ich werd auf dem Schlachtfeld liegen bleiben«, sagte der Soldat, während er die Flasche verstaute. »Eine Musketenkugel in die Brust oder zerrissen von einer Feldschlange vielleicht oder am besten durch den Degen.«

»Dafür hätte aber einer besser fechten müssen als du«, hielt ihm Merten vor und tippte auf den kostbaren Degen, den Hagen über seine Schenkel gelegt hatte. Merten hatte die Geschichte schon oft gehört, wie Hagen die wertvolle Waffe in der Schlacht von einem italienischen Offizier erbeutet hatte, nachdem er ihn mit der Klinge besiegt hatte. Er hätte sich mit dem Verkauf der Waffe sicherlich ein besseres Leben auf dem Hof erkaufen können, aber um nichts in der Welt hätte der alte Kämpe das Stück verscherbelt.

»Weißt du, Merten, ich kenne dich ja noch nicht mal ein Jahr und du bist der erste Mann mit Geld, den ich überhaupt kenn, aber du bist wirklich ein anständiger Kerl. Ich werd für dich beten, dass dieser Aussatz dich nicht auffrisst.«

Merten schluckte und wusste nicht, was er antworten sollte. Derartige Gefühlsäußerungen hatte er von dem Veteranen bisher noch nicht vernommen. Er hatte den alten Kämpen vom ersten Tag an gemocht. Er war wie einer dieser knorrigen, schiefen Bäume. Verwachsen, urtümlich und mit borkiger Rinde. Ständig fragte man sich, was das urige Ding in seinem Leben schon so alles gesehen hatte und wie es so schief stehen konnte, ohne umzufallen.

»Danke«, murmelte Merten beinahe verlegen.

Hagen nickte und setzte sich gerade auf. »Und nun hol schon das Brett raus. In meinem Zustand muss man sich beeilen, wenn man die Partie auch zu Ende spielen will.«

Merten lachte kurz auf und nahm sich die Stofftasche von der Schulter. Er förderte daraus ein kariertes Holzkästchen, eine große Flasche nebst einer kleinen und ein in Tuch eingeschlagenes Päckchen zutage. »Dachte, wir spielen vielleicht besser mit ein wenig Bier, Kornbrand, Brot und Schinken«, meinte der Kaufmann mit Unschuldsmiene.

Das verhärmte Gesicht des Soldaten hellte sich sogleich auf. »Guter Mann! Der Beste!«, lobte er und leckte sich die Lippen.

Merten zwinkerte ihm zu. Ein Kornbrand gehörte nicht zu den üblichen Mahlzeiten und der alte Kämpe wusste einen guten Gebrannten zu schätzen. Der Schnaps wurde vom Rat üppig besteuert und wenn das Korn durch schlechte Ernten knapp war, wurde den Bauern gar untersagt, zu viel davon in Brand statt in Mehl und Brot zu verarbeiten.

Der Kaufmann klappte das Holzkästchen auf und entnahm die Schachfiguren. In wenigen Augenblicken hatten sie die Figuren auf dem aufgeklappten Kästchen aufgestellt und begannen ihr Spiel.

»Du … hast doch deine Dame verschoben, als ich grad mal weggesehen hab!«, entrüstete sich der Veteran und musste dann trotz seiner halbherzigen Empörung gähnen.

Merten lachte laut auf. »Nein, hab ich nicht. Auch wenn ich genug Zeit gehabt hätte. Du hast sicherlich ein oder zwei Stunden weggesehen. Und du schnarchst ziemlich laut beim Wegsehen.«

Der alte Kämpe knurrte ungläubig und schaute kurz suchend nach oben zum Sonnenstand. Er verbiss sich daraufhin eine weitere Bemerkung und betrachtete stattdessen das Spielbrett.

»Na gut, matt«, gab er zu und kippte seinen König um.

»Ich glaube, du bist nur eingeschlafen, um dich davor zu drücken«, lachte Merten wieder.

Der alte Kämpe brummte missmutig. Seine Laune besserte sich jedoch schlagartig, als er die bereit gelegten Speisen und Becher bemerkte.

»Du kriegst danach ne Revanche, wenn du willst, alter Mann«, bot Merten an und bedeutete seinem Gegenüber zuzugreifen.

Zufrieden aßen beide im Schatten der Nachmittagssonne und prosteten sich schließlich mit dem guten Kornbrand zu.

Kurz verzog der alte Soldat nach dem Trinken das Gesicht, grinste jedoch gleich wieder. »Vielleicht sollte ich das nicht tun und vielleicht bringt es mich ja ganz flott unter die Erde, aber das ist es wert.«

Merten nickte lächelnd. »Sag mal, was hältst du eigentlich von der Sache mit diesem Dirk Hinrichs?«, wollte er dann wissen.

»Den Brid im Keller abgeschlachtet hat?«, fragte Hagen und trank noch einen Schluck Bier.

Merten nickte bestätigend. »Ja. Meinst du, sie hat es wirklich getan?«

Der Veteran zuckte die Schultern. »Bei den Tollen weiß man ja nie genau. Sie ist schon ein wenig unheimlich, hat ja noch nie ein Wort geredet. Aber an sich soll sie harmlos sein und durfte in Begleitung ja auch raus. Der Konrad Ebinger hat gesagt … Kennst du den Konrad Ebinger?«

Merten grübelte kurz. »Den Flussschiffer mit der Gliedersucht[3], den alle Knotenfuß nennen?«

Der Soldat nickte. »Der hat eine Weile im Tollhaus geholfen. Er meint, das einzige Gefährliche an der Brid wäre, wenn sie in den Wassergraben fällt und die Frösche da erschreckt.«

»Und das sind eigentlich wirklich zähe Biester«, gab Merten zu bedenken.

»Auf der anderen Seite hat er auch erzählt, dass Michelangelo sagt, Brid wäre besessen«, wiegelte Hagen ab.

»Hat man diesen Michelangelo nicht in die Tollkiste gesperrt, weil er Schwester Agatha zwei Finger abgebissen hat?«, fragte Merten misstrauisch.

»Weil sie ihm wohl die Kreide wegnehmen wollte. Außerdem hält er wohl fast jeden für besessen. Ich würde seiner Einschätzung nur bedingt trauen«, seufzte Hagen. »Ich frag mich nur, wie die beiden überhaupt in den Keller gekommen sind und die Brid aus dem Tollhaus, wenn sie doch nicht allein raus durfte.«

---

[3] Gicht.

»Vielleicht hatten sie einen Schlüssel«, zog Merten nachdenklich in Betracht.

Der Soldat legte die Stirn in Falten. »Woher das denn?«

Merten räusperte sich. »Ich war ja zufällig unten im Keller, nachdem die Sache passiert ist, und da hab ich gesehen, dass der Dirk Hinrichs das hier in der Tasche vom Nachthemd hatte«, erklärte der Kaufmann und präsentierte den schlicht gefertigten Schlüssel.

Hagen pfiff durch die Zähne, was jedoch kläglich misslang. »Hast du ihn probiert? Passt er in die Küche oder ins Tollhaus?«

»Ging bisher noch nicht, mach ich später«, meinte Merten grinsend. »Aber selbst wenn, wie sind sie unbemerkt hingekommen und vor allem was haben die beiden da unten gemacht?«

»Vielleicht hatten sie ein Stelldichein«, schlug der Soldat vor.

Der Kaufmann verzog das Gesicht. Ein bunter Strauß von Gefühlen zeichnete sich bei der Vorstellung auf seinem Gesicht ab und keines davon war positiv.

»Warum interessiert dich die Sache eigentlich so? Gib doch einfach dem Möhring den Schlüssel und lass den Herrgott einen lieben Mann sein«, fragte der Soldat.

Merten blies die Wangen auf und ließ langsam die Luft entweichen, während er die Schultern hob. »Stell mir nur halt ein paar Fragen«, meinte er gleichmütig.

Der Soldat grinste. »Ihnen ist einfach langweilig, Herr Overdiek. Keine Reisen und Verhandlungen mehr, nur dieser Hof mit den ganzen Siechen, Krüppeln und Tollen. Und jetzt bist du über etwas gestolpert, das dir die Langeweile vertreibt.«

Erneut zuckte Merten die Schultern. »Mag sein. Willst du jetzt eine Revanche?«

Der Soldat überlegte kurz und schüttelte dann den Kopf. »Besser im Hof, die Schmerzen kommen wieder«, seufzte er und fummelte in seinen Taschen nach seinem Zaubertrank.

Kapitel 4

Mittwoch, 28. August 1619

Merten saß mit ausgestreckten Beinen auf der Bank und genoss die warme Abendsonne. Er lauschte mit geschlossenen Augen dem Gesang, der aus der kleinen Kirche ertönte. Es war ihm zur Gewohnheit geworden, einzelne Stimmen herauszuhören. Er erkannte auf Anhieb den Tenor des Vorlesers Conrad Fadenrecht, die stets schiefe Tonlage des Schulmeisters Georg Lademacher und den Reibeisenbass von Knotenfuß. Allerdings vermisste er Schwester Marias glockenklare Stimme.

Gottesdienst war immer mittwochs und sonntags und nahezu der gesamte Hof war dann in der kleinen Kirche versammelt. Bedienstete wie Kranke. Eine Ausnahme wurde nur für die Bettlägerigen und diejenigen Bewohner des Tollhauses gemacht, die einem Gottesdienst nicht ohne größere Störungen beizuwohnen vermochten. Und für Merten Overdiek. Wie bei den Mahlzeiten auch, galt der Aufenthalt eines Aussätzigen in einer Menschenansammlung als unangemessen.

Der Kaufmann störte sich wenig daran. Zwar ging er gern in die Kirche, aber dem Gesang aus dem verwaisten Garten zu lauschen und danach das Gotteshaus für sich allein zu haben, bot auch seine Vorteile. Auch die Zimmer der Bettlägerigen und das Tollhaus lagen so, dass die Kranken von ihren Pritschen dem Gesang lauschen konnten. An warmen Tagen wie heute ließ man daher auch die Türen der Kirche offen.

Gedankenverloren strichen Mertens Finger durch das Fell der Katze auf seinem Schoß, die zufrieden schnurrte. Manche Bewohner hatten abergläubischen Argwohn gegenüber dem dreifarbigen Tier. Mit dem roten Fell, den schwarzen Ohren und weißen Füßen wirkte das Tier tatsächlich, als hätte es kleine Hörner und Stiefel. Merten liebte den zumeist dösenden Mäusefänger. Vielleicht auch, weil es ihm guttat, ab und an einmal ein atmendes Wesen zu berühren. »Ich glaube, du bist dick geworden«, meinte er und strich dem Tier über die Seite.

Dann lauschte er wieder den Stimmen im Gotteshaus. Heute war nicht nur die normale Predigt, sondern auch die Totenfeier von Dirk Hinrichs. Dessen ehemaliges Amt der Zeugschmiede hatte sogar einen Vertreter gesandt.

Mit halb geschlossenen Augen wartete Merten, bis Predigt und Gesang beendet waren und die Menschen die Kirche verließen. Erst als der Strom der Kirchgänger abgerissen war, erhob er sich gähnend von seiner Bank, nachdem er die protestierende Katze abgesetzt hatte.

»Gott zum Gruße, Herr Overdiek«, begrüßte ihn der Pastor in der kleinen Kirche und humpelte auf seinen Stock gestützt durch den Mittelgang auf Merten zu.

»Euch auch einen schönen Tag, Herr Teutschner«, erwiderte Merten freundlich den Gruß. Er konnte den verständnisvollen Zuhörer gut leiden und lauschte gern durch die Tür seinen meist kurzweiligen Predigten. Soweit er wusste, war der Kirchenmann mit den ergrauten Haaren schon lange Witwer und spendete all seine Zeit seinen Schäfchen auf dem Pesthof oder half in der inoffiziellen Gemeinde um St. Michaelis vor den Stadtmauern aus.

»Ich wollte gerade dem Tollhaus einen Besuch abstatten, aber wenn ihr wünscht, leiste ich euch gerne erst hier noch ein wenig kirchlichen Beistand«, bot der Pastor an und lächelte Merten aufmunternd zu.

Merten winkte ab. »Ich will euch nicht aufhalten, Herr Teutschner.«

Der Pastor zuckte die Schultern. Dann blickte er mit trauriger Miene über die Schulter zu dem Sarg, der vor dem Altar aufgebahrt war. »Tragisch … Kanntet Ihr den Verschiedenen gut?«

Merten schüttelte den Kopf. »Nein, eigentlich nicht.«

Wieder blickte der Pastor auf den Sarg und schüttelte traurig den Kopf, bevor er aus der Kirche humpelte.

Merten ging bis zur ersten Reihe vor und ließ sich auf der harten Bank nieder. Andächtig faltete er die Hände und betete stumm ein Vaterunser. Wie jeder gutbürgerliche Hamburger war er natürlich evangelisch-lutherischer Konfession. Zwar war er nie sonderlich streng gläubig gewesen, hatte sich in der Kirche aber immer wohl gefühlt. Vielleicht lag es auch daran, dass er in jungen Jahren im Gotteshaus für eine Weile dem Trubel des elterlichen Hauses entkommen konnte. Er hatte die Stille und das diffuse Licht der Buntglasscheiben in St. Petri gerade außerhalb der Andachten genossen. Hier kam er zur Ruhe und konnte seine oft dahingaloppierenden Gedanken sortieren.

Langsam richtete er sich auf und legte die Hände in seinen Schoß. Seine Augen wanderten über den Sarg von Dirk Hinrichs. Es war ein ordentlich gearbeitetes Stück, ganz anders als die üblicherweise schnell zusammengezimmerten Armensärge, wie sie für die Verstorbenen des Pesthofs üblich waren. Vermutlich hatte das Amt von Hinrichs das seine dazu getan, dass einer der Ihrigen mit angemessener Würde unter die Erde kam, wenn er schon abgeschlachtet wurde wie auf dem Schlachtfeld.

Merten schüttelte unmerklich den Kopf, als er an das Bild im Keller dachte. Die zerschnittene Leiche und die irrsinnige Frau vom Kopf bis Fuß mit Blut besudelt. Als er den Keller verließ, hatten seine Schuhsohlen rotbraune Fußabdrücke hinterlassen. Ob die Frau auch ihn angegriffen hätte, wenn er ihr nicht das Messer entlockt hätte?

Merten stutzte, drehte seine Handflächen gen Decke und blickte nachdenklich darauf. Er hatte das Messer an sich genommen, beiseitegelegt und dann Möhring ausgehändigt. Hatte er sich danach die Hände waschen müssen? Er ging den Verlauf noch einmal in Gedanken nach. Nein, er hatte sich nicht gewaschen.

Der Kaufmann setzte sich gerade hin und verschränkte die Arme vor der Brust. Bei dem Gemetzel hätte das komplette Messer blutverschmiert und klebrig gewesen sein müssen, selbst wenn es teils schon angetrocknet wäre. Auch Möhring hatte keinerlei Anzeichen von Ekel gezeigt, als er ihm die Waffe gereicht hatte. War da überhaupt Blut an dem Messer gewesen? Nachdenklich rieb sich der Kaufmann die roten Barthaare und blickte auf den Sarg vor dem Altar.

Schritte direkt neben ihm rissen ihn aus seinen Gedanken und er zuckte erschrocken zusammen.

»Verzeihung, Herr Overdiek, ich wollte Euch nicht erschrecken«, entschuldigte Schwester Maria sich schuldbewusst.

»Das könnt Ihr nur, solange ich nicht weiß, dass Ihr es seid«, erwiderte Merten augenzwinkernd.

Auf ihrer Stirn erschien kurz eine ungehaltene Falte, doch dann ließ sie sich auf der anderen Seite des Ganges auf der Bank nieder.

»Ich hab Eure Stimme vorhin beim Gesang vermisst«, stellte der Kaufmann mit angemessen gedämpfter Stimme fest.

»Ich hatte mich um einen Kranken zu kümmern«, erklärte sie.

Merten nickte verstehend. »Darf ich Euch etwas fragen?«

Die Pflegerin blickte ihn abwartend an.

»Das Tollhaus ist doch des Nachts abgeschlossen. Was passiert, wenn es einem der Kranken wirklich schlecht geht?«

»Warum wollt Ihr das wissen, Herr Overdiek?«, fragte sie überrascht.

Merten zuckte die Schultern. »Ich sorge mich eben nur.«

Misstrauisch zog sie die Brauen zusammen. Als der Kaufmann sie jedoch weiterhin abwartend anblickte, ließ sie sich zu einer Antwort verleiten. »Nun, die anderen können natürlich um Hilfe rufen, aber wir gehen auch des Nachts den Hof ab und schauen nach dem Rechten. Natürlich auch im Tollhaus.«

»Mit wir meint Ihr die Pflegeweiber?«, hakte Merten nach.

»Ja und auch die Knechte und gelegentlich auch Herr Möhring oder seine Frau.«

»Dann haben alle die Schlüssel zum Tollhaus ...«, dachte Merten laut nach.

»Herr Möhring hat einen Bund und ein anderer wird weitergegeben. Je nachdem, wer Nachtwache hat.«

»Bei der Küche wird es dann vermutlich ähnlich sein«, grübelte Merten laut weiter.

»Nein, ich glaube, den haben nur die Köchin, Möhring und der Hausmeister Hinrich. Ich denke, die beiden Mägde und Hajo nicht. Was interessiert Euch das?«, fragte sie und ärgerte sich sichtlich über sich selbst, dass sie ihm so viel erzählt hatte.

Merten winkte ab. »Ich frage mich immer noch, wie die Brid Eisner mit dem Dirk Hinrichs in den Keller gekommen ist.«

Maria nickte. »Das ist in der Tat eine gute Frage, Herr Overdiek. Aber sicherlich keine für die Kirche.«

Merten nickte. »Nein, hier lässt sich diese Frage sicherlich nicht klären«, murmelte er.

Kapitel 5

Donnerstag, 29. August 1619

Die Augen des Mannes waren weit geöffnet wie die eines Nachtvogels auf Ausschau nach kleinen Nagern auf dem Waldboden. Auch wanderte sein Kopf auf starren Schultern umher, ganz so, wie man es bei den Käuzchen oder Eulentieren oft beobachten kann. Es schien, als wollte er die unsteten Bewegungen der Anwesenden und die Kakophonie aus Wortfetzen, Seufzen, Stöhnen und Flüstern im Raum alle gleichzeitig wahrnehmen. Seine Haare waren wie die der meisten Anwesenden kurz geschoren, doch trug er einen struppigen weißen Bart. Um seinen knochigen Leib schlotterte lediglich ein schmutziges Nachthemd.

Noch während er sich umsah, setzten sich seine nackten Füße auf dem Holzboden in Bewegung. Die eisernen Kettenglieder, die seine Fußfessel mit der Wand verbanden, klirrten hell. Nach wenigen Schritten stoppte ihn die Kette auf seinem Weg. Ohne nach unten zu sehen, zog er noch einige Male mit dem Bein an den Gliedern, als wolle er vorsichtig die Festigkeit des Eisens prüfen.

Eine alte Vettel mit filzigem grauem Haar blickte ruckartig zu ihm hinüber, ohne sich von ihrem schmutzigen Strohsack aufzurichten, auf dem sie lag. Mehrmals zuckte ihr Kopf zurück und dann wieder in seine Richtung, während sich ein undefinierbares Mienenspiel auf ihrem Gesicht abspielte. »Musst du kacken, Caesar? Willste nen Eimer?«, fragte sie schließlich und setzte sich halb auf ihrer Lagerstätte auf. An ihrem Fußknöchel befand sich kein eisernes Band.

»Eimer?«, wiederholte sie noch einmal und kicherte dann wirr. Einige der anderen um sie herum lachten oder kicherten ebenfalls.

Erst jetzt reagierte der Mann und blickte sie fragend an.

»Eimer? Kacken?«, wiederholte sie ein drittes Mal und die belustigten Geräusche um sie herum wurden lauter.

Einige Atemzüge starrte der Mann sie durchdringend an. Dann reckte er stolz das Kinn und deutete mit der rechten Hand zur Decke. »Barbarus hic ego sum, quia non intellegor ulli[4]«, rief er laut und bedeutungsvoll und beinahe mit einem Anflug von Zorn in der Stimme.

Einige der Umstehenden sahen verunsichert zu ihm hinüber. Selbst der mottenzerfressene Vorhang einer Holzkabine öffnete sich und ein geschorener Schädel äugte neugierig daraus hervor. Nur eine kleine Frau mit fremd wirkenden Proportionen und übergroßen Zähnen wiegte sich weiter abwesend im stickigen Raum zu einer stummen Melodie.

Die alte Vettel mit dem grauen Haar blickte den Mann noch eine Weile an, während ihr Kopf weiter zuckte. Als er keine weitere Regung zeigte, lehnte sie sich sichtlich beleidigt wieder auf das streng riechende Strohlager zurück. »Dann kack halt nicht«, murmelte sie und begann hektisch, an einem unsichtbaren Fleck auf ihrem Kittel zu reiben.

Schnell senkte sich der Geräuschpegel im Raum auf das übliche Murmeln, Rascheln und Klappern. Erst als die

---

[4] Ein Barbar bin ich hier, weil ich von niemandem verstanden werde. Ovid (43 v.Chr.–17 n.Chr.).

Eingangstür sich schabend öffnete und sich Sonnenlicht und selbstbewusste Stimmen in den gedämpften Raum ergossen, flammte die Unruhe erneut auf.

Gleich sieben Männer und eine Frau betraten das Haus. Der Pestmeister, Schwester Agatha und die beiden kräftigen Knechte Hinrich und Reinhold waren hier bekannte Gesichter, aber gleich drei von den Neuankömmlingen waren unbekannt. Zwei der Fremden waren gar wie wohlhabende Bürger gekleidet. Zusätzliche Unruhe verursachte dazu noch die eigentümlich anmutende Stange mit dem eisernen Dreiviertelkreis am Kopfende, die der kräftige Reinhold in den Händen hielt. Ein Instrument, mit dem mancher der Anwesenden bereits Bekanntschaft gemacht hatte.

»Ist diese Tür nie verschlossen, Herr Möhring?«, fragte einer der gut gekleideten Fremden mit schulterlangen, grauen Haaren.

Der Pestmeister schüttelte den Kopf. »Nein, Herr Brookvogt. Tagsüber steht die Tür zum Tollhaus offen, wir schließen sie erst bei Einbruch der Dämmerung ab.«

Der Brookvogt, oberster Gerichtsdiener und für die Wahrung der Ordnung in der Hansestadt zuständig, schnaubte empört. »Da wundert es mich nicht, was so passiert, wenn hier die Tollen ein und aus gehen können wie auf dem Jahrmarkt«, murrte er und blickte sich mit säuerlicher Miene um.

Möhring verzog verärgert das Gesicht. »Da habt ihr ein falsches Bild, Herr Brookvogt. Frei ein und ausgehen können tagsüber nur die weniger Umnachteten. Die, die eine Gefahr für sich selber darstellen oder so verwirrt sind, dass sie sich nicht allein bewegen und zurückfinden können, sind selbstverständlich angeschlossen. Wer von den Schwachsinnigen aber eine ernsthafte Gefahr für andere ist, befindet sich ohnehin in einer der Tollkisten. Außerdem helfen andere Patienten hier aus. Der Pesthof ist darauf angewiesen, dass jeder hier in seinen Möglichkeiten etwas beiträgt. Wenn möglich, versuchen wir die Kranken zu den Mahlzeiten und zum Gebet auszuführen, aber einige werden auch hier versorgt.«

»Wie wurde es denn bei dieser Brid Eisner gehalten?«, fragte nun der zweite Fremde im sachlichen Tonfall. Es handelte sich um den Stadtphysikus, Doktor Sandtmann.

»Sie galt als harmlos, aber schwer verwirrt. Da wir nicht in Gefahr laufen wollten, dass sie sich verläuft oder einen Unfall erleidet, war sie daher in Eisen und durfte nur in Begleitung aus dem Tollhaus. Sie hat bisher auf dieser Schlafstätte gelegen«, erklärte Möhring und deutete auf eine leere Lagerstätte aus Strohsäcken direkt am Eingang. Ein eiserner Ring befand sich am Kopfende, von dem eine Kette bis auf die Strohsäcke lief.

»… galt als harmlos …«, wiederholte der Brookvogt sarkastisch.

Eine junge, erschreckend blasse Frau auf dem Lager nebenan wich erschrocken bis an die Wand zurück, als sich die Augen der Gruppe in ihre Richtung wandten. Die dreifarbige Katze auf ihrem Schoß sprang verärgert ob der Störung auf den Boden und verschwand durch die Beine der Anwesenden zur Tür hinaus.

»Ich vermute, dass ihre Unterbringung nun geändert wurde?«, fragte der Stadtphysikus ungeachtet der Stichelei des Brookvogts.

»Selbstverständlich ist die Frau nach diesem tragischen Vorfall nun in einer der Tollkisten weggesperrt«, versicherte Möhring entschieden.

»Is das so'ne Tollen-Kiste?«, fragte nun der dritte Fremde. Seine Kleidung wirkte so schäbig wie sein fettiger, schulterlanger Haarkranz. Noch während er fragte, trat er mit seinem genagelten Stiefel gegen einen Holzverschlag mit einem Vorhang. Ein erschrockener Ausruf und hektisches Rascheln war hinter dem Tuch zu hören.

»Äh, nein, das ist lediglich eine Schlafkoje«, erklärte Möhring.

»Und die da drin sind auch nich angeschlossen?«, fragte der Mann mit dem Haarkranz und seine kräftige Hand legte sich vorsichtshalber auf seinen Knüppel am Gürtel, während er misstrauisch den Vorhang musterte. Es handelte sich um Adam Hänsle, den ersten Röper. Die dem Brookvogt unterstellten Röper waren für die Durchsetzung der Ordnung in der Stadt zuständig und hatten einen eher zweifelhaften Ruf.

»Ob die Kranken über eine abgetrennte Koje verfügen oder ein öffentliches Lager, hängt lediglich von ihren finanziellen Mitteln und nicht ihrem geistigen Zustand ab. Einige sind also in den Kojen angeschlossen, andere nicht«, erklärte der Pestmeister.

Neugierig schob der Röper mit seinem Prügel den Vorhang einen spaltbreit beiseite und lugte in die dahinterliegende Dunkelheit.

»Lasse er das, Hänsle. Wir haben hier Wichtiges zu tun und sind nicht vor Ort, um mit den Tollen zu spielen«, rügte der Brookvogt seinen Untergebenen, der daraufhin sichtlich enttäuscht den Vorhang zurückgleiten ließ.

»Bitte kommen Sie«, forderte Möhring die Gruppe auf. Es war offensichtlich, dass er diesen gemeinsamen Aufenthalt hier schnellstmöglich beenden wollte.

»Zu unserer Rechten sind alles Schlafkojen und zu unserer Linken die offenen Lagerstätten. Für die, die sich tagsüber nicht frei bewegen dürfen, ist in der Regel eine Fuß- oder Halsfessel ausreichend. Einige wenige neigen zu Selbstverletzungen und müssen stärker gebunden werden«, erklärte er und deutete auf einen Mann, dessen Hals und Hände in einer schweren Prangerstange steckten.

Unter den aufgeregten Blicken der Hausbewohner schritt die Gruppe durch den Gang zwischen den sechs Kojen und den Lagern hindurch. Der Brookvogt und der Röper fühlten sich sichtlich unbehaglich unter der Musterung. Hänsles Hand spielte nervös mit dem Griff seines Knüppels, während er einen Kranken beobachtete, der aufgeregt an seinem Bettgestell nagte.

»Hier am Kopfende sind die Tollkisten«, erklärte der Pestmeister und deutete auf vier massive Eichenverschläge am Ende des Raumes. Die Kisten mochten die Länge, Höhe und doppelte Breite eines ausgewachsenen Mannes haben. Niedrige Türen waren mit schweren Vorhängeschlössern und Riegeln gesichert. Dazu waren ein winziges vergittertes

Fenster und eine verschlossene Luke in Bodenhöhe die einzige Verbindung zur Außenwelt in den finsteren Kisten.

»Wenn's nach mir geht, gehören die hier alle da rein«, brummte der Röper. Dann erschrak er heftig, als von einem Lager zu seiner Linken mit ungeahnter Schnelligkeit ein dürrer Mann auf ihn zuhastete und erst von seiner Kette gestoppt wurde.

»Corruptissima re publica plurimae leges![5]«, rief er aufgebracht dem Röper entgegen und zog eine furchteinflößende Grimasse. Hänsle stolperte einen Schritt zurück, bis er an eine der Kojen stieß, und riss den Knüppel aus seinem Gürtel. »Diese Schwachsinnigen sind doch gemeingefährlich!«, keuchte er und fuchtelte mit dem Schlagholz.

»Ist schon gut. Caesar ist manchmal etwas aufbrausend, aber harmlos«, beschwichtigte Möhring und schob den angeketteten Mann zurück zu seinem Lager.

»So harmlos wie diese Brid Eisner?«, fragte der Brookvogt lauernd.

Möhring ignorierte die Frage und wandte sich stattdessen an die einzige Frau in ihrer Runde. »Schwester Agatha, lassen Sie Caesar heute Abend einen Einlauf mit Kamille verabreichen. Das gleicht die Säfte aus und beruhigt sein Gemüt. Außerdem hat er dann immer das Gefühl, etwas vollbracht zu haben, und ist etwas ausgeglichener«, ordnete der Pestmeister an.

---

[5] Je verdorbener der Staat, desto mehr Gesetze hat er. Tacitus (um 55–nach 115).

»Caesar?«, fragte der Stadtphysikus interessiert.

»Sein Taufname ist uns leider unbekannt«, antwortete Möhring knapp.

Der dürre Mann setzte sich auf sein Lager und blickte den Stadtphysikus mit gerecktem Kinn an. »Nomen est omen![6]«, sprach er bedeutungsschwanger.

Sandtmann lächelte. »Ave atque vale![7]«, entgegnete er dem dürren Alten, der den Gruß sichtlich zufrieden mit einem jovialen Nicken beantwortete.

»Dürfte ich die Anwesenden vielleicht daran erinnern, dass wir mit einem Vorhaben hier erschienen sind«, drängte der Brookvogt.

»Ihr habt ganz Recht, Herr Brookvogt«, bestärkte Möhring die Aussage und führte die Gruppe bis an die verschlossenen Kisten.

»Sind die alle belegt?«, fragte Adam Hänsle und hob einen Lederlappen an, der vor einem vergitterten Sichtfenster hing.

»Ja, aber ich würde das nicht tun, wenn Ihr keinen gesteigerten Wert auf Körperflüssigkeiten in Eurem Gesicht legt«, antwortete Schwester Agatha kühl. Ihr energisches Gesicht unter dem stramm geknoteten Haar wirkte nicht nur auf Patienten respekteinflößend. Hastig ließ der Röper den Vorhang wieder fallen.

---

[6] Der Name ist ein Zeichen. Plautus (um 250–184 v. Chr.).

[7] Sei gegrüßt und lebe wohl! Catull (ca. 1. Jahrhundert v. Chr).

»Hinrich, Reinhold, holt die Brid mal aus der Kiste, damit der Herr Doktor Sandtmann sein Gutachten erstellen kann«, wies der Pestmeister seine beiden Knechte an. Der jüngere Reinhold machte sich sichtlich widerwillig daran, die Tollkiste zu entriegeln. Aber er war nur der zweite Knecht und Hinrich dazu noch der Hausmeister. Würde die Brid nicht freiwillig aus der Kiste kommen, war es vermutlich an ihm, sie mit dem Menschenfänger aus dem Holzverschlag zu zerren.

Der Menschenfänger war eine mannslange Stange, an deren Ende sich ein eiserner Viertelkreis befand. Die Öffnung des Kreises war mit einem Schnappmechanismus versehen, der sich nur von außen nach innen drücken ließ. Stieß man die Öffnung gegen Hals oder Nacken, schloss sich der Reif und das Opfer war im Ring an der Stange gefangen. Um die Gegenwehr des Gefangenen möglichst gering zu halten, war das eiserne Halsband zudem an der Innenseite mit Dornen versehen.

»Üblicherweise werden die Kisten nicht geöffnet. Wir schieben nur die Näpfe hinein und hinaus durch die Luke. Die Näpfe müssen wir leider anketten, damit sie nicht einbehalten werden können«, erklärte Möhring, während der jüngere Knecht die Tür aufschloss und den Riegel entfernte.

Als er die niedrige Tür öffnete, waberte der Gruppe eine Mischung aus Fäulnis, Fäkalien und Schweiß entgegen.

»Das stinkt wie in der Frohnerei[8]«, kommentierte der Röper den übelriechenden Schwall.

Reinhold beugte sich zu der Tür hinab und blinzelte in die Dunkelheit. »Brid, du musst rauskommen, man will dich sehen«, sprach er in die Box hinein. Aber es kam keine Antwort aus der Zelle, nur das leise Klimpern von Metall war zu vernehmen.

»Hier ist ein Doktor, der will dich sehen«, versuchte es der Knecht. »Ich will's nicht nochmal sagen müssen«, fügte er nach einer längeren Pause mit einem leichten Anflug von Verzweiflung hinzu.

»Bis repetita non placent[9]«, ertönte es aus dem Hintergrund.

»Himmelherrgott nochmal«, knurrte der ältere Knecht Hinrich und nahm dem jüngeren Reinhold den Menschenfänger aus der Hand. Der glatzköpfige Hinrich war eine beeindruckende Erscheinung und die mehrfach gebrochene Nase sowie die wulstig verheilten Gesichtsnarben zeugten von einer bewegten Vergangenheit.

»Ich zähl jetzt bis drei, Brid, dann hast du deinen Arsch da rausbewegt, sonst wirds ungemütlich für dich«, drohte seine raue Stimme der Dunkelheit in der Kiste. Dann steckte er den Menschenfänger durch die Tür und schlug trocken mit dem eisernen Ring auf den Boden. »Eins!«, rief er laut.

---

[8] Vom Henker verwaltetes Gefängnis, in dem Inhaftierte vor Leibesstrafen einsitzen.

[9] Wiederholungen gefallen nicht. Horaz (65–8 v.Chr).

Da zeugten metallische Geräusche von Bewegung in der Kiste. Zögerlich schlich eine kahlköpfige Frauengestalt durch die Öffnung der Tollkiste. Hände und Füße waren vor dem Leib in Ketten gelegt und miteinander verbunden, sodass sie sich nicht zur Gänze aufrichten konnte. Verwirrt und von der Helligkeit geblendet, blickte sie ziellos zwischen den Umstehenden und der Umgebung umher. Ihre Haut war leichenblass und ihre Augen lagen tief in den umschatteten Höhlen.

Der Physikus zog fragend eine Augenbraue hoch. »Sie ist da drin und dazu noch in Eisen?«, fragte er zweifelnd.

Möhring räusperte sich. »Wir hielten das in Anbetracht der schwerwiegenden Umstände für angemessen«, verteidigte er die Maßnahme.

»Zu Recht, sicher ganz zu Recht!«, stand der Brookvogt dem Pestmeister diesmal bei.

Der Physikus rümpfte kurz die Nase, wandte sich dann aber wieder der Frau aus der Tollkiste zu. »Dein Name ist Brid Eisner?«, fragte er ruhig, erhielt jedoch keine Reaktion.

»Sie hat kein einziges Wort gesprochen, seit sie vor zwei Jahren auf den Hof gekommen ist«, warf Schwester Agatha ein.

»Hmm«, machte der Physikus und bewegte seinen Zeigefinger vor dem Gesicht der Frau.

»Schwer zu glauben, dass die nen erwachsenen Kerl abgeschlachtet haben soll«, murmelte der kräftige Hinrich, während er auf die zitternde Frau blickte.

»Eventuell könnte ein Panikzustand zu einer gewalttätigen Reaktion geführt haben«, kommentierte Doktor Sandtmann, während er den Puls der Frau fühlte.

»Ich dachte, die Sache ist schon klar? Können wir sie nicht endlich in die Frohnerei mitnehmen?«, drängte der Röper.

»Es geht weniger um ihre Schuld, die scheint bewiesen, sondern mehr um ihre Schuldfähigkeit. Diese zu beurteilen liegt bei Doktor Sandtmann«, seufzte der Brookvogt.

»Actus non facit reum nisi mens sit rea[10]«, tönte eine bekräftigende Stimme aus dem Hintergrund.

Der Physikus richtete sich auf. »Die Frau ist offensichtlich schwachsinnig. Ich kann dem Gericht keine Schuldfähigkeit für sie attestieren«, urteilte er.

»Nun, dann wird es wohl keine Verhandlung geben«, schloss der Brookvogt daraus und wirkte erleichtert.

»Dann ist die Untersuchung des Falls damit abgeschlossen?«, fragte Möhring im beiläufigen Tonfall, war jedoch sichtlich angespannt.

»Ich kann Euch nur raten, in Zukunft mehr Vorsicht walten zu lassen und vor allem dieses Mörderweib gut wegzuschließen, Herr Möhring. Dieser Vorfall wirft ein schlechtes Licht auf Eure Verwaltung. Aber zunächst betrachtet die Stadt Hamburg diesen Fall damit als abgeschlossen«, belehrte der Brookvogt den Pestmeister.

---

[10] Keine Schuld ohne Bewusstsein der Schuld.

»Natürlich«, stimmte der Pestmeister mit verkniffenem Gesicht zu. »Dann verschließt die Brid mal wieder gut«, wies er seine beiden Knechte an und nickte mit dem Kopf in Richtung der Tollkiste.

Eine Vielzahl von Augen verfolgte die Gruppe wenig später auf ihrem Weg aus dem Tollhaus hinaus. »Und für Caesar heute vielleicht doch etwas Stärkeres«, flüsterte Möhring Schwester Agatha auf dem Weg zu.

Kapitel 6

Freitag, 30. August 1619

Merten schluckte den Löffel Hafergrütze hinunter und trank noch einen Schluck Dünnbier. »Was gibt es noch zu berichten, falls Sie noch etwas Zeit erübrigen können? Etwas vom Krieg in Böhmen oder Ferdinand?«, fragte er den in einigem Abstand sitzenden Vorleser Conrad Fadenrecht.

Der wie stets in Schwarz gekleidete Vorleser war nach dem Abzug der anderen Kranken aus dem Speisesaal nach dem Frühstücksmahl noch geblieben. Wenn er einen seiner »guten Tage« hatte, war er für eine Unterhaltung durchaus aufgeschlossen.

Fadenrecht sortierte vorsichtig die vier sauber bedruckten Blätter der beinahe aktuellen Ausgabe »Wöchentliche Zeitung auß mehrerley Örther«. Johann Meyer und sein Schwiegervater Hans Schrenck berichteten in der Zeitung bereits seit drei Jahren über wichtige Ereignisse im Reich und Europa und seit letztem Jahr taten sie dies sogar in gedruckter Form. Das hatte die Zeitung erschwinglicher gemacht als die vorherige handschriftliche Fassung, aber es handelte sich immer noch um eine kostspielige Informationsquelle für ein zahlungskräftiges Publikum. Eine Ausgabe, die der Pesthof von sich aus nicht hätte tätigen können, aber ein wohlgesonnener Kaufherr lieh dem Hof die Zeitung nach dem eigenen Gebrauch für einige Tage. Für Kranke wie Angestellte war es stets eine willkommene Abwechslung, wenn Fadenrecht bei den Mahlzeiten statt des Evangeliums Neuigkeiten aus aller Welt verlas.

»Nun …«, grübelte der Vorleser und striegelte seinen langen, weißen Kinnbart, während seine Augen über die einzelnen Artikel glitten. »Die Böhmen bekriegen sich weiterhin mit den Kaiserlichen und es gab einige Gefechte. Sie haben Ferdinand als König von Böhmen endgültig für abgesetzt erklärt. Jetzt in diesen Tagen versucht Ferdinand sich gerade in Frankfurt von den Kurfürsten zum Kaiser wählen zu lassen und Matthias' Nachfolge anzutreten. Wartet, ich lese euch es vor …«, leitete Fadenrecht ein und trug Merten mit seiner klaren, raumfüllenden Stimme die Artikel vor.

Der Kaufmann lauschte gespannt und hoffte, dass der auflodernde Krieg keine seiner Investitionen berühren würde. Seit die Böhmen in ihrem Freiheitsbestreben letztes Jahr den kaiserlichen Abgesandten aus Wien aus dem Fenster der Prager Burg geworfen hatten, war die kriegerische Auseinandersetzung mit dem Habsburger Kaiserhaus entbrannt. Nach dem Tod des eher diplomatischen Kaiser Matthias im März dieses Jahrs drohte der Konflikt mit seinem potenziellen Nachfolger, dem erzkatholischen Ferdinand, seines Zeichens eigentlich gekrönter König von Böhmen, noch weiter zu eskalieren.

»Möchten Sie noch etwas Grütze, Herr Overdiek? Es ist noch etwas übrig«, lenkte eine weibliche Stimme Merten ab, der gerade eine weitere Frage an Fadenrecht stellen wollte.

Es war Anna Maienkranz, einer der beiden Küchenmägde, die Mertens Aufmerksamkeit vom politischen Weltgeschehen abgelenkt hatte.

Annas Erscheinung war jedoch etwas, von dem sich Merten zugegebenermaßen gerne ablenken ließ und das lag weniger an dem weitgehend leeren Grützetopf in ihrer Hand. Die Magd hatte ein hübsches Gesicht, gesunde rote Wangen und oft einen gewagt koketten Blick. Doch vermutlich war es eher ihre üppige Figur, die ihr die Blicke der männlichen Pesthofbewohner sicherte. Hinter vorgehaltener Hand tuschelte man, dass Annas freundliches, aufgeschlossenes Wesen sogar noch sehr viel freundlicher und aufgeschlossener sein konnte, wenn sie Zuwendungen in Form von Münzen oder Geschenken erhielt. Eine Offerte, die Merten trotz seiner finanziellen Möglichkeiten bisher jedoch nicht gemacht wurde. Der Nachteil am Aussatz ist eben, dass man wie ein Aussätziger behandelt wird.

»Hab ich euch verärgert, Herr Overdiek? Ihr schaut so verdrießlich«, fragte die Magd verwundert.

Merten seufzte. »Nein, nein, Anna. Nur etwas enttäuscht.«

»Oh. War denn die Grütze nicht gut?«

»Die Grütze ist vorzüglich und ich nehme gern noch etwas«, erklärte Merten.

»Lasst den Kopf nicht hängen, Herr Overdiek, das steht einem Herrn wie Euch nicht gut an«, erklärte sie und zwinkerte, während sie begann die restliche Grütze aus dem Topf zu kratzen und dem Kaufherrn aufzutun.

»Möchten Sie vielleicht auch, Herr …«, wandte sich Merten an den Vorleser, von dessen Anwesenheit jedoch nur noch ein leerer Stuhl zeugte. Fadenrecht neigte zu plötzlichen Aufbrüchen, wenn ihm nicht die gebührende Aufmerksamkeit gewährt wurde.

»Hat Hajo heute denn keinen Dienst?«, wandte sich Merten wieder Anna zu, während seine Augen heimlich auf ihr Mieder schielten.

»Den hat Herr Möhring zu sich gerufen«, antwortete sie und legte den Holzlöffel in den Topf.

Merten nickte. »Sag mal, Anna … Was erzählt man sich eigentlich so über die Sache mit der Brid Eisner?«

Die Magd seufzte. »Das ist schlimm. Die Sophia hat die beiden ja im Keller gefunden, als sie Äpfel holen wollte. Aber ich dachte, Sie waren selber dort?«

Der Kaufmann nickte. »Aber was erzählt man sich darüber? Haben die beiden sich gekannt?«

Die Magd lachte kurz auf. »Wie soll man die Brid denn schon kennen können? Die hat ja nie gesprochen. Aber ich glaube, sie waren ab und an gemeinsam im Garten.«

Merten hob eine rote Braue und setzte sich gerade auf. »Dann hatten sie was miteinander zu schaffen?«

»Das weiß ich nicht, Herr Overdiek. Es sind ja viele Kranke gemeinsam im Garten. Warum ist das so von Bedeutung?«, fragte sie irritiert.

»Ist schon gut, ich war nur neugierig«, murmelte er und schob sich nachdenklich einen Löffel lauwarmen Brei in den Mund.

Da zog das Klappern der Außentür die Aufmerksamkeit der beiden auf sich. Es war Hajos blonder Schopf, der im Speisesaal erschien und zielstrebig auf sie zusteuerte.

Kurz blickte er misstrauisch zur offenen Küchentür und sammelte dann seine Gedanken. »Guten Morgen, Herr Overdiek, der Herr Möhring möchte Euch gern sprechen«, formulierte er in seiner bester Wortwahl und blickte noch einmal zur Küchentür.

»Hat Herr Möhring gesagt, was er von mir möchte?«, fragte der Kaufmann.

Der Küchenjunge schüttelte den Kopf. »Nein, nur dass ich Euch zu ihm bringen soll.«

»Nun dann«, sagte Merten schulterzuckend und löffelte hastig die Schüssel leer. »Dann wollen wir den Pestmeister nicht warten lassen.«

Mit einem zwinkernden Lächeln verabschiedete er sich von Anna und ließ sich von Hajo aus dem Raum führen.

»Wo steckt er denn?«, fragte er den Küchenjungen, während sie ins Freie traten.

»In der Behandlungsstube im Haupthaus«, antwortete Hajo und deutete auf die gegenüberliegende Seite des Innenhofs. Der Pestmeister hatte zwar auch ein Behandlungszimmer im Nebengebäude der Badestube, wohnte und arbeitete aber hauptsächlich in seinen Räumlichkeiten des eigentlichen Hofs.

Sie überquerten den Innenhof und Hajo hielt dem Kaufmann die Tür zu Möhrings Räumen auf und führte ihn durch die Diele in den Behandlungsraum.

Der Pestmeister erwartete sie bereits hinter seinem Schreibtisch. Gedankenverloren fuhr er sich durch den grauen Vollbart, während er angestrengt auf ein Buch voller Zahlenkolonnen starrte.

»Herr Möhring, ich hab den Herrn Overdiek geholt, wie Sie mir aufgetragen haben«, riss Hajo den Pestmeister aus seinen Gedanken. Offensichtlich hatte dieser die Gäste weder klopfen noch eintreten gehört.

Kurz starrte der Pestmeister die beiden unverständlich an, dann nickte er. »Ich bin froh, dass meine Frau die meiste Arbeit bei der Hofverwaltung macht«, seufzte er und klappte das Buch zu.

»Ich habe eine gute und eine schlechte Nachricht für Sie, Herr Overdiek«, eröffnete der Pestmeister dann das Gespräch.

Merten zog eine Augenbraue hoch. »Ihr habt ein Heilmittel gegen Aussatz gefunden, aber es verträgt sich nicht mit Bier und Wein?«

Der Pestmeister sah ihn verständnislos an.

»Nur ein Scherz, Meister Möhring.«

Der Pestmeister schüttelte kaum merklich den Kopf. »Nein, ich muss Euch leider vom Ableben des Hagen Torfner in Kenntnis setzen. Ich denke, Ihr kanntet ihn.«

»Der General ist tot?«, fragte Merten betroffen.

Möhring nickte. »Ja, ist letzte Nacht seinem Leiden erlegen. Gott sei seiner Seele gnädig.«

Merten seufzte traurig. Es war mit dem alten Kämpen die letzten Wochen sichtlich bergab gegangen, aber er hatte gehofft, dass er zumindest noch bis zum Winter durchhalten würde. Wobei der Kaufmann wusste, dass kaum einer zum Gesunden auf den Pesthof kam. Für die meisten sollte nur das Sterben erträglicher gemacht werden.

»Die gute Nachricht ist, dass er Euch zu seinem Erben gemacht hat, Herr Overdiek«, fuhr Möhring nach angemessener Pause fort.

»Erben?«, fragte Merten ungläubig und überrascht zugleich.

Der Pestmeister nickte und zog ein neues Buch aus dem Regal hinter sich. Konzentriert blätterte er darin, bis er die gesuchte Stelle gefunden hatte. »Hagen Torfner …«, sprach er leise vor sich hin und legte die Spitze seines Zeigefingers auf die Seite. Dann sah er wieder hoch.

»Bettzeug, Bettgestell und Decken gehen von Rechtswegen nach dem Ableben immer an den Hof. Die restliche Habe auch, wenn der Patient nichts anderes verfügt. Bei der Aufnahme sind wir angehalten, den Willen des Kranken zu erfragen und schriftlich zu festzuhalten. Hagen Torfner hat vor einigen Monaten noch eine Korrektur vornehmen lassen«, erklärte der Pestmeister und tippte mit dem Finger auf die Buchseite.

Dann griff er neben seinen Schreibtisch und reichte Merten das lederne Gehänge mit dem kostbaren Degen des Veterans. »Damit gehört dieser nun Euch.«

Beklommen nahm Merten das fein gearbeitete Stück entgegen. Es wog unnatürlich schwer in seiner Hand, als er es vor sich hielt.

»Zu seiner Kleidung steht hier nichts, dann fällt diese ebenfalls an den Pesthof. Das meiste dürfte jedoch eher ein

Fall für den Lumpensammler sein. Weitere Besitztümer sind nicht verzeichnet«, schloss Möhring seinen Bericht und klappte das Buch zu.

»Wo … liegt er denn?«, fragte Merten mit schwerer Zunge.

»Noch immer in seiner Kammer. Ihr könnt Euch gerne von ihm verabschieden. Hajo kann euch sicher den Weg zeigen, wenn Ihr ihn nicht kennt. Ich denke, wir werden ihn schon morgen in die Kirche bringen und dann schnell unter die Erde. Es ist warm die letzten Tage, da sollten wir uns nicht so viel Zeit damit lassen.«

Merten nickte abwesend. »Danke, Meister Möhring, und Euch noch einen schönen Tag«, verabschiedete er sich von dem Pestmeister.

Der Pestmeister winkte ab. »Ich muss in die Stadt und den Diakonen die Ausgaben für den Pesthof vorlegen. So schön wird mein Tag dann wohl nicht werden«, verabschiedete Möhring seine beiden Besucher.

»Kanntest du ihn gut?«, fragte Hajo, als sie wieder im Innenhof standen.

Merten zuckte die Schultern. »Er war schon hier, als ich letztes Jahr auf den Hof gekommen bin. Wir haben viel geredet und Schach gespielt. Ich mochte den knorrigen Kerl wirklich gern.«

Hajo brachte den Kaufmann zu einer anderen Tür zu ihrer Linken. Außer dem großen Ausgangstor gingen vom Innenhof sieben Türen ab. Die zu Möhrings Räumen, aus der sie gerade kamen, eine zur Küche, zum Speisesaal, zu den Zimmern der Bediensteten und drei zu den

Krankentrakten, die mit Verbindungstüren untereinander und zum Speisesaal verbunden waren.

Merten fiel auf, dass er den alten Soldaten nie in dessen Kammer besucht hatte. Sie hatten sich immer nur draußen oder in Mertens Zimmer getroffen. Irgendwie hatte er nun ein schlechtes Gewissen deswegen.

Hajo führte ihn durch die Tür in den schmalen Flur, von dem die Krankenzimmer und eine Stiege nach oben abgingen. »Der General lag hier unten, oben sind nur die, die noch besser zu Fuß und bei Kräften sind«, sagte Hajo und machte vor einer Tür halt. Kurz klopfte er an und öffnete, ohne eine Antwort abzuwarten.

Die Luft in der düsteren Kammer roch muffig und nach Krankheit, auch wenn eine kleine Luke von außen Luft einließ. In der Kammer befanden sich zwei Bettstellen. Die eine war leer und bestand nur aus zwei löchrigen Strohsäcken, die an einer Wand entlang lagen. Eine Decke lag halb aufgeschlagen darauf und mit der Zeit hatte sich der Abdruck eines Körpers in das Stroh geprägt.

Das andere Lager war zumindest ein grober Bettkasten, der die Strohsäcke in Form hielt. Auf ihm lag der alte Söldner, die Augen geschlossen und die Hände auf dem Bauch gefaltet. Die Decke lag ebenfalls gefaltet zu seinen Füßen und seine zerschlissene Kleidung sauber zusammengelegt auf seinen Stiefeln neben seinem Lager.

Im Nachthemd sah der Tote noch abgemagerter aus als in seiner alten Soldatenkluft, befand Merten betroffen.

Eine Weile besah er sich stumm den Toten, dann lenkte ihn das Knarren der Dielen vor der Tür ab. Wenig später erschien das Gesicht von Schwester Maria in der Türöffnung. Selbst im Schummerlicht der Kammer war der feuchte Glanz in ihren blau-grünen Augen zu erkennen.

»Schwester Veronika hat es mir gerade erzählt«, erklärte sie mit belegter Stimme statt einer Begrüßung. Merten nickte nur. Der Tod war ein häufiger Begleiter auf dem Pesthof und alle lernten damit umzugehen. Dennoch geschah es immer wieder, dass einzelne Kranke einem enger ans Herz wuchsen. Hagen Torfner war ein solcher Mensch. Vermutlich würden sich heute noch mehr Kranke und vielleicht auch Angestellte des Pesthofs vom »General« verabschieden wollen.

Müde setzte Merten sich auf die Bettkante. »Danke für das kostbare Geschenk«, sagte er bedächtig und schaute auf den Degen. »Ich werd dafür sorgen, dass du in allen Ehren unter die Erde kommst. Hast mehr als einen wackligen Armensarg verdient, alter Haudegen«, fügte er hinzu und legte dem Toten kurz die Hand auf die Schulter.

Dann stutzte er und schaute konzentriert auf die Brust des Toten. Er legte den Degen auf das Bett und zog vorsichtig eine Falte auf dem Nachthemd glatt. Sachte fuhr er mit dem Finger über einen Fleck auf dem Stoff und rieb schließlich mit dem Fingernagel daran. Stirnrunzelnd klappte er das Nachthemd auf, das über der Brust nur durch zwei Knöpfe geschlossen war, von denen einer fehlte. Angestrengt starrte er auf die nackte Brust des Toten und fuhr vorsichtig mit dem Finger darüber.

»Herr Overdiek, was tun Sie denn da?«, fragte Maria verständnislos und mit einem leichten Anflug von Empörung.

»Kannst du mir aus der Küche eine Lampe besorgen, Hajo?«, fragte Merten, ohne den Blick von dem Toten abzuwenden.

»Eine Lampe? Ich weiß nicht, ob die olle Landschoof da mitspielt …«, entgegnete der blonde Junge zögerlich.

»Ich geb dir eine Fechtstunde, wenn du mir die Lampe bringst«, bot der Kaufmann an.

»Bin schon weg«, rief Hajo und verschwand, ohne die Tür zu schließen.

»Hätten Sie vielleicht die Güte, mir das zu erklären, Herr Overdiek?«, fragte Maria angespannt.

»Bin mir nicht sicher …«, murmelte der Kaufmann. »Wissen Sie, wer bemerkt hat, dass der General tot ist?«

»Schwester Veronika. Er ist heute Morgen nicht beim Frühmahl erschienen, da ist sie nachsehen gegangen und hat ihn gefunden.«

Merten nickte und sah zu der leeren Bettstelle gegenüber. »Und sein Zimmernachbar hat nichts bemerkt?«

Maria schüttelte den Kopf. »Soweit ich weiß nein, aber es ist nicht das erste Mal, dass Tod und Schlaf verwechselt werden. Außerdem schläft hier Hermann Ziegler und der …«

Merten winkte wissend ab. Hermann Ziegler wurde auf dem Hof gemeinhin nur »der Maulwurf« genannt, da der Star ihm fast vollständig das Augenlicht genommen hatte. Zudem war er auch noch schwerhörig.

»Haben Sie den General gestern gesehen?«, fragte Merten.

Maria nickte.

»Ging es ihm da schlechter als sonst?«

Maria zuckte die Schultern. »Nun ja, er war sehr krank. Aber was sollen all diese Fragen, Herr Overdiek?«

Merten wog den Kopf hin und her und war sichtlich erleichtert, als das Erscheinen Hajos ihn vor einer zeitnahen Antwort bewahrte. Grinsend präsentierte der Junge die entflammte Lampe, die die Kammer in ein warmes gelb-oranges Licht tauchte.

»Gut gemacht«, lobte der Kaufmann und nahm die Lampe entgegen. Erneut fuhr er mit dem Finger über die Brust des Toten, beugte sich dabei suchend vor und leuchtete die Haut mit der Lampe ab. Dann klappte er das Nachthemd wieder zu, begutachtete den Fleck und klappte es nochmals auf.

»Herr Overdiek, ich weiß, dass Sie dem General recht nah standen, aber wenn Sie mir jetzt keine Erklärung für dieses unangemessene Schauspiel geben, muss ich Meister Möhring bitten, Sie von hier zu entfernen«, drohte Maria mühsam beherrscht.

Merten stellte die Lampe neben das Bett und blickte Maria nachdenklich an. »Ich bin mir nicht so sicher, ob der General wirklich an seinem Leiden verstorben ist«, teilte er seine Überlegungen.

Maria und Hajo sahen ihn verständnislos an.

»Was meinen Sie damit?«, fragte sie angespannt.

»Ich halte es für möglich, dass jemand ihn getötet hat.«

Maria blickte ihn ungläubig an. »Wieso sollte das jemand getan haben? Und wie kommen Sie überhaupt darauf?«

Merten nahm die Lampe wieder in die Hand und bedeutete beiden näher zu kommen.

»Seht ihr diesen Fleck hier auf dem Nachthemd? Ich denke, das ist Blut. Zwar schon getrocknet, aber auch noch nicht staubtrocken.«

Die erfahrene Pflegerin beugt sich vor und nickte. »Ich stimme Euch ja zu, dass das wahrscheinlich Blut ist, aber ein Blutfleck auf dem Nachthemd macht doch noch keinen Mord. Wir sind hier in einem Hospital, da ist Blut nicht selten.«

Merten nickte und wog gleichzeitig den Kopf. Vorsichtig schlug er wieder das Nachthemd beiseite. »Hier ist ein feiner Riss oder Schnitt in der Haut, direkt unter dem Fleck«, erklärte er.

Maria beugte sich weiter vor und schaute angestrengt auf die gewiesene Stelle. Schließlich tat sie es Merten gleich und fuhr vorsichtig mit dem Finger darüber. Schließlich zuckte sie die Schultern. »Ja, eine kleine Verletzung vielleicht, aber sicher doch nichts Ernstes.«

»Ich denke, er könnte erstochen worden sein«, widersprach der Kaufmann ihr.

»Das kann ich nicht glauben«, meinte Maria kopfschüttelnd.

»Erstochen? Müsste denn hier nicht alles voller Blut sein?«, fragte Hajo aufgeregt.

Merten schüttelte den Kopf. »Nicht unbedingt. Wenn eine schmale Klinge sehr spitz oder scharf ist und schnell und gerade zwischen die Rippen gestoßen wird, kann es nahezu spurlos sein. Haut und Fleisch schließen sich nach dem Rausziehen schnell wieder, aber das Herz dahinter ist unheilbar verwundet. Zumeist tritt der Tod sehr schnell ein, es kann sich aber auch eine Weile hinauszögern.«

»Woher weißt du sowas?«, fragte der Küchenjunge sichtlich beeindruckt.

»Ich bin immer viel gereist, da bleibt Händel auf den Straßen leider nicht aus. Glücklicherweise haben meine Eltern mir eine gute Fechtausbildung angedeihen lassen. Eines Nachts in Rom wurden zwei Gefährten und ich in einer düsteren Gasse überfallen. Nun ja, die Gegend war vielleicht auch ein wenig … verrufen«, erklärte er mit einem schiefen Grinsen unter dem missbilligenden Blick von Schwester Maria.

»Wir waren dem Lumpenpack an Fechtkunst wohl überlegen, aber in der engen Gasse war es eher ein wüstes Gemenge, bei dem wir auch einstecken mussten. Am Ende haben wir das Pack dann schließlich doch in die Flucht geschlagen. Wir haben hinterher noch einen Bader aus dem Bett geholt, der unsere Wunden versorgen sollte. Eigentlich schien es nicht ernst und wir haben schon überlegt, wo wir noch einen guten Wein herkriegen können für die angebrochene Nacht«, fuhr Merten mit seinem Bericht fort und erntete abermals einen leicht vorwurfsvollen Blick von Schwester Maria.

»Dann ist der Friedrich plötzlich zusammengebrochen. Immer blasser ist er geworden und dann war er tot, ohne dass der Bader noch etwas tun konnte. Ein einzelner Stich in der Brust, kaum Blut, grad ebenso wie hier. Der Bader hat uns dann erklärt, was passiert ist. Es soll sogar Fälle gegeben haben, wo Menschen mit einer langen Nadel getötet worden sind, dann ist von außen noch weniger zu sehen«, beendete Merten seinen Bericht und schlug das Nachthemd wieder zurück.

Der Küchenjunge blickte neugierig auf den etwa münzgroßen Blutfleck. »Müsste dann nicht ein Loch im Stoff sein?«, fragte er.

Merten nickte. »Schlauer Bursche! Aber nicht zwingend. Im Schlaf wäre es ein Leichtes, das Nachthemd aufzuschlagen und nach dem Stich wieder zu schließen. Für einen geschickten Mörder wäre es wohl auch von hinten oder im Kampf möglich und der General war schon sehr schwach und konnte sich kaum noch wehren. Auch frage ich mich, ob dieser Knopf hier oben am Hemd schon länger fehlt …«

Maria schüttelte kaum merklich den Kopf. »Das mag es ja alles geben. Aber Hagen Torfner war auch schwer krank und ausgezehrt. Gott kann ihn auch einfach zu sich gerufen haben und dass die Kranken sich verletzen, kommt immer wieder einmal vor.«

»Da will ich Euch ja zustimmen, Schwester Maria«, lenkte Merten ein. »Aber erst die Sache mit der Brid und dem Hinrichs, die viele Fragen offenlässt, und nun das hier. Etwas viele merkwürdige Zufälle für meinen Geschmack. Ich werde mit Meister Möhring sprechen, wenn er wieder im Hof ist.«

Maria nickte. »Das wird wohl das Beste sein«, stimmte sie zu und blickte den Toten traurig an.

Dann wandte sich Merten an den Küchenjungen und hob warnend den Zeigefinger. »Und du, zu keinem ein Wort hiervon oder du kannst die Fechtstunde vergessen.«

Hajo schluckte und nickte heftig.

Kapitel 7

Samstag, 31. August 1619

Der Pestmeister verschränkte die Hände über seinem Bauch und schüttelte entschieden den Kopf. »Herr Overdiek, ich habe den Leichnam von dem Hagen Torfner eingehend begutachtet und würde einen gewaltsamen Tod nicht in Betracht ziehen.«

Merten senkte die Augenlider und riet sich zu Geduld und Gleichmut. »Ihr könnt doch aber einen Herzstich auch nicht grundsätzlich ausschließen, oder, Meister Möhring?«, fragte er höflich.

Der Bader hob in hilfloser Geste die Hände. »Ich weiß wohl, dass Stiche unter Umständen kaum sichtbare Wunden nach sich ziehen können, aber von einem Kratzer auf der Brust und einem Fleck auf dem Nachtgewand gleich auf Mord zu schließen, erscheint mir doch etwas übertrieben. Der Mann war alt und von Krebsgeschwüren und der Auszehrung innerlich zerfressen, seine Zeit war einfach gekommen.«

»Oder jemand hat die Uhr ein wenig für ihn vorgedreht«, warf Merten trocken ein.

Möhring seufzte. »Herr Overdiek, Ihr seid ein aufrechter Mann und der Torfner ist Euch ans Herz gewachsen, was für Euren Anstand und Eure christliche Gesinnung spricht. Aber es bedarf schon mehr als eines fleckigen Nachthemds, damit ich den Brookvogt mit einem Mordverdacht auf den Pesthof rufe.«

Merten sah den Pestmeister eine Weile stumm an, dann nickte er. Vermutlich hätte er an Möhrings Stelle nicht anders entschieden. Es gab keine Beweise, geschweige denn Zeugen oder Verdächtige. Der Brookvogt würde sie bestenfalls auslachen, wenn sie ein fleckiges Nachthemd und einen Kratzer als Beweise präsentierten. Nach geltendem Recht waren ohnehin nur Zeugenaussagen von echtem Wert. Eine Untersuchung wäre vermutlich beendet, bevor sie überhaupt richtig begonnen hätte. Nach dem Vorfall mit der Brid Eisner konnte es nicht in Möhrings Interesse sein, für nichts und wieder nichts neuen Wirbel zu erzeugen, um den Pesthof und sich selbst beim Brookvogt weiter in schlechtes Licht zu rücken.

»Ihr habt Recht, Meister Möhring. Es mag zwar irgendwie möglich sein, aber doch mehr als abwegig. Ich denke, da ist die Trauer um den alten Haudegen ein wenig mit mir durchgegangen«, erklärte er versöhnlich.

Der Pestmeister sah ihn sichtlich erleichtert an. »Es ehrt Euch ja, dass Ihr Euch so viele Gedanken um Eure Mitmenschen macht, und noch mehr, dass Ihr für ein ordentliches Begräbnis des Mannes aufkommt. Aber nun lasst die Sache auf sich beruhen.«

Merten lächelte zustimmend. »Ich danke Euch für Eure lobende Worte und kann Euch nur zustimmen. Die Toten soll man ruhen lassen.«

Nach einer freundlichen Verabschiedung verließ der Kaufmann die Arbeitsstube des Pestmeisters und trat aus dem Badehaus ins Freie.

»Und?«, erscholl eine drängende Stimme, kaum dass er aus der Tür getreten war.

»Und was, Schwester Maria?«, fragte der Kaufmann unschuldig.

Die Pflegerin verdrehte die Augen. »Und haben Sie Meister Möhring überzeugen können?«

Merten hob mit gespielter Überraschung die Augenbrauen. »Wieso so interessiert? Ich dachte, Sie halten den Gedanken für Unfug.«

Maria kaute kurz nervös an ihrer Unterlippe. »Ich würd ja trotzdem gerne wissen, ob Hagens Tod weiter untersucht wird.«

»Weil Sie es vielleicht doch für möglich halten, dass er nicht an seiner Krankheit gestorben ist?«, fragte Merten süffisant.

»Weil … weil ich es einfach wissen will. Also verraten Sie es mir jetzt?«, drängte sie ungehalten.

Merten lächelte. »Möhring wird die Sache nicht weiter untersuchen lassen und riet mir, es ebenfalls zu vergessen.«

»Und das werden Sie auch tun?«, fragte sie lauernd.

Merten zuckte gleichmütig die Schultern. »Wenn es doch so das Beste ist? Heute ist ein schöner Tag, ich denke, ich werde einfach ein wenig spazieren gehen«, überlegte er laut mit einem Blick in den blauen Himmel.

»Warum glaube ich das nicht so richtig«, seufzte die Pflegerin und verabschiedete sich in das Badehaus.

Mit hinter dem Rücken verschränkten Händen schlenderte Merten scheinbar ziellos um das Hauptgebäude des

Pesthofs herum. Gelegentlich lehnte er sich an einen Schatten spendenden Baum oder betrachtete eines der Kräuter- und Gemüsebeete, wobei er stets einen gebührenden Abstand vom übelriechenden Wassergraben hielt.

Erst auf dem Vorplatz des Hofes, von dem man über die Brücke das Hofgelände verlassen konnte, wurde sein Weg etwas zielgerichteter.

Ein kleiner, alter Mann saß gebeugt auf einer der Bänke neben einer alten Frau. Zwischen ihnen stand eine Tonschale und beide hatten einen Jutesack auf ihrem Schoß. Beim Näherkommen erkannte Merten, dass sie Erbsenschoten aus den Säcken nahmen und in die Schale pulten. Auch lehnte neben beiden ein knotiger Stock. Hätte es Merten nicht besser gewusst, hätte er sie für ein ergrautes Ehepaar gehalten.

»Einen schönen guten Tag wünsche ich«, begrüßte der Kaufmann die beiden.

Der Kopf der Frau hob sich langsam vom Gemüse und sie blickte ihn mit unnatürlich weiten Augen an. Einige von ihren langen grauen Haaren hatten sich aus dem Knoten gelöst und hingen wirr an ihr herunter. Merten meinte, dass sie Irmgard hieß, und so stumm, wie sie ihn anblickte, hatte sie etwas von einem Gespenst. Irgendwie war er froh, dass es ein sonniger Tag war.

»Einen schönen guten Tag wünsche ich«, wiederholte Merten noch einmal deutlich lauter, denn der Mann hatte bisher noch gar nicht reagiert.

Erschrocken zuckte der kleine Mann zusammen und blickte sich suchend um. Er hatte kurz geschnittene graue Haare und ein auffällig spitzes Gesicht mit einer rötlichen Nase. »Auch einen schönen Tag«, wünschte der Mann, sah sich aber trotzdem weiter um.

»Merten Overdiek«, lenkte Merten die Blickrichtung des Alten mit weiterhin erhobener Stimme. »Herr Ziegler, nicht wahr?«

»Ja ja, aber Hermann oder Maulwurf soll mir auch recht sein«, bot der Mann an und kicherte schelmisch. Die meisten Bewohner empfanden auch die noch so absurdesten Spitznamen als eine Art Ehrentitel. Vielleicht weil es zeigte, dass ihre Umgebung sie noch irgendwie wahrnahm und sich gar Gedanken über ihre Erscheinung machte. Vielleicht auch, weil die meisten Kranken sonst nicht viel zu lachen hatten.

»Gern«, entgegnete Merten und fragte sich, ob er den Mann nun Hermann oder doch Herr Maulwurf nennen sollte, was jedoch absurd klang.

»Ich stand recht gut mit dem General«, eröffnete Merten sein eigentliches Vorhaben.

»Was für ein Regal?«, fragte der Mann irritiert.

»Ich stand recht gut mit dem General«, wiederholte Merten in lauterem Tonfall und fragte sich bereits jetzt, ob diese Unterhaltung in irgendeiner Form gewinnbringend sein könnte.

»Oh, ja ja, der General. Gott habe ihn selig, einen besseren Zimmergenossen hätte man sich nicht wünschen können«, lobte der Alte, während seine Hände wie von einem Eigenleben erfüllt weiterhin Erbsen pulten.

»Sein Tod war für mich etwas überraschend, auch wenn er krank war. Ging es ihm denn am Vortag schon schlechter?«

Der Alte zuckte die Schultern und schnippte mit dem Daumen eine weitere Erbse in die Schale. »Nicht schlechter als die letzten Tage, aber was hat das schon zu sagen. Die Pflegeweiber mussten ja schon länger jeden Tag nach ihm sehen und nachts haben ihn die Schmerzen oft aus dem Bett getrieben, wenn er denn hochkam.«

Merten kratzte sich die roten Bartstoppeln auf der Wange. »War er denn in seiner letzten Nacht auch hoch?«

Wieder zuckte der Mann die Schultern. »Glaube nicht, aber sicher bin ich mir nicht. Weißt du, ich sehe kaum noch was und höre auch etwas schlecht«, erklärte der Alte im Verschwörerton und schnippte eine Erbse zielsicher neben die Schale.

»Ist mir gar nicht aufgefallen«, murmelte Merten leise. »Aber wie hast du es denn sonst gemerkt, wenn ich fragen darf?«, schickte er mit deutlich lauterer Stimme hinterher.

»Wenn ich nicht so fest schlafe, merke ich, wie die Dielen wackeln oder die Luft zieht, wenn die Tür aufgeht. Vor ner Woche ist er auch umgefallen beim Aufstehen und hat um Hilfe gebeten. Wir haben dann die Pflegeweiber gerufen.«

Merten nickte nachdenklich. Aus den Augenwinkeln sah er, wie die Alte neben dem Maulwurf ihn immer noch anstarrte. Sie verharrte sogar immer noch in derselben Position wie bei seiner Ankunft, als wäre sie eingefroren. Er schauderte kurz, die Frau war ihm unheimlich.

»War denn sonst etwas ungewöhnlich? Hatte er ungewöhnlichen Besuch die letzte Zeit?«, wandte er sich wieder an Hermann Ziegler.

Der Alte dachte kurz nach. »Nein, eigentlich nicht. Obwohl … Ich glaube, er hat sich öfters mit so einem vornehmen Pfeffersack getroffen. Der ist hier im Pesthof, weil er den Aussatz hat und ihn der Physikus aus der Stadt verbannt hat, sonst würd er sich wohl gar nicht mit uns abgeben«, erzählte der Alte mit gerümpfter Nase. Dann schlug er aufgeregt die Hand vor den Mund. »Gott hilf! Meinst du, der hat den General mit seinem Aussatz vorzeitig unter die Erde gebracht?«

Merten räusperte sich. »Ich denke nicht, nein.«

Der Alte machte ein Gesicht, das vermutlich so viel wie »Wer weiß das schon« bedeuten sollte.

»Ich danke recht schön für die Unterhaltung, aber ich fürchte, ich muss anderen Pflichten nachgehen«, verabschiedete sich der Kaufmann.

»Ja ja, die Möhrings halten uns alle gut auf Trab«, verabschiedete sich auch Ziegler und winkte mit einer Erbsenschote in der Hand.

»Was für ein netter junger Mann, ich hab gar nicht gefragt, warum er hier ist«, meinte der Alte zu seiner Sitznachbarin. Diese blickte Merten immer noch mit weit geöffneten Augen hinterher.

Kapitel 8

Sonntag, 1. September 1619

Schwester Agatha verschränkte die Hände hinter dem Rücken und sah die beiden Männer vor ihr mit ihren eisblauen Augen streng an. »Haben Sie die Sicherheitsmaßnahmen verstanden?«

Die beiden Männer nickten und versuchten sich von den neugierigen Blicken der Einwohner des Tollhauses nicht ablenken zu lassen. Die Einweisung der beiden Neuen schien für einige Bewohner der Tageshöhepunkt zu sein.

»Hätten Sie dann vielleicht die Güte, sie zu wiederholen, damit ich mir dessen sicher sein kann?«, forderte sie ihre beiden Zuhörer auf.

Merten lachte kurz auf, da ihn die Situation doch sehr an seine Schulzeit erinnerte.

Die Pflegerin kniff die Augen zusammen und sandte todbringende Blicke zu ihm aus. »Habe ich einen guten Scherz gemacht, Herr Overdiek? Habe ich Sie vielleicht amüsiert?«, fragte sie lauernd.

»Oh, nein, das ist es nicht, Schwester Agatha. Mir ging nur … etwas durch den Kopf«, versuchte der Kaufmann die Situation glimpflich abzuwenden.

»Die Regeln sollten das Einzige sein, was Ihnen gerade durch geht Kopf geht, meine ich«, belehrte sie ihn kühl und ihr Blick wurde noch ein wenig schneidender. Vermutlich hätte man gut einen Apfel damit schälen können. »Unlängst ist ein Mensch gestorben. Bei Gott, ein solcher Vorfall wird sich in diesem Hause nicht wiederholen!«, stellte sie klar. Sie hob die rechte Hand einer Schwurgeste gleich und präsentierte den vernarbten Stumpf ihres kleinen Fingers.

»Natürlich nicht, Schwester«, pflichtete Merten ihr bei.

»Also die Herren?«, wiederholte sie ihre Aufforderung.

»Wir stecken niemals unsere Hände oder Gegenstände in die Tollkisten, nur die angeketteten Näpfe«, begann Merten, um dem Schauspiel schnell ein Ende zu bereiten.

Schwester Agatha nickte. »Das ist das Wichtigste. Herr Weidenbaum?«

Der rundliche Mann räusperte sich und blickte angespannt nach oben. Schwester Agatha war sehr stattlich für eine Frau, sie überragte ihn fast um eine halbe Haupteslänge und hatte dazu breite Schultern.

»Kranke, die normalerweise in Eisen sind, werden nie allein gelassen, wenn ihre Fesseln gelöst sind«, antwortete Weidenbaum und strich sich nervös über den runden Bauch.

Zu seiner Erleichterung nickte die Frau.

»Die Tollen erhalten von uns nichts außer Nahrung oder wir sammeln es wieder ein«, fuhr Merten ungefragt mit Regel drei fort.

Wiederum nickte die Pflegerin. »Gut. Herr Overdiek, ich rate Ihnen an, sich zunächst mit den Bedürftigen in Eisen vertraut zu machen, bevor Sie einen von ihnen ausführen. Schließlich wollen Sie ja keine bösen Überraschungen erleben, nicht wahr«, schlug sie vor und einen winzigen

Moment zuckten ihre schmalen Lippen zu einem hämischen Lächeln.

»Wenn Sie es vorschlagen, kann es ja nur richtig sein, Schwester Agatha«, entgegnete Merten höflich lächelnd.

Kurz kniff sie die Augen zusammen. »Und kommen Sie den Kranken bitte nicht näher als notwendig. Auch wenn sie toll sind, haben sie dennoch ein Anrecht auf … «

»Abstand?«, vervollständigte Merten ihren hängenden Satz.

Sie brummte eine Zustimmung. »Dann kommen wir nun zur Breiausgabe, Herr Weidenbaum. Ich werde Ihnen zeigen, wer bereits im Speisesaal verköstigt wurde, wer selbstständig in der Lage ist zu essen und wen sie unterstützen müssen. Ich hoffe, Sie verfügen über viel Geduld«, wies sie den rundlichen Mann ein.

Dieser machte ein gequältes Gesicht und fuhr sich mit der Hand durch den verbliebenen schwarzen Haarkranz. »Vielleicht könnten Herr Overdiek und ich bei der Essensausgabe gemeinsam vorgehen, um etwas Zeit zu sparen«, schlug er mit aufkeimender Verzweiflung beim Blick auf einige arg entrückte Gesichter der Bewohner vor.

Schwester Agatha schüttelte entschieden den Kopf. »Herr Overdiek kann leider nicht an der Ausgabe von Nahrungsmitteln beteiligt werden aufgrund seines … Zustands«, erklärte sie, ohne Merten dabei eines Blickes zu würdigen.

»Keine Sorge, ich bin nicht schwanger, es ist nur der Aussatz«, kommentierte Merten trocken in Richtung seines »Mitschülers«.

»Weiterhin ist Herr Overdiek nicht verpflichtend zum Arbeitsdienst eingeteilt, sondern auf eigenen Wunsch hier. Meister Möhring hat diesem Wunsch entsprochen«, ergänzte sie und ließ keinen Zweifel offen, dass sie diese Entscheidung missbilligte.

»Ich sehe es eben als meine Christenpflicht an, zu helfen«, warf Merten beiläufig ein.

Das Brummen Schwester Agathas klang wenig überzeugt. »Da das nun geklärt wäre, können Sie mit der Breiausgabe beginnen, Herr Weidenbaum!«

»Ich müsste noch einmal«, entgegnete der Mann und sah sich mit einem verkniffenen Lächeln um.

»Sie können draußen die Südwand nehmen oder dort drüben hinter dem Vorhang«, erklärte sie und deutete auf einen Verschlag mit einem Jutetuch davor. »Die Südwand ist allerdings sauberer«, fügte sie emotionslos hinzu.

Weidenbaum nickte und machte sich leicht humpelnd auf den Weg nach draußen. Soweit Merten wusste, litt der Mann an »Harndurchfall[11]«, auch »Durstkrankheit« genannt. Man sah ihn oftmals trinken und sein Wasser wieder abschlagen, auch plagte ihn wohl häufig die Schwäche oder kleinere Verletzungen.

Merten machte sich indessen auf und schritt unschlüssig durch den Gang zwischen den Lagern und den Schlafkojen. Mit einem beklemmenden Gefühl betrachtete der Kaufmann die armen Seelen, die von Flöhen und Wanzen

---

[11] Diabetes.

zerbissen auf ihren schmutzigen Bettstellen kauerten. Die tief in den Höhlen liegenden Augen folgten seinen Bewegungen mit undefinierbarem Mienenspiel. Eine Frau kratzte sich aufgeregt und ein Mann, dessen Hals und Hände in einer schweren Eisenstange gefangen waren, starrte ihn mit unnatürlich aufgerissenen Augen an. Merten nickte ihm unbeholfen zu und fragte sich, ob es wirklich eine gute Idee gewesen war, den Pestmeister zu bitten, hier helfen zu dürfen. Zwar hatten auch viele der Siechen im Haupthaus kein leichtes Leben, aber das Elend hier im Tollhaus übertraf das der körperlich Kranken auf erschreckende Weise. Merten fühlte sich bereits überfordert, ehe er überhaupt ein Wort mit den Tollen gesprochen hatte.

Er tat trotz der üblen Luft einen tiefen Atemzug. Wenn er Hinweise zum Tod von Dirk Hinrichs und dem General finden wollte, dann vermutlich hier. Seine Augen blieben an einem dürren Mann mit geschorenen Haaren und struppigem weißen Bart hängen, der angekettet auf seinem Lager saß und versonnen in den Raum blickte.

Behutsam näherte er sich ihm. »Einen guten Tag«, wünschte Merten in Ermangelung einer besseren Gesprächseröffnung.

Verständnislos musterte der Mann ihn. Dann sprang er mit einer unerwarteten Geschwindigkeit auf und stand urplötzlich keine zwei Handbreit vor Merten. »Salve!«, wünschte der Mann und der lautstarke Gruß blies Merten eine widerspenstige rote Haarsträhne aus dem Gesicht. Erschrocken zuckte der Kaufmann zusammen und wich hastig einen Schritt zurück.

Lachen und Kichern aus den Betten und Kojen um sie herum erscholl. Eine alte Vettel im Nachbarbett zog den Mann am Nachthemd zurück auf sein Lager. »Ist nur Caesar«, sagte sie, als würde dies alles erklären, während ihr Kopf mehrmals zur Seite zuckte.

Merten schluckte und trat mit pochendem Herzen wieder einen Schritt näher. Er fühlte regelrecht, wie die Blicke der Anwesenden neugierig auf ihm lagen. »Nun, dann … Salve, Caesar.«

Der Mann nickte ihm zufrieden zu.

»Quatscht immer nur Kauderwelsch, aber tut nie niemanden was«, erklärte die alte Vettel und tatschte Caesar unbeholfen die Schulter.

»Das … ist beruhigend«, brachte Merten hervor, blieb jedoch sichtlich angespannt.

»Feine Kleidung, feiner Herr«, sagte die Alte und griff neugierig nach Mertens Hosen.

Hastig wich er einen Schritt zurück.

Beleidigt sah ihn die Alte an. »Will nichts stehlen, so eine bin ich nicht«, stieß sie verärgert hervor und ihr Kopf zuckte so heftig, dass es Merten ernsthaft besorgte.

»Das ist es nicht. Ich … habe den Aussatz«, versuchte Merten sie zu beschwichtigen.

»Aussätzig«, ertönte es mehrstimmig um ihn herum und das Rascheln und Klappern deutete darauf hin, dass sich mehrere der Anwesenden zurückzogen. Vermutlich all die, die den Sinn der Worte verstanden.

»Ihr verfault, feiner Herr?«, fragte die Alte. Aus irgendeinem Grund schien sie der Gedanke aufzuheitern und auch das Zucken ebbte ab.

Merten räusperte sich. »Nun ja, ich hoffe, dass es nicht so kommt oder ich zumindest noch viel Zeit habe.«

Sie brummte sichtlich enttäuscht.

»Aegroto, dum anima est, spes est[12]«, brachte sich Caesar unerwartet in die Unterhaltung ein.

Merten kratzte sich am Kopf und grübelte. Wie viele Sprosse wohlhabender Bürgerfamilien hatte er die Gelehrtenschule des Johanneums besucht und sogar einige Semester studiert, wenn auch ohne Abschluss. Aber diese Zeiten waren lange vorbei und seine Lateinkenntnisse stark verstaubt.

»Audaces fortuna adiuvat[13]«, versuchte er sich an einer passenden Erwiderung. Ein Zitat, das er sich ironischerweise nicht von einem Gelehrten, sondern von seinem wenig gebildeten Fechtlehrer gemerkt hatte.

Caesar schien die Erwiderung zu gefallen und er blickte Merten sichtlich wohlwollender an.

»Müsst ihr kacken, feiner Herr? Wir haben einen Eimer«, erhob die Alte wieder ihre Stimme und versuchte, Mertens Aufmerksamkeit zurückzuerobern.

---

[12] Für den Kranken besteht Hoffnung, solange er atmet. Marcus Tullius Cicero.

[13] Den Tapferen hilft das Glück.

»Nein danke, ich war schon«, entgegnete Merten in Ermangelung einer besseren Antwort.

»Es ist ein guter Eimer«, versuchte sie es erneut.

»Darf Caesar das Tollhaus verlassen?«, fragte Merten, um das Thema zu wechseln, und blickte die Alte und Caesar abwechselnd an.

»Liberae sunt nostrae cogitationes![14]«, kommentierte der Mann mit erhobenem Zeigefinger.

»Nicht allein, nur mit Aufpasser«, antwortete die Frau und kicherte. »Früher durfte er alleine gehen, aber dann haben sie ihn immer vor Sankt Nikolai auf dem Hopfenmarkt gefunden, wo er Reden in Kauderwelsch gehalten hat.«

Kaum hatte sie die Aussage getan, stand ihr Bettnachbar auf und breitete in vielsagender Geste die Hände aus. »De natura deorum …[15]«, setzte er zu einer offensichtlich längeren Rede an.

Lautes Murren und Stöhnen ertönte von den Umstehenden, die dem Vortrag offensichtlich bereits mehrfach gelauscht hatten. Ein junger Mann presste sich gar gepeinigt die Handballen auf die Ohren und wippte nervös mit dem Oberkörper.

---

14 Unsere Gedanken sind frei. Marcus Tullius Cicero.

15 De natura deorum – Vom Wesen der Götter, 45 v. Chr. von Marcus Tullius Cicero verfasstes Werk über grundsätzliche Glaubensfragen aus philosophischer Sicht.

Die Alte zog ihn am Nachthemd zurück auf das Bett und Caesar ließ es willfährig geschehen und verstummte zur Erleichterung aller.

»Hat dann immer zwei Tage gedauert, bis die Röper rausgefunden haben, wo er hingehört«, beendete sie ihre Erzählung und kicherte amüsiert.

»Aber er ist nicht gefährlich?«, versicherte Merten sich noch einmal vorsichtig.

Die Alte schüttelte den Kopf. »Ich kann Euch begleiten und den feinen Herrn beschützen«, bot sie an und lachte, während ihr Kopf wieder wüst zuckte.

»Das ist sehr freundlich, ich werde gern darauf zurückkommen«, nahm Merten das Angebot an. Insgeheim musste er sich eingestehen, dass er sich tatsächlich wohler fühlen würde, wenn sie dabei wäre. Die Seele der Alten schien selbst auf unergründlichen Wegen zu wandern, aber immerhin verstand sie ihn und kannte dazu den verschrobenen Mann neben ihr gut. Vermutlich gab es anspruchsvollere Aufgaben, um seinen Aufenthalt hier zu begründen, als mit den beiden eine Runde um den Hof zu gehen.

»Durfte die Brid Eisner eigentlich alleine das Tollhaus verlassen?«, lenkte Merten das Gespräch nun endlich auf sein eigentliches Ziel.

Die Frau schmatzte abschätzig. »War in Eisen die Brid und nun ist sie da drin«, erklärte sie und deutete mit dem Daumen auf eine der Kisten.

»War sie denn vorher schon gefährlich?«, tastete sich Merten weiter vor.

Die Frau zuckte die Schultern und ihr Kopf bewegte sich unschlüssig in verschiedene Richtungen. »Hat ja nie geredet, die Brid. Immer nur gestarrt und gelauscht wie eine Katze auf dem Dachbalken. Hat aber nie jemanden was getan. Nu tut sie gar niemals nichts mehr in der Kiste. Manchmal stöhnt sie und kratzt an den Wänden, hat Angst in der dunklen Kiste«, erklärte sie im Verschwörerton.

»So, hat sie das …«, murmelte Merten und blickte zur Kiste. »Kannte sie eigentlich diesen Dirk Hinrichs?«

Sie rümpfte kurz die Nase, wobei Merten nicht klar war, ob es Missfallen oder ein Anzeichen angestrengten Nachdenkens war. »Er musste einige Male mit ihr rausgehen und auf sie aufpassen, dass sie nicht in den Graben geht. Konnt ja auch nich richtig sprechen, der Mann«, erklärte sie und äffte einige kehlige Laute nach und kicherte dann. »Mocht aber nicht hier sein und die Brid mocht er auch nich. Hat sie sogar ein oder zweimal verloren, da hat er andere Arbeit gekriegt«, fuhr sie fort, schlug sich auf die dürren Schenkel und lachte.

»Er hat sie verloren?«, fragte Merten.

Die Alte nickte heftig und winkte gleichzeitig ab. »War aber immer noch auf dem Hof. Schwierig, die Brid zu verlieren, die geht meist nur, wenn man sie stößt, und dann ganz langsam«, erklärte sie und lachte laut über ihren Scherz. »Ich bin Ottilia Hagebaum, feiner Herr«, stellte sie sich ohne weiteren Zusammenhang vor.

»Entschuldige, Merten Overdiek, aber du kannst mich Merten nennen«, stellte er sich ebenfalls vor.

Ottilia quittierte das Angebot der vertraulichen Anrede mit einem langgezogenem »Ohhhh«, wippte mit den dürren Beinen und grinste glücklich.

Merten sah sich um. »Wo hat die Brid eigentlich geschlafen?«

Die Alte deutete mit einem knotigen Zeigefinger auf eine leere Lagerstätte direkt am Eingang. Eine blasse, junge Frau auf der Schlafstätte daneben drückte sich ob der ungewohnten Aufmerksamkeit ängstlich an die Wand.

»Weißt du …«, setzte Merten zu einer weiteren Frage an, wurde jedoch vom Läuten der Glocke der kleinen Kirche unterbrochen.

»Gottesdienst«, sagte Ottilia unnötigerweise und klatschte freudig in die Hände.

Alle nicht angeschlossenen Bewohner des Tollhauses machten sich sogleich geschäftig auf, das Gebäude zu verlassen. Schwester Agatha öffnete gar die Ketten von zwei in Eisen gelegten Kranken und führte sie gemeinsam mit Weidenbaum hinaus, während die anderen freien Bewohner ihr hinterhertrotteten. Beim Verlassen des Gebäudes warf die Pflegerin noch einen misstrauisch prüfenden Blick auf Merten, bevor sie durch die Tür schritt.

Merten wartete ab, bis die Gruppe das Haus verlassen hatte, dann ging er zu den verschlossenen Tollkisten. Er fühlte die Blicke der anderen Insassen auf sich, während er nachdenklich die düsteren Holzkerker betrachtete. Soweit er wusste, wurden die Insassen der Tollkisten so gut wie nie ans Licht geholt. Ein grausames Schicksal, das seiner Ansicht nach kein Mensch verdient hatte.

»Gib gut Acht, feiner Herr Merten«, zischte ihm da eine Stimme von hinten ins Ohr. Erschrocken fuhr er herum.

Es war Ottilia, die noch einmal zurückgekommen war. »In der Kiste ist ein riesenhaftes Monster gesperrt, das dir den Schädel vom Haupt reißen kann. Die Brid ist in dieser Kiste dort«, flüsterte sie heiser und verschwand eilig, ohne dass Merten etwas entgegnen konnte.

Tief atmete er durch und versuchte den kurzen Schrecken zu verdrängen, den Ottilia ihm eingejagt hatte. Vorsichtshalber sah er sich noch einmal um, aber es befanden sich nur noch angekettete Kranke im Tollhaus. Die meisten ignorierten ihn mittlerweile, selbst Caesar lag teilnahmslos auf seinem Lager.

Er machte noch einen Schritt auf die Kiste zu, die ihm die Alte als Gefängnis von Brid Eisner gewiesen hatte, und beugte sich vorsichtig nach vorn. Durch das kleine, vergitterte Fenster ließ sich jedoch kaum etwas in der Kiste erkennen, denn es war dunkel im Tollhaus und er stand dazu vor der einzigen Öffnung, durch die hätte Licht in die Kiste eindringen können.

»Brid Eisner?«, flüsterte er in die Dunkelheit hinein, doch es kam keine Reaktion.

»Brid?«, wiederholte er nach einer längeren Pause.

Merten schloss die Augen und lauschte. Er versuchte das Atmen, Seufzen und Rascheln der anderen Bewohner des

Tollhauses auszublenden und sein Gehör auf die Kisten auszurichten. War das ein metallisches Klimpern? Etwas kratzte zudem beständig am Holz, wie Nager, die des Nachts versuchten sich ihre Wege durch Holz zu bahnen. Ein dumpfes Husten drang zu ihm durch, aber es klang tief männlich und schien aus einer der anderen Kisten zu kommen.

»Brid Eisner?«, flüsterte er und ging mit dem Gesicht näher an das kleine, vergitterte Fenster heran.

»Sie wird dir nicht antworten und nicht kommen«, ertönte da eine leise, aber durchdringende Stimme gut einen Schritt neben ihm.

Erneut zuckte der Kaufmann zusammen. Die Stimme kam aus dem kleinen Fenster der Kiste neben ihm. Merten machte einen Schritt zur Seite. In den Schatten hinter den Eisenstäben erblickte er ein ausgemergeltes, spitzes Gesicht. Schlohweiße Haare und ein langer Bart verdeckten die markanten Züge weitgehend, aber zwei unnatürlich hellblaue Augen schimmerten hindurch und musterten Merten unruhig, sodass es ihn schauderte.

Wie ein Riese wirkte der Mann nun eben nicht, also musste es wohl Michelangelo sein, vermutete er.

»Warum nicht?«, fragte Merten.

»Sie spricht nie, zumindest nicht mit der Zunge und sie versteckt sich.«

»Wovor versteckt sie sich?«, hakte Merten nach.

»Vor den Teufeln und Dämonen in ihrem Kopf. Ihr Verstand hat sich schon lange eine Ecke gesucht und sich vor ihnen darin verborgen«, erklärte er bedeutungsschwanger und ein kurzes Lächeln umspielte seine Mundwinkel.

Merten nickte stumm. Er hatte sich eine etwas handfestere Begründung erhofft. »Nun, dann will ich ihr auch keine Bange machen«, meinte er zu dem Weißhaarigen und nickte ihm etwas steif zum Abschied zu.

»Vielleicht versteckt sie sich auch vor den Mördern von Dirk Hinrichs«, erscholl da die leise Stimme Michelangelos in seinem Rücken, kurz nachdem er sich abgewendet hatte.

Merten fuhr herum und der Alte lachte hämisch.

»Das interessiert dich, nicht wahr?«, fragte er lauernd.

Merten trat wieder einen Schritt näher und riet sich, vorsichtig zu sein. »Was willst du damit sagen? Die Brid soll doch den Dirk Hinrichs getötet haben«, fragte er prüfend.

Wieder lachte der Mann leise. »Und warum willst du dann mit ihr sprechen?«

Merten schwieg zunächst in Ermangelung einer guten Antwort. »Also was weißt du über den Mord an dem Dirk Hinrichs?«, fragte er schließlich, statt auf die Frage einzugehen.

Der Mann sog tief die Luft ein, als wenn er durch die Gitter eine Witterung aufnehmen würde. »Du bist der Verlorene, nicht wahr? Der Tod haust in dir und sucht sich seinen Weg nach draußen.«

Merten zuckte die Schultern. »Ich habe den Aussatz, aber auf dem Pesthof hat doch fast jeder den Tod in sich«, meinte er gleichmütig.

»Gräme dich nicht, Merten Overdiek. Tod und Verderben werden bald über uns alle kommen, über das ganze Reich«, sprach Michelangelo heiser.

Merten zog unbehaglich die Augenbrauen zusammen. Woher kannte der Tolle seinen Namen?

»Kanonendonner und Kugelhagel wird das Land überziehen und Hunger, Tod und Pestilenz die Menschen heimsuchen. Die Hufe der vier Reiter werden den Boden zermalmen und alles, was auf ihm kreucht und fleucht«, fuhr der Mann mit wachsender Aufregung fort.

Der Kaufmann räusperte sich. »Nun, das wäre sicherlich sehr bedauerlich, aber eigentlich würde ich gerne wissen, ob …«

Die Hand des Mannes schlug krachend gegen die vergitterte Luke, sodass Merten erschrocken zurückfuhr. Krallenartige Fingernägel gruben sich so tief in die Holzkante, dass ein Stück absplitterte. Mit wütend aufgerissenen Augen sah er Merten an, während die Kettenglieder seiner Handfessel leise gegen die Gitterstäbe klimperten.

Im ersten Reflex wollte Merten dem Verrückten den Rücken kehren, aber dann besann er sich eines Besseren. Mit der schweren Tür zwischen ihnen konnte er ihm nicht gefährlich werden und vielleicht wusste er ja doch etwas mehr über den Tod von Dirk Hinrichs.

Merten atmete tief durch. Er hatte in seinem Kaufmannsleben genug Verhandlungen geführt, um zu wissen, dass man einem aufgeregten Gegenüber am erfolgreichsten mit Verständnis begegnete.

»Ich bedaure, dich offensichtlich verärgert zu haben. Bitte fahre fort, wenn ich dich unterbrochen haben sollte«, entschuldigte er sich ruhig.

Sein Gegenüber kniff misstrauisch die unnatürlich hellen Augen zusammen. Seine Zunge leckte nervös über seine Lippen, bevor er sich entschied fortzufahren. »Das Lamm öffnete das erste der sieben Siegel; und ich hörte das erste der vier Lebewesen wie mit Donnerstimme rufen: Komm! Da sah ich und siehe, ein weißes Pferd; und der auf ihm saß, hatte einen Bogen. Ein Kranz wurde ihm gegeben und als Sieger zog er aus, um zu siegen. Als das Lamm das zweite Siegel öffnete, hörte ich das zweite Lebewesen rufen: Komm! Da erschien ein anderes Pferd; das war feuerrot. Und der auf ihm saß, wurde ermächtigt, der Erde den Frieden zu nehmen, damit die Menschen sich gegenseitig abschlachteten. Und es wurde ihm ein großes Schwert gegeben.« Die Stimme des Mannes wurde immer aufgeregter und er strich sich fahrig einige Haarsträhnen aus dem Mund, während Merten geduldig abwartete.

Schwer atmend setzte Michelangelo wieder an. »Als das Lamm das dritte Siegel öffnete, hörte ich das dritte Lebewesen rufen: Komm! Da sah ich und siehe, ein schwarzes Pferd; und der auf ihm saß, hielt in der Hand eine Waage. Inmitten der vier Lebewesen hörte ich etwas wie eine Stimme sagen: Ein Maß Weizen für einen Denar und drei Maß Gerste für einen Denar. Aber dem Öl und dem Wein füge keinen Schaden zu! Als das Lamm das vierte

Siegel öffnete, hörte ich die Stimme des vierten Lebewesens rufen: Komm! Da sah ich und siehe, ein fahles Pferd; und der auf ihm saß, heißt der Tod und die Unterwelt zog hinter ihm her. Und ihnen wurde die Macht gegeben über ein Viertel der Erde, Macht, zu töten durch Schwert, Hunger und Tod und durch die Tiere der Erde.«

Die blasse Haut Michelangelos wirkte fiebrig und seine Lippen zitterten, als er seinen Bericht beendet hatte.

Merten wartete geduldig, ob er wirklich fertig war. Erst als die Stille längere Zeit anhielt, antwortete er. »Das ist aus der Offenbarung des Johannes«, stellte er sachlich fest.

Der Alte nickte und merkte nicht, dass seine Stirn gegen die Eisengitter stieß. »Sie werden kommen, die Reiter werden kommen. Sie haben sich in Böhmen bereits auf ihre Sättel geschwungen.«

Merten nickte zustimmend. »Du meinst den Krieg in Böhmen?«

Der Alte nickte. »Das Reich wird brennen«, sagte er bestimmt.

Erneut nickte Merten, auch wenn er kaum glauben mochte, dass der Konflikt ein apokalyptisches Ausmaß annehmen sollte. »Der Krieg in Böhmen ist gefährlich, aber ich hoffe, du irrst dich«, versuchte Merten sich an einer Antwort und hoffte, der leise Zweifel würde den Mann nicht gleich wieder in die Tobsucht führen.

Doch zu seiner Erleichterung schüttelte Michelangelo nur entschieden den Kopf. »Ich irre nie. Ich kann die Wahrheit sehen, wenn ich die Augen schließe. Sie verfolgt mich, sie quält mich«, flüsterte er leidend.

»Kannst du auch die Wahrheit über Dirk Hinrichs und Brid Eisner sehen?«, sah Merten nun seine Gelegenheit gekommen, das Gespräch in eine ergiebige Richtung zu lenken.

Nun lächelte sein Gegenüber lauernd und wirkte von einem Moment zum nächsten wieder kühl und nüchtern. »Vielleicht kann ich das. Was gibst du mir, wenn ich meine Bilder mit dir teile?«

Merten überlegte. »Willst du etwas Wein oder etwas Gutes zu essen?«

Der Mann schüttelte entschieden den Kopf.

Merten machte eine hilflose Geste. »Es wäre einfacher, wenn du mir hilfst.«

Der Mann schluckte aufgeregt und drückte sein Gesicht schließlich fest gegen das Eisengitter. »Gib mir Farbe«, flüsterte er heiser.

Merten seufzte. »Ich darf nichts anderes außer Essen in die Tollkisten reichen«, entschuldigte er sich.

Michelangelo machte eine unwirsche Handbewegung. »Niemand wird es erfahren.«

Merten sah ihn zweifelnd an.

»Ich brauche sie«, beharrte der Alte und seine Stimme hatte etwas Flehendes bekommen. Gepeinigt griff er sich an die Schläfe. »Die Bilder, sie quälen mich. Tag und Nacht, sie sind immer in mir und zeigen mir das Grauen. Aber ich kann sie aus meinem Kopf malen. Für eine Weile habe ich dann Frieden, bis neue Bilder erscheinen. Für eine Weile Frieden …«, seufzte er und klang wie jemand, der sehr lange in der Wüste wanderte und von Wasser sprach.

Der Kaufmann grübelte still. »Gut, ich werde sehen, was ich tun kann. Aber ich kann dir nichts versprechen.«

Michelangelo nickte. »Ich vertraue dir, Merten Overdiek«, flüsterte er. Dann verschwand sein blasses Gesicht ohne weitere Worte in den dunklen Schatten der Kiste.

Merten atmete tief durch. Die Nachforschungen im Tollhaus hatte er sich weniger aufwühlend vorgestellt. Nachdenklich blickte er sich um. Sollte er noch versuchen mit anderen Bewohnern ins Gespräch zu kommen? Er entschied sich dagegen. Die meisten waren vermutlich nicht in der Lage, ihm irgendwelche Informationen über die Eisner zu geben, und zudem konnte er immer noch mit ihnen sprechen. Es gab andere Dinge, die er besser jetzt tat, während die Predigt noch lief.

Unter den fahrigen Blicken der verbliebenen Bewohner ging er den Gang zwischen den Bettstätten hindurch und verließ das Tollhaus. Caesars »Carpe diem![16]« nahm er ohne weitere Reaktion zur Kenntnis.

Draußen angekommen blickte er erleichtert in die helle Sonne des Spätsommertags. Das Grün der Blätter und Gräser und das Zwitschern der Vögel waren ein nahezu

---

[16] Nutze den Tag. Horaz, 65 v.Chr.–8 v.Chr.

surrealer Kontrast zum Tollhaus. Vom unweit gelegenen Gotteshaus hörte er den Gesang der Pesthofgemeinde.

Als er sich etwas gesammelt hatte, blickte er sich vorsichtshalber noch einmal um. Es war keine Menschenseele in Sicht und damit eine gute Gelegenheit für sein zweites Vorhaben.

Er griff in seine Tasche und zog den getriebenen Metalldraht hinaus, den er Dirk Hinrichs abgenommen hatte. Ein Versuch wäre es wert. Vorsichtig führte Merten den improvisierten Schlüssel in das Schloss zum Tollhaus ein. Oder besser, er versuchte es. Schnell stieß er auf Widerstand und musste versuchen, einen Weg durch die Mechanik zu finden. Nach einer Weile hatte er das Metall so in dem Schloss verkeilt, dass es festsaß. Verstohlen blickte er sich um, während erste Schweißperlen auf seine Stirn traten und das lag weniger an der warmen Septembersonne. Er konnte den Draht nicht mit Kraft hinausziehen, dann würde er ihn verbiegen und unbrauchbar machen.

»Geduld«, mahnte er sich flüsternd selbst und die wurde schließlich belohnt. Mit einem leisen Schaben entfernte er den improvisierten Schlüssel aus dem Schloss.

»Nun, hier gehörst du wohl nicht hin«, murmelte er und steckte den Draht zurück in die Tasche. Seine Enttäuschung hielt sich jedoch in Grenzen, er hatte auch nicht wirklich mit einem Erfolg gerechnet.

Unbeteiligt schlenderte er vom Tollhaus fort und hielt ohne ersichtlichen Anlass an, als sein Blick auf die Eingangstür des Gerätehauses fiel. Ein kurzes Lächeln stahl sich auf seine Lippen und er steuerte die Tür an. Sie besaß nur einen Riegel und der war nicht verschlossen, so konnte er ungehindert in das Innere des Hauses treten. Der strenge Geruch von Mist und Stall umfing ihn, kaum dass er durch die Tür getreten war. Ein Teil des Gerätehauses diente als Stall für das altersschwache Zugpferd und ein paar Hühner, die Möhring halten ließ. Außerdem wurde ein Transportkarren, aber auch ein besonders flacher Wagen zum Krankentransport hier verwahrt. Sogar eine Spritze für den Fall eines Brandes befand sich hier.

Merten steuerte jedoch den Teil an, in dem Baumaterial und Werkzeug gelagert wurde. Suchend glitten seine Augen über die wackligen Regale und Kisten. Dann zog er einen Steinguttopf aus einem Regal und öffnete den Deckel. Zufrieden nickte er. Es war Wagenfett.

Großzügig bestrich er seinen improvisierten Schlüssel mit der Schmiere. Beim nächsten Versuch, ihn auszuprobieren, wollte er sich das Leben etwas leichter machen.

»Was machen Sie da?«, rief eine laute Stimme barsch hinter ihm.

Erschrocken fuhr Merten herum. Die Gestalt stand vor der geöffneten Tür, sodass Merten die einfallende Sonne blendete.

»Was suchen Sie hier?«, wiederholte der Mann und bekräftigte seinen argwöhnischen Tonfall noch mit einem: »Kranke haben hier ohne ausdrückliche Anweisung keinen Zutritt.«

Merten murmelte etwas Unverständliches und trat näher an den Mann heran. Jetzt erkannte er die Gestalt Georg Lademachers, des Schulmeisters des Hofes.

»Ich hab Dienst im Tollhaus geschoben und eine Kette eines Tollen schien mir eingerostet, da habe ich nach Fett gesucht«, improvisierte er eine Ausrede. Er wusste nicht, wie lange ihn der Schulmeister schon beobachtet hatte und ob er gesehen hatte, dass er sich am Topf mit der Schmiere zu schaffen gemacht hatte.

»Herr Overdiek, oder?«, fragte der Schulmeister. Auch wenn er mit Merten noch nichts zu schaffen gehabt hatte, war der rothaarige Mann auf dem Hof bekannt wie ein bunter Hund. Der Tonfall des Mannes wurde sichtlich versöhnlicher, als er bemerkte, dass er es, Aussatz hin oder her, nicht mit dem üblichen Gesinde, sondern einem wohlhabenden Bürger zu tun hatte. Merten roch die deutliche Alkoholfahne, die der Mann ausströmte.

Er nickte bestätigend. »Herr Lademacher, nicht wahr?«

Jetzt nickte sein Gegenüber und brummte etwas, in dem mit viel gutem Willen auch das Wort »Schulmeister« vorkam.

Lademacher räusperte sich. »Sie können sowas auch Hinrich oder Reinhold melden, die sind für sowas da. Die Kranken sind im Schuppen eben nicht gern gesehen«, versuchte sich der Schulmeister an einer entgegenkommenden Erklärung seines Tadels.

»Das ist schon recht«, lenkte Merten ein. »Dann will ich auch die Regeln hier nicht länger beugen«, fügte er lächelnd hinzu und verschwand unter der gemurmelten Verabschiedung Lademachers aus dem Gerätehaus.

Er mahnte sich zu mehr Vorsicht, als er das Gotteshaus passierte und auf das große Eingangstor zum Hauptgebäude zusteuerte. Aus der kleinen Kirche ertönte gerade die raumfüllende Stimme von Pastor Teutschner, als Merten abrupt anhielt.

Nachdenklich zog er eine Braue hoch und blickte zurück zum Gerätehaus. Wenn der Gottesdienst noch lief, und das würde er sicherlich noch eine Weile, was machte der Schulmeister dann im Gerätehaus? Merten war so froh darüber gewesen, dass er selbst ohne weitere lästige Fragen aus der Situation entkommen war, dass er darüber noch gar nicht gestolpert war. Er kratzte sich am Kopf. Sei's drum, er konnte den Mann schließlich schwerlich zur Rede stellen.

Er setzte seinen Weg fort, bis er im Innenhof des Hauptgebäudes stand. Er wandte sich nach rechts und steuerte auf die Tür zum Speisesaal zu, die wie immer offenstand. Wie nicht anders zu erwarten, war der große Raum leer. Dennoch war Vorsicht geboten, nicht alle Bewohner befanden sich beim Gottesdienst. Die Bettlägerigen waren in ihren Zimmern und ab und an mussten sich auch andere weniger Kranke oder die Pflegeweiber während der Andacht um sie kümmern. Doch momentan war weit und breit niemand zu sehen. Vorsichtshalber warf Merten noch einen Blick hinaus in den Hof und versicherte sich auch mit einem kurzen Blick durch die Tür zum Krankenflügel, dass niemand in Reichweite war. Erst dann machte er sich auf zur Küchentür.

Zum zweiten Mal am heutigen Tag zog er den getriebenen Draht aus der Tasche und führte ihn in das Schloss ein. Der Mechanismus wirkte deutlich weniger widerspenstig, als es bei der Tür vom Tollhaus der Fall war, und auch das Fett verrichtete seinen Dienst.

Gefühlvoll tastete er in dem Kastenschloss und strahlte jedes Mal triumphierend, wenn er einen Widerstand überwunden hatte. Es war auf jeden Fall die bessere Entscheidung gewesen, die Tür zum Speisesaal zu wählen. Hier hatte er deutlich mehr Ruhe, als wenn er versuchte, die zweite Küchentür direkt vom Hof aus zu öffnen.

Aufgeregt fühlte Merten, wie sein Draht mit einem schabenden Geräusch einen Riegel beiseiteschob. Er zog den Draht wieder hinaus, blickte sich noch einmal um und drückte schließlich die Klinke.

Er musste einen kleinen Jubel unterdrücken, als die Tür sich öffnete. »Wusste ich's doch! Dirk Hinrichs, alter Gauner«, flüsterte er. Jetzt wusste er zumindest, wie der Zeugschmied nachts in Küche und Keller gekommen war. Aber es blieben noch eine ganze Reihe an Fragen offen.

Der Kaufmann schaute unentschlossen in die Küche. Sollte er sich hier noch umsehen? Vielleicht fand er in der Küche oder in dem unterirdischen Gewölbe einen Anhaltspunkt, wenn er alles in Ruhe anschaute. Die Idee gefiel ihm zwar, aber der Gottesdienst würde nicht mehr ewig dauern und sich umzusehen würde Zeit brauchen. Er beschloss ein anderes Mal wiederzukommen. Vielleicht des Nachts, wenn alle im Haus schliefen und er mehr Zeit hatte als während der Andacht.

Er zog die Tür zu und versuchte sie wieder abzuschließen. Es erforderte erneut etwas Geduld und Geschick, aber nach einiger Zeit hatte sich der eiserne Riegel zurück in die Zarge bewegt. Nickend betrachtete er sein Werk und verließ den Speisesaal Richtung Innenhof.

Mit sich selbst und der Welt zufrieden schlenderte er wieder den Weg zur Kirche. Es steckte irgendein Geheimnis hinter den blutigen Ereignissen und er würde rauskriegen, was es war. Er lächelte. Seit seiner Ankunft auf dem Pesthof hatte er sich noch nicht wieder so lebendig gefühlt wie in diesem Moment.

Kapitel 9

Dienstag, 3. September 1619

Kaum war der dumpfe Klang der Kirchenglocken verklungen, gähnte Merten herzhaft und stand auf. Eigentlich eher eine angemessene Zeit, um nach einer langen Zechtour ins Bett zu gehen, argwöhnte er und benetzte sich das Gesicht mit etwas Wasser aus seiner Waschschüssel. Kurz schielte er auf seine Kleider, entschied sich dann jedoch, nur einen Hausmantel und die Pantoffeln überzustreifen. Die Geschichte, dass ihn die Schlaflosigkeit oder ein Schmerz aus dem Bett getrieben hatte, war glaubwürdiger, wenn er nicht vollständig angekleidet war. Er griff nach der kleinen Blendlaterne, die er am späten Abend noch auf kleinster Flamme entzündet hatte, und dunkelte sie mit ihrem Messingschirm ab. Dann ließ er den nachgemachten Schlüssel in der Tasche seines Hausmantels verschwinden und grinste schelmisch. Er fühlte sich ein wenig in seine Jugendzeit zurückversetzt, wenn er sich nachts aus dem Haus geschlichen hatte, um sich heimlich in den verrufenen Schenken in Sankt Jakobi herumzutreiben.

Er stahl sich hinaus und schlich den dunklen Flur entlang, bis er aus der Außentür in den Innenhof trat. Kurz sah er sich um. Wenn einer der Bewohner aus dem Fenster schaute, würde er ihn kaum in der dunklen Öffnung erkennen, ihn würde man wiederum gut sehen können, wenn er den Hof überquerte. Schulterzuckend machte er sich auf den Weg. Es war schließlich nicht verboten, sich nachts die Beine zu vertreten, und alles andere konnte man ihm nicht ansehen.

Er schlüpfte durch die offene Tür in den Speiseraum und starrte und lauschte ins Dunkel. Seine Augen brauchten eine Weile, um sich in der Finsternis ein wenig zurechtzufinden, aber dann hellte sich die schwarze Umgebung langsam in ein dunkles Grau auf und es schälten sich die Umrisse der Möbel und Wände heraus. Menschen nahm er zu seiner Erleichterung in der näheren Umgebung keine wahr.

Beruhigt machte er sich auf zur Küchentür und zog den Draht aus der Tasche. Er sah kaum etwas, aber er konnte den Mechanismus ohnehin nur mit Gefühl überwinden. Dieses Mal hatte er schon etwas mehr Übung. Ein leises Schaben und die eiserne Zunge zog sich aus der Öffnung in der Zarge zurück und der Weg war frei.

Er schlüpfte durch die Tür und schloss sie schnell hinter sich. Kurz überlegte er, ob es besser war, die Tür von drinnen zu verschließen, entschied sich aber dagegen.

Er drehte den Blendschirm an der Laterne und die Flamme ein wenig höher. Warmes Licht ergoss sich durch die Küche.

»So, Dirk Hinrichs, dann lass mich mal überlegen. Bist du auch in deiner letzten Nacht hier gestanden?«, murmelte er nahezu lautlos vor sich hin und sah sich in der Küche um. Vorsichtig schlich er vorwärts und verzog immer wieder das Gesicht, wenn eine Diele unter seinen Füßen knarrte.

Sein Blick fiel auf das Regal mit den Messern. Mit eben einer solchen Klinge wurde Hinrichs zerfleischt. Oder zumindest anscheinend, dachte er und erinnerte sich an das fehlende Blut auf dem Messer. Die Eisner könnte das Messer von hier geholt und nach der Tat sauber abgewischt haben, aber die Vorstellung wirkte mehr als unwahrscheinlich.

»Was habt ihr überhaupt da unten gemeinsam zu schaffen gehabt?«, flüsterte er leise und ging auf den Niedergang in den Keller zu. »Du hast sie zwar gekannt, aber doch gar nicht gemocht, wenn diese Ottilia wahr gesprochen hat«, murmelte er. »Hast du sie trotzdem mitgebracht oder ist sie später gekommen und hat dich überrascht?«, dachte er laut. Dann kratzte er sich am Kopf, vielleicht war sie auch schon vor ihm hier. War irgendwie tagsüber aus dem Tollhaus entkommen. Aber das wäre doch beim Einschluss am Abend aufgefallen, wenn ein Lager leer war. Oder nicht?

Merten hörte Schritte von draußen und zuckte zusammen. Hastig verschloss er die Blende seiner Laterne. Das Licht wäre vielleicht durch die Ritzen der Fensterläden von draußen zu sehen. Er horchte. Die Schritte gingen auf dem Innenhof nahe der Mauer lang und wurden leiser. Angespannt lauschte er auf das Klappen einer Tür oder das Knarren von Dielen im Speisesaal nebenan, doch beides blieb aus.

Eine Weile lauschte er noch angespannt in die Stille, dann atmete er erleichtert aus. Trotzdem traute er sich nicht, wieder die Laterne aufzublenden. Zumindest nicht hier oben in der Küche mit ihren Fensterläden.

Angestrengt starrte er in die Dunkelheit und setzte vorsichtig einen Fuß vor den anderen, während er mit der Pantoffelspitze nach dem Treppenabsatz fühlte. Da, er ertaste eine Kante und griff suchend nach der Wand. Zögerlich wie eine Schnecke schritt er die Treppe nach unten und stieß schließlich gegen die grobgezimmerte Tür.

Als er sie durchschritten hatte, stand er nun in der vollkommenen Finsternis des unterirdischen Gewölbes.

Erleichtert öffnete er den Schirm der Blendlaterne und zwinkerte einige Male ob der neuen Helligkeit. Hier unten wäre an ein Fortkommen ohne Lampe nicht zu denken gewesen.

Merten stutzte. Man müsste in der Tat schon ein Nachtvogel sein, um sich hier unten ohne Lichtquelle zu bewegen. War da eine Lampe bei der Eisner und dem Hinrichs gewesen?

»Denk nach, Merten, denk nach …«, murmelte er und ging zu der Stelle, an der er beide gefunden hatte. Noch immer zeugten dunkle Flecken auf dem Steinboden von der grausigen Tat. Er rief sich die Bilder zurück ins Gedächtnis. Dort hatte die Leiche von Hinrichs gelegen und dort drüben die Brid gekauert. Dazwischen lag das Messer. Da war keine Lampe gewesen. Hatte sie vielleicht jemand mitgenommen? Die aufgelöste Magd, die die beiden zuerst gesehen hatte, sicher nicht. Die hatte sich nur in Panik aus dem Staub gemacht. Als Zweites war er selbst bei den beiden gewesen und da war keine Lampe mehr dagewesen. Vorsichtshalber durchsuchte Merten die umstehenden Regale und den Boden, aber auch hier fand sich keine Lampe, Kienspanhalter oder ähnliches.

»Wenn ihr zwei keine Nachteulen seid, dann muss irgendjemand vor der Magd hier gewesen sein und die Lampe mitgenommen haben«, dachte er laut nach. »Jemand, der kein Interesse hatte, die Sache zu melden, oder sogar was damit zu tun hatte«, fügte er noch hinzu.

Ihm fröstelte und er zog seinen Hausmantel zu. Vielleicht lag es auch an seiner neuen Erkenntnis, aber das steinerne Gewölbe war selbst in der Sommerzeit kühl, was der

Haltbarkeit der Lebensmittel hier unten sehr zugutekam. Ziellos schritt er durch die Regale, Kisten und Säcke. Wenn der Hinrichs einen Nachschlüssel angefertigt hatte, war er vermutlich schon öfters hier unten gewesen und hatte sich die ein oder andere Extraportion aus den Vorräten gegönnt. War er deshalb hier unten gewesen oder hatte er in dieser Nacht etwas anderes in dem Gewölbe gesucht?

Mertens Hand glitt beiläufig über ein Regalbrett. Der Angriff musste überraschend gekommen sein. Hinrichs hatte zwar geblutet wie ein geschlachtetes Schwein und lag in einer Lache, aber es war keine Spur zu sehen gewesen. Er hatte also nicht versucht zu flüchten. Oder er war festgehalten worden. »Hmm«, brummte der Kaufmann. Hinrichs war durch seine Krankheit sicherlich geschwächt, aber dass ein dürres Weib wie die Eisner einen ehemaligen Schmied in Todesangst niederrang, kam ihm nicht sehr wahrscheinlich vor. Dann schon eher ein schneller, heftiger Angriff.

Merten blies die Backen auf und ließ grübelnd die Luft einweichen. Der Keller hatte ihm ein paar interessante Gedankengänge eröffnet, aber er glaubte nicht, dass er hier in dieser Nacht noch weiterkam. Es war Zeit aufzubrechen und er machte sich wieder auf in die Küche.

Oben angekommen, blendete er die Laterne ab und schlüpfte durch die Tür in den Speisesaal. Dann schrak er zusammen. Da war ein Geräusch neben ihm, jemand murmelte etwas. Erschrocken fuhr er herum und fluchte, dass er das Licht nicht früher gelöscht hatte. Seine Augen hatten sich noch nicht wieder an die Dunkelheit gewöhnt und er konnte kaum etwas erkennen. Doch was oder besser wer auch immer es war, konnte offensichtlich ihn erkennen.

Er hörte ein Keuchen und es kam Bewegung in die Dunkelheit. Instinktiv riss Merten schützend die Hände hoch und prallte mit etwas hart zusammen. Er wollte den Fremden von sich stoßen, da krachte etwas wuchtig in sein Gesicht und schabte rau über seine Wange.

Von dem unerwarteten Schlag benommen, taumelte er zurück gegen die Wand. Schützend riss er die Hände vors Gesicht, bereit den nächsten Treffer abzuwehren, aber da bemerkte er, wie der Angreifer bereits aus dem Speisesaal hastete. Stöhnend hielt er sich Kinn und Wange, während er sich langsam berappelte.

»Das kam jetzt unerwartet«, murmelte er. Der metallische Geschmack von Blut hatte sich in seinem Mund ausgebreitet. Warum hatte der fremde Kerl ihn ohne Federlesens angegriffen? Zumindest glaubte er aufgrund der Wucht des Schlags, es mit einem Mann zu tun gehabt zu haben. Obwohl Schwester Agatha oder die Köchin in dieser Hinsicht vielleicht auch in Frage kamen. Wie auch immer, weder einer der Kranken noch jemand vom Personal hätte einen Grund bei einer Begegnung in der Dunkelheit gleich zuzuschlagen. Es sei denn, er hätte etwas zu verbergen.

Aber es war sicherlich besser, diese Gedanken in seinem Zimmer fortzuführen. Der kurze Kampf war nicht geräuschlos vonstattengegangen. Mit etwas Pech würde jemand kommen und nach dem Rechten sehen. Außerdem hätte er nichts gegen etwas Kühlung für sein Gesicht.

Mit immer noch etwas zittriger Hand friemelte er den nachgemachten Schlüssel aus seiner Tasche und nach einigen Anläufen hatte er die Küchentür verschlossen.

Wenn er seine Nachforschungen fortsetzen wollte, war es besser, keine Spuren zu hinterlassen.

Er steckte seinen Kopf durch die Außentür und inspizierte kurz den Innenhof. Es war niemand zu sehen. Also überquerte er zügig den Hof und kehrte zurück in den Flur des Flügels, in dem sich seine Kammer befand.

Vorsichtig schlich er in seinen Pantoffeln über die Holzdielen. Er wollte niemanden auf sich aufmerksam machen, denn momentan war er nicht gerade in der Stimmung für Erklärungen.

Dann stutzte er. Da waren Stimmen in der Kammer neben ihm. Er hielt an und lauschte. Eine männliche und eine weibliche Stimme schallten dumpf zwischen den Ritzen der Kammer hervor. Die Unterhaltung war durchaus angeregt, wenn nicht gar aufgeregt, aber die beiden Sprecher gaben sich dennoch Mühe, ihren Ton zu dämpfen. So konnte Merten lediglich einzelne Wortfetzen verstehen. »… Liebchen … Nacht … Taler … laut … gefährlich …«, kroch durch die Bretter zu ihm hindurch. Merten lauschte und grübelte. Die Stimme der Frau klang noch nicht sehr alt und kam ihm bekannt vor, aber woher nur? Wenn er sich recht erinnerte, müsste es die Kammer von Peter Schoppmann sein. Schoppmann war nach einem Unfall schon länger auf dem Pesthof, hatte aber vor einigen Monaten diese Kammer hier bezogen.

Merten hörte Schritte und unerwartet öffnete sich die Tür der Kammer. Gedämpftes Licht fiel auf den Flur und eine Frau trat hinaus. Diese üppigen Formen erkannte Merten selbst im Halbdunkel. Es war Anna Maienkranz die Küchenmagd, die auf den Flur getreten war. Sie hatte einen

Umhang umgeworfen, jedoch nicht geschlossen. Ihre Kleidung darunter wirkte ein wenig derangiert und eine ihrer großen Brüste bahnte sich gar den Weg in die Freiheit aus dem bestenfalls halbherzig geschnürten Mieder. Kaum war sie aus der Kammer getreten, beugte sich ein Mann aus der Türöffnung und legte ihr die Hand auf die Schulter.

»Bleib doch noch, mein Kind, ich geb dir auch mehr«, lallte der offensichtlich angetrunkene Mann, den Merten tatsächlich als Peter Schoppmann erkannte.

Hastig legte Anna den Finger an die Lippen, während sie mit der anderen Hand den Arm Schoppmanns beiseiteschob. »Pssst, du musst leiser sein. Ich muss gehen!«, drängte sie. Dann fiel ihr Blick auf Merten, den sie bisher nicht bemerkt hatte.

Erschrocken zuckte sie zusammen und schlug die Hand vor den Mund. »Herr Overdiek …«, stammelte sie aufgelöst, während Schoppmann Merten nur anstarrte, als wäre er ein Geist.

»Guten Abend«, antwortete Merten gut gelaunt. Er war sich sicher, dass er in dieser Situation nicht derjenige war, der unbequeme Fragen zu erwarten hatte.

»Was ist das denn für ein Spektakel?«, ertönte es übellaunig aus einer Nachbarkammer.

Ohne ein weiteres Wort drängte sich Anna daraufhin an Merten vorbei und verließ fluchtartig den Flur zum Innenhof. Schoppmann starrte Merten noch zwei Atemzüge stumm an und schloss dann wortlos die Tür. Ein Wölkchen Alkoholdunst war das Einzige, was von ihm noch auf dem Flur verblieb.

Merten schüttelte kurz den Kopf und machte sich auf in seine eigene Kammer. Manch Jahrmarkt bot weniger Unterhaltung als sein nächtlicher Ausflug. Dafür, dass sich eigentlich nur Sieche und Senile auf dem Pesthof befanden, war es des Nachts unerwartet betriebsam. Vielleicht sollte er öfters einmal »ausgehen«, dachte er schmunzelnd und ging in seine Stube.

Kapitel 10

Freitag, 6. September 1619

Caesar stand in Feldherrenpose auf dem Baumstumpf und blickte gebieterisch in das Rund aus Beeten, Bäumen und Wiese um den Pesthof. Der Wind ließ sein schäbiges Nachthemd um die dürren Beine flattern wie ein trauriges Segel, aber er schien mit sich und der Welt zufrieden.

Merten sah, dass das Eisen um seinen Knöchel das Fleisch hatte wund werden lassen, und nahm sich vor, Schwester Agatha zu bitten, ihn eine Weile am anderen Bein anzuschließen. Außerdem schienen Wasser und Bürste überfällig zu sein. Ersteres hätte Caesar vor einer Weile um ein Haar selbst erledigt, als er inbrünstig zitierend auf den Wassergraben zusteuerte. Merten und Ottilia hatten ihn gerade noch am Hemd zu fassen bekommen und Merten bekräftigte innerlich seinen Entschluss, das Pesthofgelände mit den Tollen nicht zu verlassen. Ottilia hatte es zumindest seitdem zu ihrer Aufgabe gemacht, stets mit einem ausgestreckten, griffbereiten Arm um ihre beiden männlichen Begleiter herumzuscharwenzeln. Sie schien jedoch eine ausgemachte Freude daran zu haben.

Der Kaufmann lächelte still. Eigentlich hatte er den Pestmeister nur um den Dienst im Tollhaus gebeten, da er sich dort Informationen um den Mord von Brid Eisner erhofft hatte. Nun musste er sich eingestehen, dass es durchaus befriedigend war, zu sehen, wie die beiden außerhalb der tristen Mauern aufleben.

Merten sah zur Sonne, die die wenigen Wolken um sie herum bereits in einen warmen Orangeton getüncht hatte.

Auch wenn es noch eine Weile hell war, musste er Caesar bei Sonnenuntergang wieder abliefern. Außerdem hatte er Hajo versprochen, ihm eine Lektion mit dem Rapier zu erteilen, bevor es dunkel war. Der Bursche hatte heute Abend frei und saß schon eine Weile mit zwei zugeschnittenen Stöcken auf dem Schoß an der Hausmauer und blickte immer wieder ungeduldig zu ihnen hinüber.

Also machte er sich wieder mit seinen Begleitern auf zum Tollhaus. Zu seiner Freude war es Schwester Maria, die dort gerade ihren Dienst verrichtete und das ungleiche Trio empfing.

»Guten Abend, Schwester Maria, oder Frau Oppermann, oder darf ichs heute mal anders versuchen«, begrüßte Merten die Pflegerin strahlend.

Er erntete ein bestenfalls höfliches Lächeln. »Schwester Oppermann, wenn es Sie glücklich macht«, entgegnete sie sachlich. Dann blickte sie ihn mit einer hochgezogenen Braue an. »Was ist mit Ihrem Gesicht?«

Merten räusperte sich und fuhr sich unwillkürlich über das verfärbte Kinn und die hässliche Schürfwunde auf der Wange, die ihm der nächtliche Angreifer hinterlassen hatte.

»Ist das der Aussatz? Stirbst du jetzt?«, wollte Ottilia wissen.

»Nein, ich sterbe nicht. Es war lediglich ein kleiner Unfall«, stellte Merten etwas angespannt klar und blickte beide Frauen abwechselnd an.

»Was für ein Unfall?«, bohrte die Pflegerin nach.

»Ein überraschender und schmerzhafter«, teilte der Kaufmann seine Einschätzung mit.

Die Pflegerin rümpfte ob der wenig auskunftsfreudigen Antwort ungehalten ihre Nase. Ein Ausdruck, den Merten äußerst entzückend fand.

»Mein Gesicht ist schon in Ordnung«, ergänzte er versöhnlich. »Aber Caesars Knöchel könnte etwas Aufmerksamkeit gebrauchen«, fügte er hinzu und deutete auf das Bein des Alten. Die Pflegerin folgte seinem Fingerzeig und nickte einmal kurz zustimmend.

»Nun, dann werde ich mal wieder meinen Pflichten nachkommen«, rang sich Merten zu einer Verabschiedung durch.

»Ihr habt Pflichten?«, fragte die Pflegerin zweifelnd mit einer kleinen Prise Spott.

Merten seufzte. »Zumindest möchte ich noch etwas erledigen.«

»Haec placuit semel, haec deciens repetita placebit[17]«, verabschiedete Caesar ihn freundlich winkend und Merten winkte zurück, während er sich auf den Weg hinaus machte.

Ein lauter Ruf von draußen ließ ihn und die anderen Anwesenden zusammenzucken. Dann ein zweiter Ruf, der keinen Zweifel offenließ, dass etwas Schlimmes geschehen sein musste. Merten blickte sich kurz zu Maria um, die hektisch begann, Caesar wieder anzuschließen, dann lief er hinaus.

---

[17] Dieses hat einmal gefallen, dieses wird zehnfach wiederholt gefallen. Horaz, 65 v. Chr.–8 v. Chr.

Mehrere andere Kranke kamen teils neugierig herbei, um zu schauen, was passiert war.

»Schnell, wo ist Meister Möhring?«, rief der Knecht Reinhold in die Runde, während er etwas kopflos auf der Wiese umherirrte.

»Ich hab ihn vorhin im Badehaus gesehen, was geht denn vor sich?«, entgegnete Merten dem aufgelösten Knecht und deutete auf das Gebäude.

Der kräftige Mann schluckte. »Ich glaube, der Zeus hat den Schoppmann totgetreten«, stammelte der Knecht.

»Der wer hat was …?«, fragte Merten verständnislos.

»Zeus ist der alte Gaul«, warf Hajo ein, der sich ebenfalls neben ihnen eingefunden hatte.

Reinhold nickte bestätigend. »Zeus hat den Schoppmann im Gerätehaus erwischt. Ich hab's Krachen gehört und bin gleich hin, da lag er hinter ihm. Vielleicht kann der Möhring noch was machen«, rasselte der Knecht herunter und machte sich auf zum Eingang des Badehauses.

Merten ging indes schnellen Schrittes mit Hajo in das Gerätehaus. Die Tür zum Verschlag stand offen und schon beim Eintritt sahen sie den reglosen Körper auf dem Rücken liegen. Eine breiige Masse war aus einer grässlichen Stirnwunde ausgetreten und rotes Blut hatte einen glänzenden See um den Kopf gebildet. Der ganze Schädel wirkte deformiert und dennoch erkannte Merten sofort den Mann wieder, den er vor einigen Tagen mit Anna des Nachts auf dem Flur getroffen hatte.

Zeus stand hingegen ungerührt auf seinem Platz und einige Hühner liefen um den reglosen Körper herum und pickten Krümel vom Boden auf.

»Auwei, das schaut übel aus«, kommentierte Hajo.

Merten kniete sich neben den Mann und nahm eine kleine Daune vom Boden auf. Mit spitzen Fingern hielt er sie vor Mund und Nase des Mannes, aber kein Atemzug bewegte die feine Feder.

Merten kratzte sich am Kopf. Was sollte man da tun? Laute Schritte polternd hinter ihm und erleichtert stellte er fest, dass Möhring und Schwester Maria nebst Reinhold in das Gerätehaus kamen.

»Ich glaube, er atmet nicht mehr«, sagte Merten und trat einige Schritte beiseite. Möhring begann augenblicklich den Mann zu untersuchen. Seine Miene wurde jedoch von Moment zu Moment ernster und irgendwann schüttelte er traurig den Kopf.

»Der Mann ist tot, da ist nichts zu machen«, urteilte er knapp.

Dann blickte er Reinhold an. »Der Gaul kommt mir erst mal nicht mehr hier raus! Und was hat der Schoppmann überhaupt hier drin zu suchen gehabt? Hatte er einen Arbeitsauftrag?«

»T… tut mir leid, Meister Möhring. Ich weiß nicht, muss den Hinrich fragen. Der Schoppmann ist uns ja öfters zur Hand gegangen, kam ja vom Bau, aber ob grad was anstand, weiß ich nicht«, verteidigte sich der zweite Knecht.

Ärgerlich spie Möhring aus. »Vor die Tür hier kommt ein Schloss! Gestern noch!«, ordnete er an.

Reinhold nickte heftig. »Natürlich, Meister Möhring.«

Der Pestmeister raufte sich die Haare. »Noch so ein kruder Abgang, wie soll ich das erklären?«, murmelte er resigniert und rieb sich das Gesicht. Dann blickte er wieder den Knecht an. »Hol mal die Trage da, wir bringen ihn in das Badehaus ins Arbeitszimmer«, wies er ihn an.

Dienstbeflissen hastete Reinhold zur Trage und legte sie neben dem Leichnam ab. Mit vereinten Kräften drehten sie den toten Körper auf die Holztrage.

Irritiert beugte sich Merten nach vorn. »Herr Möhring?«

»Ja?«, seufzte der Pestmeister eher, als dass er sprach.

»Der Schoppmann hat ja eine zweite fürchterliche Wunde am Hinterkopf. Ist das nicht merkwürdig? Der Gaul kann ja schwerlich von zwei Seiten zutreten«, tat Merten seine Beobachtung kund.

Möhring ging wieder auf die Knie und besah sich den Körper, der nun auf dem Bauch lag. »Da ist was dran …«, murmelte er, auch wenn ihm der Gedanke offensichtlich nicht gefiel.

»Und wenn der Schoppmann eins vor die Stirn gekriegt hat und dann mit dem Hinterkopf wo gegengeknallt ist? So'n Zosse hat ja nen mächtigen Tritt, da kann es einen schon aus den Schuhen hauen«, mutmaßte Reinhold vorsichtig, um ja nichts Falsches zu sagen.

Möhring schlug die Handflächen aneinander. »Das wird es sein, da haben wir die Erklärung«, stieß er erleichtert hervor und nickte Reinhold bekräftigend zu. Der Knecht war offensichtlich gerade deutlich wieder in seiner Gunst gestiegen. »Dann frisch ans Werk«, sprach er, spuckte sich in die Hände und griff tatendurstig nach der Trage. Gemeinsam mit dem Knecht brachte der Pestmeister die Leiche aus dem Gerätehaus.

»Der Herrgott meint es nicht gut mit dem Hof, dieser Tage«, seufzte Schwester Maria.

»Hmm, ich bin mir nicht sicher, ob es wirklich der Herrgott ist, der hier am Werk ist«, murmelte der Kaufmann abwesend und starrte auf die Wand.

»Wie meinen Sie das, Herr Overdiek?«, fragte die Pflegerin.

Merten öffnete zwei Holzfenster und ließ mehr Abendlicht hinein. Großflächig begann er mit der Handfläche über die Mauer zu wischen. »Bei einer so üblen Wunde müsste es doch einen großen Blutfleck beim Aufschlag geben, wenn Reinhold Recht hatte. Seht Ihr etwas?«

Kurz sahen Hajo und Maria den Kaufmann nachdenklich an, dann begannen auch sie wortlos die Wand zu untersuchen.

»Da ist nichts. Nirgends. Überhaupt nix, nur schmutziger Dreck«, beendete Hajo seine Untersuchung.

»Das sehe ich auch so«, stimmte Merten zu und verschränkte die Arme vor der Brust. »Sag mal, Hajo, du hast doch auch schon Dienst im Stall geschoben. Ist der Zeus öfters wild?«

Der blonde Junge lachte kurz auf. »Zeus? Der Gaul heißt nur so, weil er ständig Donner aus seinem Arsch schleudert. Das ist das einzig Gefährliche an dem alten Zossen. Der schläft sonst im Gehen ein.«

Merten nickte und fühlte sich bestätigt. »Sehe auch kein Blut an seinen Hufen.«

»Aber was ist denn sonst passiert?«, fragte Maria.

Merten zuckte die Schultern. »Vielleicht ist Schoppmann mit jemandem in Streit geraten. Es gibt hier drin mehr als genug Gerätschaften, mit denen sich ganz formidabel ein Schädel einschlagen lässt.«

Maria atmete tief aus. »Ist das jetzt nicht doch ein wenig zu gewagt, Herr Overdiek? Ich meine, nur weil wir keinen Blutflecken gefunden haben, bedeutet das doch nicht gleich, dass jemand ermordet wurde.«

Merten nickte. »Das mag wohl stimmen. Aber erst die Sache mit der Brid Eisner, die mehr als seltsam ist. Dann der Tod des Generals und nun das hier. Ungewöhnlich viele Zufälle, oder?«

»Nun ja, das gebe ich ja zu, aber was nun? Wollen Sie den Brookvogt an Meister Möhring vorbei benachrichtigen?«, fragte die Pflegerin und der Gedanke war ihr offensichtlich unbehaglich.

Merten schüttelte den Kopf. »Ich glaube nicht, dass das etwas nützen würde. Es gibt ja keine Beweise oder Zeugen. Darum will ja auch der Möhring nicht unnütz die Pferde wild machen, wenn man das in dem Zusammenhang so nennen darf«, meinte Merten und blickte kurz auf Zeus.

Umgehend erntete er einen vorwurfsvollen Blick der Pflegerin.

»Und nun?«, fragte Hajo neugierig.

Merten hob kurz die Handflächen in einer unentschlossenen Geste gen Decke. »Nun gehen wir raus und arbeiten an deiner Parade, solange es noch etwas hell ist.«

Kapitel 11

Sonntag 8. September 1619

»Unterstehen Sie sich, Herr Overdiek! Keinen Schritt in diese Küche!«, drohte die Köchin mit erhobenem Messer und fletschte die Zähne. Merten wich erschrocken einen Schritt aus der Türzarge zurück und hob abwehrend die Hände.

»Ich wollte nur fragen, ob noch etwas Grütze da ist«, verteidigte er sich und wedelte mit der leeren Holzschale, die er in einer erhobenen Hand hielt.

Kurz starrte die Köchin ihn an, dann entspannte sie sich ein wenig und legte das Messer, mit dem sie eben noch ein Huhn zerlegt hatte, auf den Tisch. »Anna kann Ihnen was in den Speiseraum bringen«, knurrte sie und scheuchte die Magd mit einem angedeuteten Nicken zum Topf.

Merten nickte stumm und zog sich etwas eingeschüchtert in den Speiseraum zurück. Wenig später erschien die üppige Magd und schabte die Reste aus dem Topf in Mertens Schale.

»Hätte nicht gedacht, dass die Landschoof tatsächlich noch schlechtere Laune haben könnte, als sie sonst schon hat«, kommentierte Merten.

Anna seufzte. »Erst die Sache mit dem Hinrichs und der Brid, dann hat Frau Möhring sie gemaßregelt, weil sie mit dem Getreide nicht recht haushaltet, und nun hat der Pestmeister noch beschlossen, dass der Peter Schoppmann im Lagerkeller verwahrt wird, was ihr so gar nicht schmeckt«, flüsterte die Magd und blickte besorgt zur

Küchentür, als könnte die Köchin dort jederzeit in einer Schwefelwolke erscheinen.

»Die Leiche vom Schoppmann liegt im Keller unter der Küche?«, fragte Merten erstaunt.

Die Magd nickte. »Ja schon, aber in einem Sarg und ja auch nur, bis für die Beerdigung alles gerichtet ist. Der Hajo sagt, er hat gehört, dass schon die Ratten an den Schoppmann gegangen sind. Der Pestmeister mag die Leichen eh nicht so lang im Haus haben, solange es noch so warm ist. Na ja, was für das Gemüse und das Bier recht ist, kann für die Toten ja auch nicht schlecht sein, wenn man mich fragt. Unheimlich ist das aber schon irgendwie«, berichtete Anna gedämpft und blickte immer wieder über ihre Schulter zur Tür.

»Klingt auf eine merkwürdige Art verständlich«, meinte Merten und wackelte zustimmend mit dem Kopf. »Aber wo wir gerade beim Schoppmann und verstehen sind, vielleicht kannst du mir da noch eine andere Frage beantworten?«

Anna biss sich besorgt auf die Unterlippe und augenblicklich wurden ihre rosigen Wangen noch röter und ihr Atem hektischer. »Sie tun mich doch nicht verraten, Herr Overdiek, oder? Ich meine, dass ich den Peter … besucht hab. Ich kann nicht schon wieder eine Anstellung verlieren.« Die Magd sah ihn bang an und wartete seine Antwort ab. »Herr Overdiek?«, fragte sie schließlich irritiert.

»Was …?«, entgegnete Merten und riss seinen Blick von ihrem Mieder los, das sich mit jedem Atemzug imposanter spannte. »Nein, was? Ach Humbug, warum sollte ich etwas verraten?«, meinte Merten und winkte mit einem wehmütigen Blick ab. »Aber vielleicht kannst du mir etwas mehr über den Schoppmann erzählen?«, bat er.

»Was möchten Sie denn wissen?«, fragte sie mit einem Anflug von Misstrauen.

Merten räusperte sich. »Wie lange … habt ihr euch denn schon so gut verstanden?«, fragte der Kaufmann, sichtlich auf der Suche nach der passenden Wortwahl.

Anna schürzte die Lippen und blickte nachdenklich zu den Deckenbalken. »Also, das muss so seit diesem Frühjahr gewesen sein«, vermutete sie.

»Ungefähr, als er auch eine eigene Kammer bezogen hat«, dachte Merten laut nach und die Küchenmagd nickte nach einigem Überlegen zustimmend.

»Und wenn er dich so gerngehabt hat, dann hat er dir ja sicher auch ab und an eine kleine Freude gemacht, nicht wahr?«

»Das hat er wohl«, säuselte Anna und zwinkerte kokett.

»Hmm«, machte der Kaufmann und zwirbelte sich nachdenklich den Kinnbart. »Ein eigenes Zimmer … Hier und da mal ein paar Taler zustecken … Der Schoppmann war doch eigentlich ein armer Schlucker ohne Zunft und Familie, woher hat er denn das Geld gehabt?«

Anna schaute wieder kurz zur Tür, dann beugte sie sich nach vorn. »Das hätte ich ja auch nur zu gern gewusst! Aber verraten wollt er's nicht. Hatte auch immer wieder mal gute Würste, Schnaps oder sogar Zuckerzeug gehabt.«

Nachdenklich trommelte Merten mit den Fingerspitzen auf die blank gewetzte Tischplatte. »Hat er denn sonst etwas Merkwürdiges erzählt?«, fragte er wenig erwartungsvoll.

Die Magd zuckte die Schultern. »Eigentlich nicht, aber in letzter Zeit war er irgendwie … angespannt. Als wenn ihm was im Kopf rumgeht.«

Merten brummte unentschlossen. Das war zwar interessant, aber wenig hilfreich. »Sag einmal, falls du dich noch mit anderen so gut verstehst. Ist dir sonst noch etwas aufgefallen?«, versuchte er es.

Sie rümpfte die Nase. »Also bitte, Herr Overdiek«, entgegnete sie hörbar ungehalten.

»Entschuldige, Anna, du hast mir schon sehr geholfen.«

Sie zuckte die Schultern. »Warum Sie sich auch immer so dafür interessieren«, seufzte sie und griff nach dem inzwischen leeren Topf. Dann wandte sie sich kurz um. »Also wenn ich das mal sagen darf, Herr Overdiek. Wenn da nicht diese … also diese Sache bei Ihnen wäre, würde ich mich ja auch so gut mit Ihnen verstehen wollen«, flüsterte sie und machte sich von dannen.

Merten sah ihr konsterniert nach, während er spürte, wie ihm das Blut ins Gemächt fuhr. Schließlich legte er mürrisch den Löffel in den kalten Brei. Vom Nachschlag hatte er keinen Bissen gegessen, da ihm die Unterhaltung zu viel Aufmerksamkeit abgefordert hatte. »Nun werde ich heut Nacht kein Auge mehr zukriegen«, murmelte er resigniert und tat einen tiefen Atemzug, bevor er aufstand. Es war Zeit für einen Spaziergang und ein wenig Ablenkung.

Er verließ das Hauptgebäude und schlenderte grübelnd durch den Sonnenschein über den Vorhof. Er hatte das Gefühl, dass sich umso mehr Fragen auftaten, je mehr er der Sache nachging. Woher hatte Schoppmann die Münzen für die eigene Kammer, Wurst, Schnaps und nicht zuletzt Annas Gesellschaft? Und hatte sein unerklärlicher Wohlstand vielleicht etwas mit seinem Unfall zu tun?

Lautes Hämmern und Werkeln riss Merten bei seinem Spaziergang aus seinen Gedanken. Neugierig blickte er sich um. Auch am heiligen Sonntag mussten im Pesthof Mensch und Tier versorgt und manche Kleinigkeit gerichtet werden. Bauarbeiten und ähnliches wurden jedoch zumeist vermieden. Schnell fanden Mertens Auge die Quelle der Unruhe in den beiden Knechten Reinhold und Hinrich, die in Begriff waren, Schloss und Riegel am Gerätehaus anzubringen.

»Einen guten Morgen, lässt euch der Möhring gar am Sonntag schuften?«, begrüßte Merten die beiden Arbeiter.

»Hmm, ja, nach der Sache mit dem ollen Pferd soll die Tür hier zu«, brummte Hinrich.

»Üble Sache«, stimmte Merten zu. »Was hat der Schoppmann eigentlich da drin gesucht? Hat er etwas für euch zu richten gehabt?«

Reinhold schüttelte den Kopf. »Eigentlich nicht«, verneinte er und blickte Hinrich an, der ihm als Hausmeister vorgesetzt war.

Hinrich zuckte die Schultern. »Nicht, dass ich mich erinnern könnt. Er ist uns zwar öfters zur Hand gegangen, hat ja lang als Tagelöhner beim Bauen geackert. Aber ich wüsste nicht, dass er noch was im Schuppen zu tun hatte. Vielleicht ist ihm noch was eingefallen, was er vergessen hat zu erledigen, oder wollt noch Werkzeug zurückgeben«, mutmaßte

Hinrich und prüfte die Beweglichkeit der Überfalle an der Tür.

»Ist er denn schon lange im Gerätehaus gewesen?«, bohrte Merten weiter.

»Hab ihn nicht reingehen sehen, hab ja hier draußen zu schaffen gehabt. Erst als ich den Knall gehört hab, bin ich hin«, erklärte Reinhold.

»Und da war der Schoppmann allein im Gerätehaus?«, fragte Merten.

Reinhold nickte. »So wars. Aber was tun Sie denn da so viel fragen, Herr Overdiek? Oder meinen Sie, ich hab da was falsch gemacht?«, wollte der Knecht misstrauisch wissen.

»Nein, nein«, versicherte der Kaufmann nachdenklich. »Wollt euch auch gar nicht so lange von der Arbeit abhalten«, entschuldigte er sich abrupt und machte kehrt. Tuschelnd und kopfschüttelnd blickten die beiden Knechte ihm hinterher.

Merten versuchte noch bei anderen Bewohnern etwas über Schoppmann in Erfahrung zu bringen, echte Neuigkeiten wollten sich jedoch nicht ergeben. Selbst Balthasar, Theresa oder Pastor Teutschner, die üblicherweise viel zu erzählen hatten, taten zwar ausführlich ihr Bedauern über den schlimmen Unfall kund, hatten über den Toten aber auch nicht mehr zu erzählen, als Merten ohnehin schon wusste. Er hatte auch versucht mit Elle Schnitter zu sprechen, die das Bett neben Brid gehabt hatte, aber die blasse, junge Frau war ihm stets verängstigt ausgewichen. Daraufhin hatte er die Zeit bis zum Gottesdienst mit Caesar und Ottilia im

Garten verbracht, bis die Glocken den Gottesdienst ankündigten.

»Ich würde Sie bitten, ihn das nächste Mal rechtzeitig vor dem Glockengeläut abzuliefern. Lassen Sie sich nicht von Geplapper ablenken«, rügte ihn Schwester Agatha mit strengem Blick, während sie Caesar wieder anschloss. Der sonntägliche Gottesdienst war ihr im wahrsten Sinne heilig und obendrein hasste sie Unpünktlichkeit.

Caesar kommentierte ihre Forderungen mit einem mürrischen: »Cave quicquam dicas, nisi quod scieris optime[18]«, während er die Arme vor der Brust verschränkte.

»Natürlich, Schwester Agatha. Wir wurden leider aufgehalten«, entschuldigte sich Merten milde lächelnd. Dann wandte er sich augenzwinkernd an Caesar: »Nolle in causa est, non posse praetenditur.[19]«

Der Kaufmann stellte fest, dass sich sein Fundus an lateinischen Zitaten in letzter Zeit deutlich erhöht hatte. Er wartete noch, bis sich das Tollhaus bis auf die Angeschlossenen geleert hatte, dann machte er sich auf zu Michelangelos Tollkiste.

Wie beim letzten Mal hörte er das unheimliche Scharren, Kratzen und Reiben in der Kiste. Vorsichtig beugte er sich über die vergitterte Öffnung. »Ich bin es, Merten Overdiek«, flüsterte er in die Dunkelheit der Kiste. Die Geräusche in der Kiste erstarben. Eine Weile herrschte Stille, dann

---

[18] Rede nicht über etwas, was du nicht genau kennst.

[19] Nicht wollen ist der Grund, nicht können der Vorwand.

erschien urplötzlich Michelangelos kalkweißes Gesicht hinter den Eisenstäben. Erschrocken zuckte der Kaufmann zurück und atmete geräuschvoll ein.

»Ich weiß nicht, wie du das tust, aber lass es bitte«, flüsterte Merten und kam unter dem leisen Lachen des bleichen Mannes wieder näher.

»Hast du sie? Gib sie mir!«, verlangte er.

Merten griff in seine Rocktasche und förderte ein in altes Tuch eingeschlagenes Päckchen zutage. Er hatte eine Weile gegrübelt, was er dem Irren in die Kiste geben sollte, denn eigentlich war alles verboten. Pinsel wären ihm zu gefährlich gewesen und die meisten Ölfarben nicht nur teuer, sondern auch in der dunklen Kiste kaum zu erkennen gewesen.

»Es ist Kreide«, erklärte Merten und hielt das Päckchen hoch.

»Gib sie mir!«, zischte der Mann.

Merten überlegte einen Moment, dann ging er in die Knie und schob das Päckchen durch die schmale Luke, die sonst für den Essnapf verwendet wurde. Er sah bleiche Finger mit krallenartigen Nägeln, die das Päckchen in die Tollkiste zogen. Er hörte Stoff rascheln und schließlich ein zufriedenes Seufzen.

Der Kaufmann richtete sich auf. »Ich habe Wort gehalten, nun erzähl mir, was du über die Brid Eisner weißt«, verlangte er flüsternd.

»Ich halte mein Versprechen. Ich werde es dir zeigen, aber nicht heute«, flüsterte Michelangelo heiser. Seine Stimme klang beinahe erregt.

Merten fluchte tonlos. »Sag mir doch einfach, was du weißt«, versuchte er es noch einmal. Die Befürchtung, dass sein Gegenüber ihn reingelegt hatte, stieg in ihm auf.

»Hab Geduld, ich will mein Wort ja halten«, entgegnete der Mann und es klang beinahe entschuldigend. Dennoch zog sich das ausgemergelte Gesicht von der vergitterten Luke zurück.

Merten ließ resigniert den Kopf hängen und massierte sich die Nasenwurzel. Er war ein Narr, zu glauben, dass er mit einem Irren in einer Tollkiste eine Vereinbarung treffen konnte. Enttäuscht schlurfte er aus dem Tollhaus. Er konnte nur hoffen, dass Michelangelo an einem anderen Tag mitteilungsfreudiger war und dass er überhaupt was wusste.

Kapitel 12

Donnerstag, 12. September 1619

Merten spazierte im Garten um den Pesthof herum und hielt die Augen nach Hajo auf. Beim Frühstück hatte der Bengel ihm erzählt, dass er nach dem Küchendienst eine Pause hätte, und ihn angebettelt, dass Merten ihm wieder im Fechten unterrichtete. Doch er konnte den Jungen nirgends ausmachen.

Stattdessen entdeckte er einen Rappen, der an einer Birke nahe dem Gerätehaus angebunden war und unruhig tänzelte, als Merten sich ihm näherte.

»Hast du uns Besuch vorbeigebracht?«, fragte er das nervöse Tier, erhielt aber, wie nicht anders zu erwarten, keine Antwort.

Dafür sah er Hajo, der mürrisch aus dem Gerätehaus auf ihn zu stapfte. »Ich kann heute doch nicht, der Möhring hat mir nach dem Küchendienst noch hundert andere Sachen aufgetragen«, grollte er.

»Wir holen's nach«, versprach der Kaufmann. »Weißt du, wem das hier gehört?«, fragte er dann interessiert und zeigte auf das schwarze Pferd.

Hajo grinste. »Na, jetzt uns«, antwortete er launig.

»Wir haben jetzt zwei Pferde auf dem Hof?«, fragte Merten überrascht.

Hajo grinste schief. »Gleich nicht mehr, der Schlachter für den Zeus ist schon da«, erklärte der Blondschopf und wies mit dem Daumen in Richtung des Gerätehauses.

»Der Zeus wird geschlachtet?«, fasste Merten ungläubig nach.

Hajo nickte. »Eigentlich schade um den alten Gaul, hab ihn immer gemocht. Aber wurd ja immer träger und nachdem er den Schoppmann totgetreten hat, wollt der Möhring ihn wohl auch so schnell wie möglich loswerden. Musste eben nur warten, bis er Ersatz bekommen hat. Ohne Wagen kommen wir ja nicht zu Rande.«

Merten stimmte zu. Fast täglich fuhr der Wagen aus, um Lebensmittel oder sonstige Bedarfe aus der Stadt und den umliegenden Höfen zu holen, Baumaterial auf dem Pesthof zu bewegen oder bettlägerige Kranke einzuliefern. »Wundert mich, dass der Möhring so schnell das Geld für ein neues Pferd gekriegt hat und dann gleich noch eins gefunden hat«, meinte Merten.

»Ja schon. Der Neue scheint zwar kräftig, aber etwas unruhig. Vielleicht wollte man ihn loswerden und es gab Nachlass«, vermutete der Blondschopf. »Auf jeden Fall muss ich jetzt mit anpacken und darf nach dem Ausbluten und Ausweiden die Sauerei wegmachen. Danach müssen wir den Kadaver auch in den Keller schleppen, weils noch so warm ist. Daher kommt der Schlachter ja auch zu uns«, zählte der Junge auf. Dann kratzte er sich nachdenklich am Kopf. »Schon komisch, dass nachher der Schoppmann im Keller neben dem Zeus liegt. Wenn er noch sprechen könnt, würd er ihm wohl sowas sagen wie ›Das haste jetzt davon‹, oder so«, grübelte Hajo laut. »Mit dem Fechten ist auf jeden Fall erst mal Asche«, schloss er missmutig.

Merten winkte lächelnd ab. »Holen wir nach, versprochen. Vielleicht wird es ja nachher noch was.«

Hajo schüttelte entschieden den Kopf. »Danach muss ich in die Stadt hetzen und Nachschub beim Sargtischler bestellen, uns gehen die Totenkisten aus. Und danach muss ich wieder den restlichen Tag in der Küche anpacken, sonst zieht mir die Landschoof das Fell über die Ohren«, lehnte er resigniert ab.

Merten hob eine rote Braue. »Gab es noch weitere Tote außer dem Schoppmann?«, fragte er.

»Jupp, zwei in der letzten Nacht«, bestätigte Hajo.

»Wer?«, wollte Merten eindringlich wissen.

Hajo blies kurz die Backen auf und grübelte. »Glaube die flotte Gertraud mit dem Durchfall, die immer dürrer wurde und, der mit dem abben Bein. Hans oder Horst oder so.«

»Weißt du, wo die liegen?«

Hajo zuckte die Schultern. »Heute wohl noch in ihren Betten. Vermute aber, morgen kommen sie auch in den Keller.«

Merten rollte mit den Augen. »Und wo sind ihre Betten? Wag ja nicht zu sagen, in ihren Kammern, sonst striem ich dich bei der nächsten Fechtstunde grün und blau.«

Hajo, der bereits zu einer Antwort angesetzt hatte, hielt inne und grinste schief. »Also wenn du durch das Eingangstor kommst, ists der linke von den beiden großen Krankflügeln. Die Kammer direkt gegenüber der Eingangstür. Der war ja nicht so gut zu Fuß. Und die flotte Gertraud hat die letzten Tage im Bett vom General geschlafen.«

Merten horchte auf. »Im Bett vom General?«

»Ja, wurde verlegt vor ein paar Tagen«, bestätigte der Junge. »Der Maulwurf durfte sich schon einiges anhören beim Frühstück. Dass er wohl ein böses Omen ist und man wohl jetzt Stöckchen ziehen sollte, wer als Nächstes zu ihm in die Kammer kommt. Zum Glück kriegt er das meiste ja eh nicht mit«, spöttelte der Bursche.

»Hajo! Sieh zu, dass du deinen Hintern hier rüber schaffst, wir wollen anfangen«, wurde ihr Gespräch da grob von der Stimme des Hausmeisters unterbrochen. Hinrich Brüggemann hatte seinen Kopf aus dem Gerätehaus gesteckt und blickte sich suchend nach dem Burschen um.

»Komme!«, rief der Blondschopf hastig, nickte eine kurze Verabschiedung und eilte zum Gerätehaus.

Zurück blieb ein nachdenklicher Merten Overdiek. Der Tod war leider ein Stammgast im Pesthof, dennoch machte ihn momentan jede Leiche misstrauisch. Dass diese Gertraud noch dazu im gleichen Zimmer wie der General lag, verstärkte das ungute Gefühl noch. Er beschloss, den beiden Toten die letzte Ehre an ihrem Lager zu erweisen.

Er schlenderte zurück in den Pesthof und folgte dem Weg, den Hajo ihm zum Einbeinigen beschrieben hatte. Kurz klopfte er an und betrat dann die schummrige Kammer. Vier Bettstellen befanden sich in dem Raum. Nur drei davon waren gezimmerte Holzbetten, die vierte bestand lediglich aus einigen Strohsäcken, die man nahe der Wand auf den Boden gelegt hatte. Eine ausgemergelte Gestalt lag auf ihnen, atmete schwer und stöhnte. Mühsam drehte der Kranke seinen Kopf in Mertens Richtung.

»Guten Tag«, sagte Merten leise beim Eintritt.

Der Kranke murmelte etwas, was Merten nicht verstand, und wandte seinen Blick wieder ab. Der Mann befand sich vermutlich auf der letzten Meile seines Lebens, dachte der Kaufmann.

Auf einer anderen Bettstelle lag reglos eine weitere Gestalt. Ein dünnes Laken war über den Körper gelegt, sodass die Gestalt nur brustaufwärts zu erkennen war. Dort, wo sich unter dem Laken die Erhebungen der beiden Beine abzeichnen sollten, sah er nur eine Wölbung. Das musste der gesuchte Tote sein.

Er ging rüber zur Bettstelle und setzte sich vorsichtig auf die Kante. Das Bett wackelte zwar, hielt aber sein Gewicht aus. Merten sah sich den Toten an. Er hatte ihn in den letzten Monaten ab und an gesehen, konnte mit dem bärtigen Gesicht jedoch nicht viel verbinden.

Mit einem kurzen Seitenblick versicherte er sich, dass der Kranke in dem Raum ihn nicht weiter beachtete, dann schlug Merten langsam das Laken beiseite. Ein unangenehmer Geruch wallte ihm entgegen.

Er begann zunächst damit, das Nachthemd des Mannes über der Brust nach Blutflecken oder einer Einstichstelle zu untersuchen, wurde jedoch nicht fündig. Schließlich öffnete er die Schleife des Hemdes über der Brust und besah sich die Rippenbögen über dem Herzen, fand jedoch auch hier nichts Ungewöhnliches.

Nur zur Sicherheit streifte er noch den Saum des Hemdes bis zur Hüfte nach oben. Der üble Geruch des brandigen Stumpfes stieg ihm in die Nase. Er war sicherlich kein Heiler, aber dass die eitrige Wunde den Mann getötet hatte, schien sehr wahrscheinlich.

»Entschuldigung, war für einen guten Zweck«, murmelte er zu dem Toten, während er Hemd und Laken wieder richtete.

Das Öffnen der Tür ließ ihn zusammenfahren. Es war Schwester Veronika, die dritte der Pflegeweiber, die in die Kammer trat. Sie trug einen Korb und eine große Kanne Wasser in den Händen. Nach einer knappen Begrüßung, steuerte sie auf den Kranken zu und füllte seinen Becher auf.

»Kannten Sie den Toten gut?«, fragte sie beiläufig in Mertens Richtung.

»Kaum. Hans und ich haben nur ab und an mal ein paar Worte gewechselt«, log Merten.

»Horst. Horst Eberwein«, korrigierte die Pflegerin ihn knapp.

Er räusperte sich. »Wie ich sagte, nur flüchtig.«

»Armer Kerl«, meinte die Pflegerin dann mitleidig. »Kam hierher mit einem ganz schlimmen Fuß. Meister Möhring musste ihn abnehmen. Aber der Brand wollte nicht aufhören, da musste wieder die Säge angesetzt werden. Tja und dann hat sich der Brand noch weiter gefressen, aber irgendwann war nichts mehr da zum abnehmen«, seufzte sie.

Merten schluckte. »Dann geht es ihm jetzt sicherlich besser, wo er jetzt ist«, urteilte er. Die Vorstellung, dass nach und nach Teile seines Körpers der Säge zum Opfer fielen, drehte ihm den Magen um. Das dringende Bedürfnis, die Kammer zu verlassen, stieg in ihm auf.

»Da sprechen Sie wohl wahr«, meinte die Pflegerin, während Merten mit einer knappen Verabschiedung das Krankenzimmer verließ. Draußen angekommen sog er tief die Luft ein und blickte hoch in den blauen Himmel. Auch der Aussatz stand in dem Ruf, Körperteile kosten zu können. Er hoffte, dass er niemals diesen Verlauf erleben würde. Nach einem weiteren tiefen Atemzug verdrängte er die düsteren Gedanken und machte sich auf in den zweiten großen Krankentrakt und ging zum Zimmer, in dem vorher der General gelegen hatte.

Er klopfte auch hier kurz an und trat ein, als keine Antwort ertönte. Im Bett des Generals lag eine reglose, schmächtige Gestalt. Das musste Gertraud sein. Zu seinem Glück war das Zimmer ansonsten tatsächlich leer, sodass er sich in Ruhe ihre Leiche ansehen konnte.

Merten ging zum Bett der Verstorbenen und schlug auch hier die Decke beiseite. Die Frau war wirklich fürchterlich abgemagert und ihr eingefallenes Gesicht erzählte eine traurige Geschichte von viel Leid und Schmerz. Der Mund war dazu grimassenhaft geöffnet, wie man es oftmals bei Toten sieht. Wie alt mochte sie sein? Sicherlich mehrere Jahrzehnte, aber ihre Krankheit hatte sie vielleicht auch vorzeitig altern lassen.

Merten besah sich den vergilbten Leinenstoff ihres Nachthemdes, konnte jedoch keinen Blutfleck ausmachen. Zwar war der Stoff alles andere als sauber und frei von Flecken, aber nichts davon sah aus wie frisch getrocknetes Blut oder ein Einstich im Stoff.

Merten lauschte einige Atemzüge, ob auf dem Gang vor der Kammer Schritte zu vernehmen waren. Als es still blieb, öffnete er das Nachthemd der Toten und entblößte ihren Oberkörper.

Der Leib der Frau war nicht viel mehr als Haut und Knochen, sodass jede Rippe sich unter der fleckigen Haut abzeichnete. Eine merkwürdige Scham stieg in Merten auf, die Leiche der hilflosen Frau so bloßzustellen. Er beeilte sich mit der Untersuchung, so gut er es bei dem Licht konnte. Er verharrte vielleicht ein oder zwei Finger breit rechts vom Brustbein. War das eine Wunde? Er fuhr vorsichtig mit dem Finger über die kalte Haut und schauderte.

Er war sich nicht sicher, aber es konnte tatsächlich eine Einstichstelle sein. Er grübelte kurz, dann untersuchte er noch einmal das Nachthemd über der entsprechenden Stelle. Dort war nichts. Nicht der kleinste Blutfleck oder Schnitt im Gewebe. Er beugte sich tief hinab und untersuchte noch einmal die Hautstelle, wurde sich jedoch noch immer nicht sicherer.

Dafür nahm er etwas anderes wahr. Einen merkwürdigen Geruch und es war nicht der übliche Geruch, wie er im Pesthof allgegenwärtig war. Er war unangenehm und kam ihm doch irgendwie bekannt vor. So absonderlich es ihn selbst anmutete, begann er an der Leiche zu schnuppern und wurde bald fündig. Der unangenehme Geruch kam zwischen ihren Lippen hervor. Zwar nicht sonderlich intensiv, dennoch gut wahrnehmbar. Dann stieg die Erinnerung in Merten auf. Es roch nach dem Zaubertrank des Generals.

Erneut sog er die Luft über ihren geöffneten Kiefern ein. Kein Zweifel, das war der übelriechende Sud, den der

General immer gegen seine Schmerzen genommen hatte. Hatte das etwas zu bedeuten oder hatte Möhring den beiden einfach nur die gleiche Medizin verordnet? Merten hielt sich an, es in Erfahrung zu bringen.

Dann schloss er die ausgefransten Schnüre des Nachthemdes, schlug das Laken über und betrachtete die Frau. So ausgezehrt wie ihr Leib war, war ein natürlicher Tod mehr als möglich. Dennoch taten sich wieder neue Fragen auf.

Merten war gerade im Begriff, das Zimmer zu verlassen, da stockte er und drehte sich noch einmal um. Die Frau war wirklich nur noch Haut und Knochen, sinnierte er. Er ging zurück zu ihrem Totenlager und schlug das Laken noch einmal zurück.

»Nimm es mir nicht übel«, murmelte er entschuldigend.

Dann fasste er die Leiche an den Schultern, drehte den steifen Körper auf den Bauch und betrachtete ihren Rücken. Seine Augen blieben an einem kleinen, rotbraunen Flecken hängen. Aufgeregt zog er den Stoff ihres Hemdes glatt und untersuchte die Verfärbung genauer. Gut möglich, dass es sich hier um Blut handelte. Mehr noch, in der Mitte des Flecks befand sich ein kleines Loch.

Merten schluckte einen Kloß hinunter. Er war sich ziemlich sicher, dass sich auch auf ihrem Rücken eine kaum sichtbare Verletzung befand, auf ähnlicher Höhe wie auf der Brust. Ein kräftiger Stich in die Brust der ausgemergelten Frau konnte schließlich leicht am Rücken wieder austreten …

Vorsichtig drehte er die Tote wieder auf den Rücken und bedeckte sie erneut mit dem Tuch. Was sollte er jetzt tun?

Sollte er mit Möhring über seine Entdeckung sprechen? Schnell verwarf er den Gedanken. Die Lage war hier nicht anders als beim General. Die Frau war in einem desolaten Zustand, da würde der Pestmeister einen natürlichen Tod nicht in Frage stellen, nur weil der Fleck auf dem Nachthemd diesmal auf dem Rücken war und die Leiche zwei statt einer Schramme aufwies.

Er beschloss mit Hermann Ziegler, dem Maulwurf, zu sprechen. Vielleicht konnte der etwas mehr über seine kurzzeitige Zimmergenossin erzählen.

Kapitel 13

Sonntag, 15. September 1619

»Wer hat sich getraut?«, fragte Hermann Ziegler und schob seinen Kopf näher an Merten heran wie ein Huhn, das unnatürlich langsam nach einem Korn pickt.

Merten schüttelte den Kopf. »Nein, nicht getraut. Gertraud. Wie es mit dieser Gertraud so war«, wiederholte er noch einmal deutlich lauter.

Merten hatte dem weitgehend erblindeten Mann angeboten, ihn vor der Kirche beim Spaziergang zu begleiten. Zugegebenermaßen nicht ohne Hintergedanken.

»Ach, die flotte Gertraud«, brummte der Maulwurf und war hörbar ungehalten bezüglich des Themas. »Die stand doch nun schon mit einem Bein im Grab, bevor sie zu mir gekommen ist«, murmelte er halb verärgert und halb entschuldigend.

Merten erinnerte sich daran, dass die anderen Kranken in Zieglers Gesellschaft bereits ein schlechtes Omen sahen, nach zwei Todesfällen in seiner Kammer. »Ach, sicher. Vermutlich hat deine Gesellschaft ihr eher gutgetan, dass sie noch ein paar Tage länger durchgehalten hat«, versuchte er seinen Begleiter zugänglicher zu machen.

Das Gesicht Zieglers hellte sich auf. »Ja ja, so wird es gewesen sein«, freute sich der Mann.

»Wie lange wart ihr denn in einer Kammer?«, hakte Merten nach.

Der Mann zog seine kleine, rötliche Nase kraus und überlegte. »So drei oder vier Tage vielleicht. Es war ja auf ihren Wunsch und wohl auch auf den Wunsch der anderen in ihrer Stube«, erklärte er.

»Achso? Haben sie sich nicht vertragen?«, fragte Merten.

Ziegler schüttelte den Kopf. »Das war's wohl nicht. Der Gertraud ging es wirklich schon sehr schlecht und sie lag mit zwei anderen in einer Kammer, von denen die eine immer nur gehustet hat. Na und die Gertraud hatte ja ab und an diesen fürchterlichen, blutigen Durchfall, daher hieß sie ja die flotte Gertraud. Da haben sie wohl alle gebettelt, auseinander zu kommen. Und da ich ja eher ruhig bin und selber nicht viel mitkriege, kam die Gertraud dann zu mir.«

»Verstehe …«, murmelte Merten.

»Was?«, fragte der schwerhörige Mann.

»Das freut mich, dass sie dann ein wenig Ruhe für ihre letzten Tage gekriegt hat«, antwortete Merten lauter. »Ich hoffe, sie hat dich dann nicht zu sehr gestört. Sie musste ja vermutlich auch nachts mal auf den Abort, oder?«, fragte der Kaufmann und bemühte sich, seiner Frage einen eher beiläufigen Tonfall zu geben.

Ziegler hob die Schultern. »Das schon. Oft war sie ja zu schwach, um ganz zum Abort zu gehen, und wir haben ja auch einen Eimer in der Kammer«, erklärte er und verzog leidend das Gesicht. »Aber wenn sie nicht nur Wasser abschlagen musste, hab ich sie natürlich gedrängt, zum Abort zu gehen, wenn es irgendwie geht. Ganz üble Sache, was da aus der Gertraud kam, wenn bei ihr mal wieder alle Dämme gebrochen sind. Das will man nicht in den eigenen vier Wänden haben«, beteuerte er und schüttelte demonstrativ den Kopf.

Merten nickte abwesend und vergaß, dass sein Begleiter das nicht sehen konnte. Es war also zumindest gut möglich, dass Gertraud nachts über die Flure gegangen ist, wie er es vermutlich schon beim General der Fall war.

»Dann wünschen wir ihr nun, dass sie ihren Frieden findet«, meinte Merten.

»Tja, jetzt liegt sie im Keller, da hat sie auf jeden Fall erst mal Ruhe und bald wird's noch ruhiger«, meinte Ziegler und lachte meckernd.

Grübelnd führte Merten den Mann schließlich bis zur Kirche und verabschiedete sich von ihm. Erneut wusste er ein wenig mehr, ohne dadurch schlauer zu sein. Ein gewohnter Zustand für ihn, die letzten Wochen.

Merten steuerte nach der Kirche das Tollhaus an und machte Schwester Agatha Platz, die mit einer Traube aus Kranken um sich herum die Kirche ansteuerte. Er nickte ihr im Vorbeigehen zu und trat in das Gebäude.

Wie üblich waren zur Kirchenzeit nur wenige Bewohner im Tollhaus. Mittlerweile ging er mit einer gewissen Selbstverständlichkeit durch den Gang zwischen den Kojen und Bettgestellen.

»Tag, Martha … Tag, Siegfried …«, schritt er grüßend durch die Reihen und erhielt mal eine Reaktion, mal nicht.

»Ave, Caesar«, grüßte er schließlich seinen regelmäßigen Begleiter.

»Ave, Merten«, grüßte der zerzauste Mann beiläufig zurück.

Merten stoppte und stutzte. »Hast du mich gerade Merten genannt?«, fragte er erstaunt. Bisher hatte er von Caesar ausnahmslos lateinische Zitate wahrgenommen.

Sein Gegenüber lächelte nur kurz schief und begann dann konzentriert, einige mehrbeinige Besucher von seiner Decke zu schnipsen.

»Interessant«, wunderte sich Merten und ging schließlich zu den Tollkisten.

Er beugte sich zu der vergitterten Sichtluke vor und machte sich seelisch darauf gefasst, dass das plötzlich auftauchende Gesicht Michelangelos ihn wieder erschrecken würde.

»Ich bin es, Merten Overdiek«, flüsterte Merten zwischen die Gitterstäbe hindurch.

Eine Weile musste er warten, dann tauchte tatsächlich das bleiche Gesicht in der Dunkelheit auf und starrte ihn stumm an.

»Also, was weißt du über die Brid Eisner?«, fragte er leise, aber eindringlich.

»Komm rein, dann zeige ich es dir«, antwortete der Mann in der Tollkiste.

Merten schlug die Augen nieder und atmete tief durch. »Ich kann nicht reinkommen. Das ist nicht erlaubt und selbst wenn, hätte ich keinen Schlüssel. Du wirst es mir einfach erzählen müssen«, zwang sich Merten zu einer möglichst sachlichen Aussage.

»Ich zeige dir, was in meinem Kopf ist. Hier drin!«, beharrte sein Gegenüber.

Merten legte die Handflächen neben die Gitterluke und beugte sich weiter nach vorn. »Hör zu, ich kann nicht rein. Es geht einfach nicht«, sprach er eindringlich wie zu einem Kind.

»Wenn du meine Bilder sehen willst, musst du zu mir kommen«, blieb Michelangelo standhaft. Zu Mertens Verärgerung verschwand das Gesicht sogar wieder in der Dunkelheit.

»Hey, bleib hier, wir hatten eine Vereinbarung!«, zischte Merten in die Luke.

»Ich halte mein Wort, aber du musst zu mir kommen«, drang es dumpf aus der Kiste.

»Verflucht!«, rief Merten ärgerlich und schlug gegen das massive Holz der Kiste. Keinen Atemzug später donnerte etwas gegen das Holz der Nachbarkiste, das sich anhörte wie ein Ochse, der eine Haustür einrennt. Selbst die massive Kiste schien zu erzittern. Erschrocken wich Merten zurück. Ein gefährlicher Riese, der gar dem Schoß einer Hexe entsprungen sein sollte, war in der Kiste eingesperrt. An die Geschichte mit der Hexe mochte Merten nicht so ganz glauben, aber ohne Zweifel war es ein mehr als kräftiger Mann in der Kiste.

Er beruhigte seinen Atem wieder und grübelte. Hier kam er so nicht weiter. Michelangelo würde ihm zumindest heute nichts erzählen. Er würde sich etwas einfallen lassen müssen.

Missmutig stapfte Merten aus dem Tollhaus.

Kapitel 14

Mittwoch, 18. September 1619

Maria hielt schützend das Öltuch mit der Linken über ihren Kopf, während sie in der Rechten die Laterne hielt. Es war den ganzen Tag schon bewölkt frisch gewesen und mit der Nacht hatte der Regen eingesetzt. Sie beschleunigte ihre Schritte, wobei sie Acht gab, dass ihre abgenutzten Lederschuhe auf dem nassen Gras nicht ausglitten.

Trotz der nächtlichen Dunkelheit fand sie zielsicher ihren Weg an der Nordseite des Hauptgebäudes entlang, bis sie das Tollhaus erreicht hatte.

Die Eingangstür war zum Glück überdacht und so stand sie im Trocknen, als sie die Laterne auf den Boden stellte und in der Rocktasche nach dem schweren Schlüsselbund tastete. Zumindest hatte der Regen sie ein wenig wacher gemacht. Der Tag war anstrengend gewesen und heute war sie zu allem Überfluss auch noch für die Nachtwache eingeteilt. Bis zum Morgengrauen musste sie mehrmals den Hof, die Krankenflügel und das Tollhaus abgehen, um nach dem Rechten zu sehen und zu horchen. Immer wieder kam es vor, dass Kranke zu schwach waren, um nach Hilfe zu rufen, aus ihren Betten fielen oder auf dem Weg zum Abort stürzten. Dazu war auch Feuer eine immerwährende Befürchtung. Ein unbehüteter Kienspan oder eine im Hustenanfall umgeworfene Öllampe konnten schnell den ganzen Hof gefährden.

Ihre Finger ertasteten das kalte Metall und sie führte den Schlüssel in das Kastenschloss ein. Schabend öffnete sich der Riegel und sie zog die Tür auf. Das Tuch legte sie sich wieder um die Schultern und griff sich die Laterne vom Boden.

Trotz der vom Regen abgekühlten Luft trat ihr mit dem Eintritt in das Tollhaus sofort der Geruch von menschlichen Ausscheidungen und Krankheit in die Nase.

Sie ließ die Tür hinter sich offen, um ein wenig Frische während ihres Besuchs in das Haus zu lassen. Prüfend hob sie die Laterne etwas in die Höhe. Die meisten Bewohner lagen tief schlafend auf ihren Strohsäcken und Bettstellen. Einige wälzten sich unruhig umher, stöhnten oder murmelten unverständliche Worte, während ihr Geist sich in der Halbwelt zwischen Schlaf und Erwachen befand.

Ein junges Mädchen mit strähnigen, schwarzen Haaren kroch noch enger an die Wand, als sie es zuvor schon getan hatte, nachdem der Schein der Lampe sie getroffen hatte.

»Es ist gut, Ella. Ich bin es nur, Maria«, flüsterte die Pflegerin dem Mädchen zu. Das Mädchen entspannte sich daraufhin sichtlich, auch wenn ihr Atem immer noch deutlich hörbar war. Das Mädchen war auf den Hof gekommen, nachdem Mordbrenner den Hof ihrer Eltern überfallen hatten. Außer ihr hatte niemand überlebt, doch ihr Geist hatte sich seitdem tief in sie zurückgezogen.

Langsam setzte Maria ihren Weg zwischen den Schlafstätten fort und schaute abwechselnd links und rechts nach dem Rechten. Ab und an öffnete sich müde ein Augenpaar und blinzelte sie an, was sie immer veranlasste, den Zeigefinger auf die Lippen zu legen. Leicht konnte ein erschrockener Kranker Unruhe in das ganze Tollhaus bringen und die Nacht für alle beenden.

»Schlaf weiter, Caesar«, flüsterte sie, als der weißhaarige Mann sie mit weit geöffneten Augen anstarrte.

»Perfugium videtur omnium laborum et sollicitudinum esse sommnus![20]«, antwortete der Alte. Dann gähnte er herzhaft und legte sich wieder auf sein Lager.

Maria trat an die Tollkisten heran und lauschte. Wie so oft hörte man aus Michelangelos hölzerner Zelle ein Schaben und Rascheln. Sie fragte sich manchmal, ob er versuchte sich durchzugraben wie ein Maulwurf.

Erstaunt und ein wenig erschrocken nahm sie Brids bleiches Gesicht hinter der vergitterten Luke im Schein ihrer Laterne wahr. Die Frau musterte sie mit weit geöffneten Augen.

Maria machte einen Schritt auf sie zu.

»Geht es dir gut? Brauchst du etwas?«, flüsterte sie. Sie wusste, dass diese Frage an sich an Hohn grenzte. Natürlich ging es ihr nicht gut in der Kiste, aber was hätte sie sonst sagen sollen? Es war das erste Mal, dass sie Brid zu Gesicht bekam, nachdem sie eingesperrt worden war. Brid sah schon immer blass und verhärmt aus, aber die Zeit der Gefangenschaft hatte ihr noch mehr von der wenigen Kraft geraubt, die sie vormals hatte. Maria glaubte nicht, dass sie noch lange in dieser Kiste überleben würde. Dieser Winter konnte schon ihr letzter sein, dachte sie traurig.

Brids Mund öffnete sich und formte stumme Worte, während sie Maria mit flehenden Augen ansah.

---

[20] Zuflucht vor aller Mühseligkeit und Kümmernis scheint der Schlaf zu sein!, Cicero, 106 v. Chr.–43 v. Chr.

»Hast du Durst?«, flüsterte die Pflegerin, als sie sah, wie sich die Gefangene die spröden Lippen leckte.

Wie nicht anders zu erwarten, kam jedoch keine Reaktion von der Frau. Die Pflegerin ging in die Hocke, nahm einen Wasserkrug und goss die Flüssigkeit in den angeketteten Metallnapf. Dann schob sie ihn durch die schmale Öffnung am Boden von Brids Kistentür.

Kurz darauf war das Klimpern von Kettengliedern und ein metallisches Schaben aus der Kiste zu vernehmen.

Geduldig wartete Maria in der Hocke ab, dass Brid den Napf zurückschob. Da schlug ihr etwas von hinten auf den Rücken. Nicht sehr fest, dennoch hart genug, dass sie das Gleichgewicht verlor. Etwas Spitzes bohrte sich in ihre Haut, während sie auf den Boden kippte. Schreck und Furcht trieben ihr einen unterdrückten Schrei aus der Lunge und sie hörte ein ungehaltenes Fauchen hinter sich.

»Guter Gott, du hättest mich beinahe zu Tode erschreckt!«, keuchte sie leise, als sie die dreifarbige Katze ungehalten von dannen ziehen sah. Der Mäusejäger war ihr meist eher zugetan und hatte wohl auf ihrem Rücken Platz nehmen wollen. Das übliche Gemurmel und Seufzen im Raum wurde lauter und Maria wartete still ab, bis sich der Schlaf wieder über den Raum legte.

Sie blickte nach unten und sah, dass Brid den Napf zurückgeschoben hatte. Stöhnend richtete sie sich auf, aber das Gesicht der Frau war hinter den Gittern nicht mehr zu sehen. Sie hatte sich in die düsteren Schatten ihrer Kiste zurückgezogen.

Mit einem letzten traurigen Blick griff Maria die Laterne und machte sich auf den Rückweg.

Draußen fiel noch immer der Regen aus dem schwarzen Himmel, während Maria die Eingangstür verschloss. Sie hielt sich das Tuch über den Kopf und machte sich zurück über das nasse Gras in Richtung des Haupthauses.

Plötzlich stutzte sie. War das Licht, was da rechts in ihren Augenwinkeln aufgeflackert war? Sie meinte auch ein Geräusch gehört zu haben. Da, wieder ein Klappern und sie meinte gar einen Laut, ähnlich einer Stimme, vernommen zu haben.

Ihre Augen starrten in die Dunkelheit. Rechts von ihr lag das Gerätehaus und die Badestube, aber von der Richtung her musste es eher vom Gerätehaus gekommen sein. Zögerlich blickte sie auf die Silhouette des Gebäudes. Sollte sie einmal nach dem Rechten sehen? Ganz wohl war ihr bei dem Gedanken nicht.

Schließlich fasste sie sich ein Herz und ging zu dem Gebäude hinüber. Zunächst sah sie sich die zweiflügelige Tür an, durch die Pferd und Wagen hinausgeführt wurden. Sie schaute durch die Ritzen der Holzbretter, konnte jedoch keinen Lichtschein oder ein Geräusch im Inneren ausmachen. Sie drückte einmal fest gegen die Flügeltüren, stieß jedoch gleich gegen den schweren Balkenriegel, der von innen den Zugang versperrte. Zufrieden nickend wandte sie sich der eigentlichen Tür zu. Auch diese war verschlossen und weder hörte noch sah sie etwas Verdächtiges.

»Fängst schon an Gespenster zu sehen«, murmelte sie leise zu sich selbst. Sie war wahrlich keine ängstliche Frau, musste aber zugeben, dass die Geschehnisse der letzten Wochen eine gewisse Anspannung in die nächtlichen Rundgänge gebracht hatten.

Gerade wollte sie ihren Weg fortsetzen, da fiel ihr Blick auf das neue Vorhängeschloss, das der Pestmeister hatte anbringen lassen. Es hing zwar geschlossen an der Tür, aber der Fallbügel lag darüber.

Irritiert betrachtete sie das Konstrukt und schob schließlich den Fallbügel beiseite. Tatsächlich, die Tür ließ sich einfach öffnen. Auch der Bügel des Vorhängeschlosses war zwar heruntergedrückt, aber nicht verschlossen. Jemand musste gestern geschlampt haben und hatte die Tür nicht richtig zugesperrt. Oder hatte jemand nachträglich des Nachts das Gerätehaus geöffnet? Jemand, der vielleicht noch hier war?

Maria schluckte und zog die Tür gänzlich auf, die sie bisher nur eine Handbreit geöffnet hatte. Sie hob die Laterne und leuchtete in die Türöffnung. Auf den ersten Blick war nichts Ungewöhnliches zu erkennen.

»Ist … ist jemand hier drin?«, fragte sie und bemühte sich ihrer Stimme einen möglichst festen Klang zu geben. Alles blieb stumm, nur der Regen prasselte dumpf auf das Reetdach. Vorsichtig machte die Pflegerin einen Schritt in das Haus hinein und blickte sich um. Sie sah nur die üblichen Werkzeuge, Gartengeräte, Karren und sonstigen Gerätschaften, die hier ihren Platz hatten. Sie ging ein wenig im Raum umher, konnte jedoch noch immer nichts Ungewöhnliches sehen.

Schließlich öffnete sie noch die Verbindungstür zum Stall und leuchtete auch dort hinein. Der neue Rappe begrüßte sie unruhig schnaubend.

»Hab ich nur dich gehört?«, fragte sie das Pferd nachdenklich. »Aber Licht wirst du noch keines machen können«, murmelte sie leise. Ein Poltern aus dem Geräteraum nebenan ließ sie zusammenzucken. Dann hörte sie erneut ein Geräusch.

»Wer ist da?«, rief sie laut.

Zitternd griff Maria nach einer Heugabel und ging wieder zur Verbindungstür.

»Zeig dich!«, verlangte sie mit wackliger Stimme, während sie mit ausgestreckter Hand den Raum ausleuchtete.

Erneut zuckte sie zusammen, als der Lichtschein der Lampe von den glitzernden Augen der dreifarbigen Katze reflektiert wurde. Das Tier saß auf dem Boden neben einer umgekippten Egge und putzte sich.

Erleichtert atmete Maria aus und ließ die Gabel sinken.

»Das ist das zweite Mal heute Nacht, dass du mich fast ins Grab bringst. Dir bring ich sicher nicht nochmal Heringsköpfe aus der Küche mit …«, schimpfte sie mit dem Tier.

Die Katze quittierte den Vorwurf lediglich mit einem kurzen Blick zu ihr, bevor sie fortfuhr ihre Pfoten zu lecken und sich damit über den Kopf zu streichen.

Mit immer noch klopfendem Herzen stellte Maria die Gabel zurück in die Stallung und ging wieder zur Eingangstür. Suchend blickte sie sich nach der Katze um, konnte sie aber nicht mehr ausmachen. »Tja, dann bleibst du heute Nacht wohl hier drin. Geschieht dir nur recht, nachdem du mich so erschreckt hast«, zürnte sie und trat hinaus in den Regen.

Kurz wartete sie noch ab, ob die Samtpfote ihr doch noch hinterher ins Freie huschte, dann zog sie schulterzuckend die Tür zu.

»Hast vermutlich eh noch deine eigenen Ausgänge«, bemerkte sie lächelnd und hängte Schloss und Bügel nun sauber ein. Wieder fischte sie das schwere Schlüsselbund aus der Rocktasche. Mit dem Bund, der für die nächtlichen Rundgänge ausgegeben wurde, konnte man die meisten Türen des Hofes öffnen. So befand sich mittlerweile auch ein neuer Schlüssel für das Vorhängeschloss des Gerätehauses an ihm.

Maria drehte den Schlüssel im Schloss und zog sogar noch prüfend einige Male am Bügel. Zufrieden nickte sie, als er fest im Schloss saß.

Sie warf sich ihr Tuch über den Kopf und machte sich auf den Weg zum Haupthaus. Maria hoffte, dass die restliche Nacht ruhiger verlaufen würde. Nach ihrem Geschmack hatte sie bisher schon mehr als genug Schreckmomente geboten.

Sie stapfte durch den Regen zum Tor des Haupthauses und ging über den Innenhof zum ersten Krankenflügel.

Drinnen angekommen schüttelte sie zunächst ihre Röcke von der Nässe aus. Zum Glück war es im Vergleich zu den letzten Tagen zwar abgekühlt, aber immer noch ganz erträglich, sodass sie trotz des Regens kaum fröstelte.

Sie setzte ihren Weg durch die Gänge fort und lauschte immer wieder. Ab und an zog sie auch eine der Kammertüren auf und warf einen prüfenden Blick auf die Kranken. Sie kannte die meisten Bewohner des Pesthofes und ihre Leiden gut und wusste, wer des Nachts vielleicht Hilfe benötigte. Verschlafene Augen blickten sie manchmal an, wenn sie sich mit ihrer Laterne in die kleinen Kammern beugte. Ab und an hielt sie einem Kranken einen Becher Wasser an die Lippen oder strich ihm aufmunternd über die Schultern, wenn der Schmerz ihn plagte. Mehr vermochte sie in den meisten Fällen nicht für die Gepeinigten zu tun.

Ein Husten unweit einer Gangecke ließ sie aufhorchen. Es war nichts Ungewöhnliches, dass Kranke des Nachts auf den Gängen waren, aber es schadete auch nie, einen Blick auf sie zu werfen.

Kaum war die Pflegerin um die Ecke gebogen, sah sie eine Frau im Nachthemd an der Mauer lehnen. Die Hand vor dem Mund, um ihren Husten zu unterdrücken.

»Brauchst du Hilfe, Eva?«, fragte Maria die Kranke.

Die Angesprochene versuchte zu antworten, was jedoch ihren Hustenreiz nur verstärkte. Schließlich reagierte sie mit einer Mischung aus Kopfschütteln und Schulterzucken und drehte ihr Gesicht von der blendenden Laterne weg. »Kann nur nicht mehr liegen, muss dann immer husten«, antwortete sie schließlich schwer atmend.

Maria hielt die Lampe etwas beiseite. Eva war erst seit ein paar Wochen auf dem Hof und wurde von einem schweren Lungenleiden gepeinigt. »Ist schon gut. Ich bin auf den Gängen, wenn du Hilfe brauchst«, bot sie der Kranken an.

Eva nickte und schlurfte auf ihren Strohpantoffeln weiter den Gang entlang.

Die Pflegerin sah ihr vorsichtshalber noch einen Augenblick hinterher, dann setzte auch sie ihren Weg fort.

Bis zum Frühstück würde sie noch durchhalten und ihre Runden drehen. Dann konnte sie hoffentlich ein paar Stunden schlafen, bevor die Arbeit wieder rufen würde. Bei dem Gedanken an ihre Bettstätte wurden ihr die Beine schwer und sie musste unwillkürlich gähnen. Aber sie wollte sich nicht beschweren. Wenn sie an die armen Seelen in ihren Tollkisten dachte, konnte sie dem Herrgott nur danken für jeden Schritt, den sie hier in Freiheit tun konnte. Bei der Vorstellung tagein, tagaus in so einer düsteren Kiste zu stecken, schauderte es sie. Sie hoffte, dass es irgendwann doch eine andere Erklärung für Hinrichs grausamen Tod geben und Brid wieder aus der Kiste freikommen würde. Wohlwissend, dass die Chancen dafür verschwindend gering waren. Es sei denn, dieser Overdiek würde doch noch etwas aufstöbern.

Bei dem Gedanken an den Kaufmann musste sie schief grinsen. Er war ein unverschämter Pfeffersack wie die meisten Hamburger Kaufleute und hatte in dieser Einrichtung für Bedürftige eigentlich nichts verloren, wenn es nach ihr ging. Dennoch schien er an den Vorkommnissen auf dem Hof ehrlich interessiert und hatte zu ihrem Erstaunen gar Zugang zu den Kranken im Tollhaus gefunden. Überhaupt hatte er mit seiner oft kecken Art ein erstaunliches Talent, beliebt zu sein. Auch sie selbst konnte sich dessen manchmal nur mit Mühe erwehren. Aber an Mühe war sie gewöhnt, dachte sie und ihre Mundwinkel zuckten kurz nach oben.

Ein erschrockener Schrei von einer Frau und ein Poltern riss die Pflegerin aus ihren Gedanken. Das kam aus der

Richtung des Speiseraums. Eva war vorhin in diese Richtung gegangen.

Hastig lief sie los und hetzte durch den Gang, bis sie die Durchgangstür zum Speisesaal erreichte. Gepolter drang aus dem Raum zu ihr. Sie steckte die Hand nach der Klinke aus, da flog ihr die Tür schon entgegen und traf sie hart am Kopf.

Blitze zuckte vor ihren Augen und sie taumelte haltlos zurück. Benommen glaubte sie, einen Schatten zu sehen, der an ihr vorbeihastete. Mit einem dumpfen Rauschen in den Ohren gaben ihre Beine unter ihr nach. Unterschwellig spürte sie die Erschütterung in ihrem Körper, als sie auf dem Boden aufschlug.

Marias Augenlider öffneten sich flatternd. Stimmen drangen gedämpft zu ihr und sie spürte, wie etwas oder jemand an ihr rüttelte. Ein übler Schmerz wallte in ihrem Schädel auf und sie versuchte fahrig die Hände beiseitezuwischen, die ihren Körper in Unruhe versetzten.

»Hier raus …«, kam eine eindringliche Stimme zu ihr durch.

Sie stöhnte und sah sich um. Einige Kranke standen in ihren Nachthemden um sie herum und zerrten an ihr, ohne wirklich die Kraft zu haben, sie zu bewegen. Es war ungewöhnlich hell und warm. War es nicht eben noch mitten in der Nacht gewesen?

Feuer, da war Feuer! Flammen leckten über die Tür zum Speisesaal, Teile der Wand und züngelten bereits nach der

Decke. Schwester Agatha und ein kranker Greis im Nachtgewand schlugen mit Decken nach den Flammen.

»Die Öllampe …«, kam es Maria in den Sinn. Sie musste sie fallen gelassen haben, als die Tür sie getroffen hatte. Sie versuchte aufzustehen, doch augenblicklich drehte sich alles um sie herum und sie brauchte einen Atemzug, bis sie wieder klar sehen konnte.

Auch Möhring und Hausmeister Hinrich und Reinhold tauchten im Gang auf. Hinrich begann, die Flammen mit seinem Umhang zu ersticken, während Reinhold einen großen Krug Wasser gegen die Wand schüttete und sich mit dem Hemdsärmel gegen die Hitze schützte. Möhring rief Befehle, die Kranken vorsichtshalber in den Innenhof zu bringen, und wies den zweiten Knecht Reinhold an, den Spritzenwagen aus dem Gerätehaus zu holen.

Während sie unbeholfen versuchte auf die Beine zu kommen, sah sie, wie Herr Overdiek in seinem vornehmen Hausmantel und einem Eimer an ihr vorbeihuschte und einen Schwall Wasser auf den Brand kippte.

»Kommen Sie, Schwester«, rief er ihr zu und sah sie eindringlich und nicht ohne Sorge an. Immer noch benommen versuchte sie wacklig auf die Beine zu kommen.

Dem Kaufmann dauerten ihre Bemühungen wohl zu lange, denn er warf sie schließlich wenig feinfühlig wie einen Sack Mehl über seine Schulter und marschierte mit ihr und dem Eimer zurück in den Innenhof.

Etliche Kranke standen hier bereits in ihren durchweichten Nachtgewändern im Regen und blickten besorgt zum Krankenflügel.

Merten trug die Pflegerin bis zum Ziehbrunnen, wo der ehemaliger Flussschiffer Ebinger keuchend an der Kurbel drehte. Merten lehnte die Frau an einen Pfeiler der Brunnenüberdachung.

»Tut mir leid, Schwester. Für die Sache mit dem Abstand wegen meinem Aussatz war gerade keine Zeit«, kommentierte er, während er sich einen gefüllten Eimer griff.

Kurz sah sie ihn mit glasigen Augen an, dann suchte sich ein Schwall Erbrochenes einen Weg aus ihr und besudelte Mertens fein genähte Pantoffeln. Die Pflegerin schlug erschrocken die Hand vor den Mund und blickte ihn entsetzt an. Merten zog kurz eine Braue hoch, griff sich dann den zweiten gefüllten Eimer und eilte wieder zurück zum Haus.

Zu aller Erleichterung sollte es jedoch nicht lange dauern, bis der Brand unter Kontrolle war. Noch bevor Reinhold, Hajo und zwei Kranke mit dem Spritzenwagen erschienen, war das Feuer bereits gelöscht. Zu ihrer aller Glück hatten sich die Flammen noch nicht tief in das Holz fressen können, bevor der Brand bemerkt wurde.

Tuschelnd und murmelnd zogen sich die vom Regen durchnässten Kranken in das Gebäude zurück.

»Wie konnte das geschehen?«, fragte Möhring aufgebracht und blickte ins Rund. Nur mit Mühe senkte er seine Stimme, sodass er nur von den Umstehenden gehört wurde.

»Eva Hartmann wurde im Speisesaal von einem Unbekannten angegriffen. Vielleicht hat sie sich was gebrochen, ich habe sie in das Behandlungszimmer bringen lassen«, erklärte Schwester Agatha und wischte sich Ruß aus dem Gesicht.

»Und was hat sie da gemacht und wieso fängt es an zu brennen?«, fasste der Pestmeister nach.

»Sie konnte nicht schlafen wegen ihres Hustens. Ich habe sie bei meinem Rundgang auf dem Flur getroffen«, meldete sich nun Maria mit wackliger Stimme zu Wort. »Später habe ich vom Speisesaal her Poltern und Schreien gehört. Als ich hingelaufen bin, flog die Tür auf und traf mich am Kopf. Als ich ohnmächtig geworden bin, muss ich die Lampe fallen gelassen haben«, berichtete die Pflegerin bedrückt.

Möhring blickte sie durchdringend an, offensichtlich überlegend, wie er mit diesem Bericht umgehen sollte. Schließlich nickte er. »Du hast eine üble Platzwunde. Geh auch zu Eva in die Behandlungsstube, ich schaue mir das gleich an.«

»Und was machen wir mit diesem Unbekannten? Wir können den Vorfall doch nicht einfach so hinnehmen«, grollte Schwester Agatha.

Möhring seufzte und strich sich den Regen aus dem Gesicht. »Darüber machen wir uns morgen Gedanken. Wenn es hell ist und wir wieder trocken sind«, entschied er matt.

Die strenge Schwester ließ ein Geräusch vernehmen, in dem eindeutig Unzufriedenheit mitschwang.

Merten stand indes wie unbeteiligt im Schatten des Brunnendaches und hatte den Ausführungen gelauscht.

Nachdenklich strich er sich durch den nassen, roten Kinnbart.

Kapitel 15

Montag, 23. September 1619

Merten saß an seinem fein gearbeiteten Schreibtisch aus Nussbaumholz und blätterte durch einige Unterlagen. Auch wenn er offiziell kein eigenes Handelshaus mehr führte, hatte er im Stillen doch noch viele gutgehende Beteiligungen. Seine Geschäftspartner hielten ihn stets auf dem Laufenden und seinen Einfluss wollte er sich auch nicht ganz nehmen lassen. »Wer das Geld hat, hat auch das Sagen«, merkte sein Vater stets an. Außerdem tat es gut, sich noch einen kleinen Rest seines alten Lebens erhalten zu können.

Zufrieden betrachtete er den Wechsel der Hamburger Bank, den ihm sein letztes Geschäft eingebracht hatte. Die Bank war erst im März diesen Jahres für die Kaufleute der Stadt gegründet worden, stellte aber bereits jetzt eine große Verbesserung dar. Es konnten Einlagen in Silber oder anderen Vermögenswerten gemacht und über Zettel oder Wechsel dann bargeldlose Geschäfte getätigt werden, wie es in einigen anderen Städten und vor allem in Italien schon länger der Fall war.

Außer dem Vorteil, dass keine größeren Mengen an Münzen mehr verschoben werden mussten, reagierte Rat und Bürgerschaft damit auf die zunehmende Bargeldentwertung der letzten Jahre. Geldnot trieb die Landesherren dazu, immer mehr Münzen mit immer geringerem Silbergehalt zu prägen und damit ihren eigentlichen Wert zu schmälern. Eine Entwicklung, die durch den entbrannten Krieg in Böhmen sicherlich beschleunigt werden würde. Die Hamburger Bank hatte indes die stabile Rechenwährung

»Mark Banco« für die Geldgeschäfte mit den Zetteln und Wechseln eingeführt. Zwar fühlte es sich für einen Kaufmann noch ein wenig ungewohnt an, seine Gewinne nicht in Edelmetall in den eigenen vier Wänden zu wissen, aber in Anbetracht der Geldentwicklung schienen die Bankverschreibungen wohl die bessere Wahl.

Merten verstaute das Papier in einer eisenbeschlagenen Truhe und schloss sie sorgsam ab. Gerade wollte er wieder Platz nehmen, da klopfte es einmal kurz an der Tür, bevor sie sich auch schon öffnete.

Schwester Maria betrat mit einem Kopfverband sein Zimmer. »Hajo sagte mir, Sie benötigen Hilfe. Ich hoffe, dass es wirklich wichtig ist, denn …«, begann sie mit einem Anflug von Argwohn, stutzte dann jedoch und sah sich im Raum um. Gebannt glitten ihre Augen über das große Bett mit den Damastbezügen, die kostbaren Möbel, Bücher und die wertvollen, teils exotischen Einrichtungen. Selbst einige Gemälde und kunstvoll geknüpfte Teppiche hingen an den Wänden. Gar ein kunstvoll bemalter Kachelofen stand an der Außenwand, auch wenn kein Feuer in ihm brannte. Das Krankenzimmer Overdieks hätte keinen Vergleich mit einer guten Stube eines Hamburger Kaufmanns in Sankt Petri scheuen müssen.

»Das alles muss ein Vermögen gekostet haben«, flüsterte sie ungläubig.

»Nun ja, als ich meinen Haushalt auflösen musste, blieb das eine oder andere übrig. Das meiste konnte ich natürlich nicht mitnehmen, aber …«, ließ Merten seinen Satz unvollendet.

Maria zog ironisch die Nase kraus. »Ich bedauere, dass man Ihnen nicht mehr bieten konnte. Das ist ja eigentlich nur eine Stube für vier Kranke.«

Merten murmelte etwas, aus dem man mit viel gutem Willen das Wort »entlohnt« heraushören konnte.

Sie musterte den Kaufmann hinter seinem Schreibtisch argwöhnisch. »Woran fehlt es Ihnen denn nun? Ich hatte einen langen Tag und sonderlich krank sehen Sie nicht aus.«

Merten stand seufzend auf und rückte ihr einen schweren mit Rindsleder bezogen Stuhl zurecht. »Ich würde gerne mit Ihnen sprechen«, bat er.

»Worüber?«, fragte sie wenig überzeugt, blickte kurz auf den Stuhl und blieb stehen.

»Über die Vorkommnisse auf dem Hof. Es gibt einiges, was ich Ihnen gerne erzählen würde«, begann Merten und verschränkte die Hände hinter dem Rücken. »Außerdem würde ich Sie gerne um Hilfe bei einer Angelegenheit bitten.«

Auf Marias Gesicht zeichnete sich wachsendes Misstrauen ab. »Wobei soll ich Ihnen helfen?«

Merten seufzte. »Können wir uns nicht setzen?«

Kurz blickte Maria unentschlossen auf das teure Sitzmöbel, dann nahm sie Platz und verschränkte die Arme vor der Brust.

Auch Merten setzte sich wieder. »Erinnern Sie sich daran, wie ich vor einiger Zeit diese Blessur im Gesicht hatte?«, fragte er.

»Ja, schon«, entgegnete die Pflegerin.

»Ich war in der Nacht davor in den Kellergewölben, um mich umzusehen. Ich dachte, ich finde etwas Auffälliges, was mit dem Mord zusammenhängt.«

Maria zog verdutzt die Augenbrauen hoch und verzog dann ob ihrer Stirnwunde schmerzhaft das Gesicht. »Und haben Sie?«

Merten wiegte den Kopf. »Vielleicht. Mir ist aufgefallen, wie stockdunkel dieses Gewölbe ist und dass keine Lampe oder ähnliches bei den beiden gefunden wurde.«

Maria grübelte eine Weile. »Das ist schon seltsam, aber vielleicht hat sie später einfach jemand mitgenommen?«

Merten zuckte die Schultern. »Möglich, aber ich war ja außer der Küchenmagd als Erster da unten und sie war sicherlich nicht in der Stimmung, irgendwas einzustecken.«

»Das kann ich mir vorstellen«, gab Maria zu.

»Und das Messer, das bei der Brid lag, war noch ganz sauber. Hat sie es anschließend abgewischt? Außerdem war da sehr viel Blut vom Hinrichs, aber alles auf einer Stelle. Wenn man so angegriffen wird, versucht man doch zu fliehen.«

»Da ist was dran«, gab Maria erneut zu. »Aber davon haben Sie sich doch nicht verletzt, oder?«

Merten schüttelte den Kopf. »Nein, als ich wieder hoch ging und von der Küche in den Speiseraum bin, hat mich im Dunkeln jemand angegriffen. Kommt mir im Nachhinein vor wie bei der Eva in der Nacht des Feuers.«

»Haben Sie den Angreifer erkannt?«, fragte Maria aufgeregt.

»Leider nein.«

Maria blickte enttäuscht und nachdenklich drein. Dann hob sie den Kopf. »Moment mal, wie sind Sie überhaupt des Nachts in den Gewölbekeller gekommen? Die Küche ist doch verschlossen!«

Ein kurzes Lächeln zuckte auf Mertens Mundwinkeln. »Der tote Dirk Hinrichs hatte einen Nachschlüssel in der Tasche seines Nachthemds, ich hab's zufällig bemerkt. Ich denke, er hat sich damit den einen oder anderen Schluck Bier gegönnt.«

Maria blickte den Kaufmann ungläubig an. »Ist das Ihr Ernst?«

Merten griff in die Tasche seines Hausmantels und legte den nachgemachten Schlüssel auf die Schreibtischplatte.

Maria griff den Schlüssel und blickte Merten ungläubig an, während sie ihn in den Fingern drehte. »Das hätten Sie Meister Möhring melden müssen«, warf sie ihm vor.

»Meister Möhring mag ein guter Mann sein, scheint mir aber nicht sonderlich erpicht darauf, hier die Wahrheit zu finden«, entgegnete Merten. Dann streckte er seine Hand fordernd aus. »Ich schon.«

Unentschlossen blickte Maria auf den gebogenen Draht. Schließlich legte sie ihn ihrem Gegenüber mit sichtlich gemischten Gefühlen in die Hand.

Merten ließ den Schlüssel in seiner Tasche verschwinden und fuhr fort. »Vor knapp zwei Wochen ist doch diese Gertraud im Zimmer des Generals gestorben.«

Maria nickte.

»Ich habe sie mir angeschaut. Sie hatte auch einen Kratzer auf der Brust und dazu auf dem Rücken. Ihr Nachthemd hatte hinten einen Schnitt und war etwas blutig. Außerdem habe ich einen merkwürdigen Geruch an ihr wahrgenommen, ähnlich wie die Medizin, die der General immer gegen seine Schmerzen genommen hat. Ich glaube, sie wurde getötet. Bei der Sache mit dem merkwürdigen Unfall mit Zeus und dem Schoppmann waren Sie ja dabei. Aber so wie es bisher gelaufen ist, habe ich Zweifel, dass Möhring oder der Brookvogt darin einen ausreichenden Verdacht sehen, um der Sache nachzugehen.«

Maria seufzte. »Da haben Sie vermutlich Recht. Und was wollen Sie jetzt tun?«

Merten dachte kurz nach, da er wusste, dass nun der heikle Teil des Gesprächs kommen würde. »Ich glaube, Michelangelo weiß etwas«, sagte er vorsichtig.

»Woher wollen Sie das wissen?«, fragte Maria ungläubig.

»Er hat es mir gesagt oder besser angedeutet, es war etwas kryptisch. Aber es könnte eine Spur sein.«

»Und was hat er gesagt?«, wollte die Pflegerin wissen.

Merten seufzte. »Eben noch nichts, das ist ja das Problem. Er will es aufmalen.«

»Wie sollte er das tun? In den Tollkisten ist nichts zum Malen.«

»In seiner Kiste inzwischen vielleicht schon«, tastete er sich vorsichtig vor.

Maria schüttelte den Kopf. »Ich bin mir ziemlich sicher, dass …«, begann sie und hielt inne. »Haben Sie ihm etwa etwas in die Kiste gegeben?«, fragte sie entrüstet.

»Es war nur Kreide, was sollte er damit schon anrichten können.«

Maria schlug die Augen nieder und massierte sich müde die Nasenwurzel. »Haben Sie denn wenigstens etwas erfahren?«

Merten schüttelte den Kopf. »Nein, er will es mir nur zeigen. In seiner Kiste. Ich glaube, er hat etwas innen an die Wände gemalt.«

»Dann kommen wir hier nicht weiter. In die Kiste kommen wir nicht«, bemerkte Maria mit einem Anflug von Resignation.

Der Kaufmann lächelte kurz, als Maria von »wir« gesprochen hatte. »Nun, vielleicht ja doch …«, warf er zögerlich ein.

Sie sah ihn verständnislos an.

»Um in die Tollkiste zu kommen, brauche ich den Schlüssel. Darum wollte ich Sie bitten«, offenbarte er schließlich.

»Sie müssen den Verstand verloren haben, Herr Overdiek!«, stieß sie augenblicklich hervor. »Mein Herz blutet, wenn ich die armen Seelen in diesen Kisten sehe, dennoch gibt es Gründe, warum sie da drin sind. Wenn Sie zu Michelangelo gehen wollen, gehören Sie tatsächlich selber in eine Tollkiste gesperrt. Wussten Sie, dass er Schwester Agatha einen Finger abgebissen hat?«

Merten zuckte die Schultern. »Ich glaube, genau das hätten viele andere auf dem Hof auch schon gerne getan.«

»Sie müssen wahrhaft den Verstand verloren haben, wenn Sie glauben, dass ich da mitspiele«, entgegnete die Pflegerin.

»Ich glaube ehrlich gesagt nicht, dass Michelangelo sonderlich gefährlich ist. Außerdem ist er zusätzlich noch angekettet. Ohne Zweifel ist sein Geist umnachtet, aber ich vermute, dass er Schwester Agatha nur angegriffen hat, weil sie ihm sein Malzeug wegnehmen wollte. Das habe ich ja nicht vor.«

Maria schüttelte den Kopf. »Das kann ich nicht tun.«

Merten sah sie durchdringend an. »Falls die Brid unschuldig ist, sitzt sie zu Unrecht in der Kiste. Und das wird auch so bleiben, bis das Gegenteil bewiesen wird.«

Maria dachte an Brids blasses, trauriges Gesicht und wie sie sie durch die Gitterstäbe angeschaut hatte. Sie vergrub ihr Gesicht in den Händen, während sie ihren Kopf schüttelte.

»Selbst wenn ich so von Sinnen wäre, Ihnen den Schlüssel für die Kisten zu geben, wie stellen Sie sich das eigentlich vor? Dass Sie ins Tollhaus gehen, Pfleger und Kranke freundlich grüßen und dann in diese Kiste marschieren? Danach winken Sie dann zum Abschied und hängen die Schlüssel wieder bei Meister Möhring an den Haken?«

»Erntedank am Michaelistag«, entgegnete Merten knapp.

»Was soll damit sein?«, fragte sie verständnislos.

»In sechs Tagen ist Michaelistag und es wird Erntedank gefeiert. Alle werden in der Kapelle sein und anschließend beim Festmahl im Speisesaal. Alle außer den Bettlägerigen, die Gefangenen in den Tollkisten und die Aussätzigen«, erklärte Merten und tippte sich mit dem Daumen gegen die Brust. »Sie besorgen mir die Schlüssel. Ich gehe in die Tollkiste und ehe Gottesdienst und Mahl vorüber sind, haben Sie die Schlüssel wieder. Niemand wird etwas merken.«

»Es sei denn, Michelangelo macht Ihnen den Garaus«, konterte Maria knapp.

»Dann entsorgen Sie mich einfach in seiner Zelle oder nebenan bei dem Riesen und tun so, als wüssten Sie von nichts«, frotzelte Merten.

»Sie hören mich nicht lachen«, antwortete sie ernst.

»Ich dachte nicht, dass Sie sich so um mich sorgen, Frau Oppermann«, bemerkte Merten mit einem spitzbübischen Lächeln.

»Ich sorge mich darum, für mein Tun mit Ruten gestrichen zu werden und meine Anstellung hier zu verlieren. Aber jemand wie Sie hat für derlei Kopfzerbrechen wohl wenig Verständnis«, meinte sie bitter und sah sich im Raum um.

Merten lehnte sich nachdenklich zurück und schwieg. »Sie haben Recht. Das habe ich nicht bedacht. Verzeihen Sie mir, dass ich Sie vor diese Entscheidung stellen wollte.«

Maria atmete tief durch. »Die Eva konnte auch nicht erkennen, wer sie im Speisesaal niedergeschlagen hat. Sie hat nur ein Geräusch gehört und dann hat sie etwas umgeworfen. Sie ist wohl noch mit dem Kopf gegen einen Tisch geprallt«, wechselte sie das Thema.

Merten nickte. »Es ist schon auffällig, dass es zwei Angriffe dort gegeben hat und der Tod vom Hinrichs im Gewölbe war ja auch nicht weit weg. Auch das Zimmer vom General lag in der Nähe und er und diese Gertraud waren öfters mal nachts hoch, vielleicht waren sie auch zur falschen Zeit am falschen Ort«, grübelte er laut.

»Der Schoppmann hatte seinen ›Unfall‹ aber im Schuppen«, gab Maria zu bedenken.

»Das ist wohl wahr«, stimmte Merten zu.

»Nur verstehe ich einfach nicht, was hinter der Sache stecken sollte. Wer sollte Interesse daran haben, den Hinrichs abzustechen und es der Brid anzuhängen und vor allem warum? Und wenn es so ein übler Schurke ist, warum hat er es bei ihnen und der Eva dabei bewenden lassen, euch nur zu stoßen, und ist dann fortgelaufen?«, sinnierte Maria.

»Also mir hat er ganz schön eine verpasst«, schnaubte Merten gekränkt und rieb sich die Wange. »Aber Sie haben Recht, die Sache stinkt zwar wie unser Wassergraben, aber Sinn ergibt das alles nicht.«

Eine Weile saßen sie sich stumm gegenüber, dann stand Merten auf. Er holte zwei Flaschen und Gläser aus dem Regal hinter sich und stellte alles auf den Schreibtisch.

»Das hilft beim Denken«, meinte er und goss tiefroten Wein in zwei filigrane Gläser. Dann entkorkte er die kleinere Flasche und goss eine klare, scharf riechende Flüssigkeit in zwei kurze Tonbecher. »Und das hilft dabei, wieder damit aufzuhören«, spöttelte er.

Etwas verunsichert nahm Maria das Glas in die Hand, als könnte es jederzeit in ihrer Hand zerbrechen. Es war das erste Mal, dass sie echtes Glas in der Hand hielt. Üblicherweise trank sie nur aus Ton, Holz oder bestenfalls Zinn. Sie setzte das Glas an die Lippen und trank konzentriert von dem dunklen Rebensaft.

»Das ist köstlich«, bemerkte sie mit einer fast kindlichen Begeisterung und vergaß einen Moment lang, streng dreinzuschauen.

Merten lächelte. »Aus Burgund«, erklärte er.

Sie nahm einen erneuten Schluck und stellte das Glas wieder ab, als wäre es ein rohes Ei mit bereits rissiger Schale.

»Ich habe mich noch gar nicht bei Ihnen bedankt, dass Sie mich aus dem Haus getragen haben. Und außerdem muss ich mich noch entschuldigen, dass … dass …«

»Sie sich auf mich erbrochen haben?«, fragte Merten mit erhobener Braue.

Maria murmelte etwas Unverständliches. Der Kaufmann lachte und erwiderte: »Das lag nur an dem Schlag auf Ihren Kopf.«

»Das weiß ich wohl, Herr Overdiek, ich bin Pflegerin, wenn Sie sich erinnern«, grollte sie.

Merten hob abwehrend die Hände, dann schob er den kleinen Tonbecher zu ihr rüber.

Beide schnappten kurz nach Luft, als der scharfe Kornbrand ihre Kehlen hinunterrann.

Merten nahm die bezaubernde Röte wahr, die der Alkohol auf ihre Wangen zeichnete. Er konnte sich noch gut daran erinnern, wie er sie aus dem Haus getragen hatte und sie dabei an ihrem wohl gerundeten Hinterteil gehalten hatte. Wie in den letzten Nächten kam sein Blut bei der Erinnerung ins Wallen.

»Herr Overdiek?«, riss sie ihn aus seinen Gedanken.

»Hmm?«

»Seien Sie vorsichtig, wenn Sie zu Michelangelo gehen. Ich will es nicht bereuen müssen.«

Kapitel 16

Sonntag, 29. September 1619

Eine Kakophonie aus gedämpften Lauten, Murmeln, Husten und aufgeregten Bemerkungen drang aus dem kleinen Gotteshaus, dessen Tür zur besseren Belüftung geöffnet war.

Pastor Teutschner konnte sich nur höchst selten einer solch zahlreichen Gemeinde erfreuen, wie es zu Erntedank der Fall war. Außer den Bettlägerigen und Eingesperrten hatte sich der ganze Hof versammelt, um seinen gottgefälligen Worten zu lauschen. Die wenigen Bänke reichten für die Besucher bei weitem nicht aus. So saßen die Kirchgänger teils auf mitgebrachten Kisten oder Stühlen auf den Gängen und gar bis vor die Tür.

Auch wenn manch einer seiner Schäfchen aus den unterschiedlichsten Gründen die übliche Etikette eines Gottesdienstes nicht einzuhalten vermochte, stand Teutschner die Freude über die gut gefüllte Kirche doch sichtlich ins Gesicht geschrieben.

Das Wohlwollen über die Versammlung erregte auch nicht nur den Pastor. Zufrieden beobachtete Merten den Andrang, während er am Stamm einer Birke lehnte und sich um einen möglichst unbeteiligten Ausdruck bemühte. Als er die raumgreifende Stimme Teutschners aus dem Gotteshaus vernahm, schlenderte er anscheinend gedankenverloren seines Weges, bis er beim Tollhaus angekommen war.

Vorsichtshalber sah er sich noch einmal um, aber weit und breit war kein Angestellter oder Kranker auszumachen.

Prüfend drückte er die Klinke, aber wie zu erwarten, war die Tür verschlossen. Er zog das schwere Schlüsselbund aus der Tasche, das den Angestellten sonst für ihre Rundgänge ausgehändigt wurde und das Schwester Maria ihm »geliehen« hatte. Schnell fand er den Schlüssel, den sie ihm vorher gezeigt hatte, und er passte tadellos in das Kastenschloss. Mit einem metallischen Schaben öffnete sich zunächst die Schließanlage und Merten zog die Tür auf.

Drinnen umfing ihn das übliche Dämmerlicht und er schloss kurz die Augen, nachdem er die Tür wieder zugezogen hatte. Schließlich zog er die kleine Blendlaterne hervor und öffnete deren Metallschirm. Augenblicklich ergoss sich ein warmer, gelblicher Lichtschein aus der Lampe und kroch über die verlassenen Bettstellen. Auch wenn die Gegenwart einiger der Kranken hier ihn manchmal beunruhigte, stellte Merten doch fest, dass die Ansammlung der Leere eine wesentliche bedrückendere Atmosphäre schuf.

Merten sah noch einmal zur Tür und überlegte kurz. Sollte er wieder abschließen? Eine verschlossene Tür böte zwar besseren Schutz gegen zufällige Entdeckung, aber nahm ihm auch jede Chance, eine halbwegs glaubwürdige Ausrede für seine Anwesenheit hier zu finden. Er entschied sich die Tür nicht zu verschließen, dann konnte er wenigstens behaupten, sie hätte offen gestanden und er wollte nur nach dem Rechten sehen.

Er schritt durch den Gang zwischen den beiden Bettreihen und empfand den Weg um ein Vielfaches länger, als es sonst der Fall war.

Zögerlich blieb er vor den Tollkisten stehen und holte noch einmal tief Luft. War es wirklich vernünftig, was er hier tat? Vermutlich nicht.

»Michelangelo?«, fragte er halblaut durch die vergitterte Luke.

Eine Weile verharrte er in angespannter Stille, dann vernahm er zu seiner Erleichterung das Klirren von Kettengliedern. Dann erschien das verhärmte Gesicht hinter den Eisenstäben und er wurde von den unnatürlich hellblauen Augen gemustert.

»Du kannst mir wirklich etwas über die Nacht mit der Eisner erzählen?«, fragte Merten eindringlich. Sein Gegenüber musterte ihn nur weiterhin und trat schließlich von der Tür zurück.

Merten seufzte. Irgendwie war das die Art von Antwort, die er erwartet hatte.

Angespannt suche er den passenden Schlüssel am Bund. Zunächst nahm er den schweren Balkenriegel ab, dann öffnete er das Vorhängeschloss vom Fallriegel und legte es beiseite. Nach kurzem Zögern öffnete er den Riegel und zog die schwere Tür auf.

Merten beugte sich hinunter und leuchtete mit der Lampe in den niedrigen Durchgang. Wie schon sein Gesicht war auch der Körper des Mannes dürr. Lediglich ein vor Dreck starrendes, zerschlissenes Nachthemd schlotterte um die dürren Knochen. Er hatte Merten den Rücken zugewendet und noch dazu den Unterarm schützend vor seine Augen gehalten.

»Verzeihung«, murmelte Merten und senkt die Blendlaterne gen Boden. Er bemerkte die Kette am Fußknöchel des Mannes, die zu einem schweren Eisenring an der Hinterwand der Kiste lief.

»Ich komme jetzt rein«, warnte Merten den Mann vor und schlich gebeugt durch die niedrige Tür. Unwillkürlich verflachte sich seine Atmung und er hielt sich schützend den Hemdsärmel vor Mund und Nase. Der vorherrschende Geruch war ein trauriges Zeugnis der Lebensumstände in den engen Kisten.

»Michelangelo?«, sprach er den Mann behutsam an.

Langsam drehte sich sein Gegenüber zu ihm um, trotz des abgedunkelten Lichtscheins noch immer angestrengt blinzelnd.

»Ich hab dir noch etwas Kreide mitgebracht«, versuchte Merten ihn wohlgesonnen zu stimmen. Er griff in seine Tasche und legte einige weiße Stücke in Ermangelung einer anderen Ablagemöglichkeit auf den Boden ab.

Kurz musterten die blauen Augen ihn nichtssagend, dann sprang der Mann mit einer ungeahnten Geschwindigkeit und Behändigkeit nach vorn und riss die Kreide an sich, wie eine Katze eine Maus schlägt.

Erschrocken machte Merten einen Satz zurück, bis er mit einem dumpfen Geräusch erst gegen die Vorderwand der Kiste stieß und, als er sich instinktiv aufrichtete, noch mit dem Kopf an die Decke.

Schwer atmend behielt er Michelangelo im Auge, der ihn wieder musterte und schließlich lächelte.

»Keine Angst, feiner Herr. Das einzig Gefährliche hier ist die Enge der Kiste«, erklärte er und abermals zuckten seine Mundwinkel.

Merten spürte, wie sich sein Herzschlag beruhigte. »Was kannst du mir also über die Brid Eisner sagen?«, drängte er in der Absicht, das Tollhaus schnell wieder verlassen zu können, um den Schlüssel zurückzugeben.

Michelangelo schüttelte den Kopf. »Ich habe nur gesagt, dass ich es euch zeigen würde.«

Merten rollte ungeduldig mit den Augen. »Dann tue es doch auch, Herrje!«, verlangte er.

Wieder zeichnete sich ein Lächeln auf dem spitzen Gesicht ab. »Das mache ich doch bereits, feiner Herr.«

Merten seufzte resigniert und rieb sich die Nasenwurzel. Dann stockte er. Da waren weiße Kreidespuren an den Wänden. Merten schalt sich selbst einen Narren.

Natürlich waren die Wände bemalt. Worauf hätte Michelangelo in der engen Zelle auch sonst zeichnen sollen? Papier oder gar Leinwand standen ihm schließlich nicht zur Verfügung. Und wenn Michelangelo davon sprach, dass er ihm zeigen wollte, was in der Nacht passiert war, hatte er es sicherlich aufgezeichnet.

Merten hob die Lampe etwas an, diesmal bedacht darauf, den eingesperrten Mann nicht wieder zu blenden. Er schluckte. Die ganze Zelle war mit Bildern und Zeichnungen bedeckt, selbst die niedrige Decke und gar das meiste des blank getretenen Holzbodens.

Behutsam machte Merten einen kleinen Schritt auf die Wand zu und achtete darauf, nichts auf dem Boden zu verwischen. Es war nicht nur Kreide, mit der sich Michelangelo sich verewigt hatte. Auf dem Holz befand sich ein verwirrendes Muster von Kratzspuren und Furchen. Daher wohl die Geräusche, die so oft aus der Tollkiste zu hören waren. Aber wie hatte der Mann seine Zeichnungen in die harten Wände der Zelle getrieben? Nahe dem Boden hätte er vielleicht noch die Kettenglieder nutzen können, aber die Kratzspuren waren überall.

Merten sah irritiert zu dem Eingesperrten hinüber.

Dieser ahnte offensichtlich, welche Frage dem Kaufmann durch den Kopf ging, und hielt ihm seine Hände entgegen. Merten sah die wunden, blutigen Fingerspitzen die sich sichtlich von der bleichen Haut abhoben. Er musste die Spuren mit unendlicher Mühe mit den bloßen Fingernägeln in das Holz gescheuert haben. Merten schluckte. Kein Wunder, dass der Mann so besessen auf Farbe war, wenn ihm sein Drang ansonsten nur diese Alternative aufzwang.

Mit einem schalen Gefühl wandte sich Merten erneut der Wand zu und versuchte die wirren Zeichen zu verstehen. Er musste einige Male blinzeln, bevor er verstand, dass die Bilder sich teils überschnitten oder gar überlagerten. Welche Möglichkeit hatte der Mann auch gehabt, wenn ihm die Fläche ausging?

Nach und nach schafften es seine Augen, die Bildnisse voneinander zu separieren. An künstlerischen Fähigkeiten mangelte es dem Mann zumindest nicht. Merten hätte gerne gesehen, was er mit echter Farbe und Leinwand zu Stande brächte.

Oder vielleicht auch nicht, denn was sich ihm offenbarte, waren fürchterliche Bilder, grad wie aus dem Vorhof der Hölle. Merten sah einen kahlen Baum, an dem dutzende Leichen am Halse hingen. Daneben ein ganzes Feld voller Toter, der Kleidung nach Soldaten, mit zerschossenen Gliedern und zerrissenen Leibern. Dort ein Karren in einer Gasse, auf dem sich die starren Gebeine mehrerer Verschiedener stapelten. Den üblen Geschwülsten und verzerrten Gesicherten nach, wurden sie wohl von der Pest dahingerafft. Halb verhungerte Kinder reckten Bettelschalen in Richtung eines unsichtbaren Gönners und ein total abgemagerter Mann nagte gar an den Gebeinen eines Toten.

Ziellos glitten Mertens Augen über die Wände und entdeckten ein Albtraumbild nach dem nächsten. Ihn schauderte es.

Beklommen wendete er sich zu Michelangelo um, der ihm stumm bei der Musterung der Zellenwände zugesehen hatte. »Sind das die Bilder, die du immer siehst?«, fragte er mit einer Mischung aus Furcht und Mitleid.

Michelangelo nickte. »Sie sind immer in meinem Kopf, wenn ich die Augen schließe. Immer, immer …«, stöhnte er und raufte sich fahrig die weißen Haare und fuhr sich durch den langen Bart. »Nur nicht, wenn ich sie male, dann gehen sie fort aus meinem Kopf, dann habe ich ein wenig Ruhe. Kann schlafen …«, fügte er müde hinzu. Er blickte sich leidend um. »Aber es kommen immer neue.«

Merten nickte. Jetzt verstand er, warum der Mann diesen besessenen Drang zum Malen hatte. Wenn es ihm half ein wenig Frieden vor diesen quälenden Visionen zu kriegen, war es wenig verwunderlich, dass er die Beherrschung verloren hatte, als Schwester Agatha ihm das Malwerkzeug entziehen wollte.

»Das ist nur in deinem Kopf«, meinte Merten mitleidig.

Hastig schüttelte der Eingesperrte seinen Kopf, sodass die weißen Haare flogen. »Nein!«, stieß er mit einer überraschenden Entschiedenheit hervor.

»Aber wo soll das sein?«, fragte Merten zweifelnd.

Michelangelo leckte sich nervös die Lippen. »Nicht wo, sondern wann. Die Apokalypse wird kommen. Krieg, Hunger und Krankheit werden das ganze Reich erschüttern, ganze Städte entvölkern und Landstriche verwüsten. Es hat bereits begonnen. Die Hufe der vier Reiter traben bereits durch Böhmen«, prophezeite Michelangelo fiebrig.

»Du meinst den Krieg in Böhmen zwischen den Kaiserlichen und den aufständischen Protestanten?«, fragte Merten und wunderte sich, dass der Mann in dieser Kiste überhaupt etwas davon mitbekommen hatte.

»Es ist nur der Anfang. Das ganze Reich wird brennen«, bestätigte sein Gegenüber nur indirekt.

Merten machte ein ungläubiges Geräusch. Der Krieg in Böhmen war ohne Frage tragisch und gefährlich, wie es jeder Krieg war. Aber dass er das ganze Reich verwüsten sollte, war nun schwer zu glauben. Eine Weile schwieg er, dann wandte er sich wieder an Michelangelo. »Dann hast du auch was zu der Eisner gemalt?«, fragte er vorsichtig.

Wieder zuckte ein kurzes Lächeln über die Mundwinkel des Gefangenen. Unter der klimpernden Begleitmusik seiner

Kettenglieder machte er einen Schritt auf die Tür zu und klappte diese zu. Augenblicklich kam Merten die Tollkiste bestenfalls noch halb so groß vor.

Eine Tatsache, die Merten ziemlich beunruhigte, und er sah den Mann fragend an. Dann verstand er und leuchtete mit der Lampe gegen die Innenseite der Tür.

Aufgeregt musterte Merten die Zeichnung auf dem Holz. Es war ein Bett und eine Tür zu sehen. Ein großer Mann mit einem Umhang zog eine Frau im Nachthemd vom Lager, in der anderen Hand hielt er die geöffnete Tür. Offensichtlich wollte er die Frau nach draußen bringen. Durch den Türrahmen waren der Mond und Sterne zu sehen, es sollte also Nacht sein. Michelangelo war ein wahrlich talentierter Zeichner und auch wenn Merten die Frau bisher nur wenig gesehen hatte, war dennoch klar, dass es sich hier um Brid Eisner handelte.

»Das ist Brid Eisner, nicht wahr?«, fragte er und Michelangelo nickte.

»Dann hat jemand sie hier rausgeholt, in der Nacht, in der Dirk Hinrichs gestorben ist?«, vergewisserte er sich.

»Ja, in der Nacht. Sie hat geschlafen, ich hatte gemalt«, bestätigte er.

»Wer hat sie geholt?«, fragte Merten aufgeregt.

Michelangelo seufzte. »Ein Mann, denke ich, mit Umhang und Kapuze. Es war dunkel und weit weg. Ich weiß es nicht«, erklärte Michelangelo entschuldigend.

Merten starrte unwillkürlich durch das kleine Gitterfenster und lugte den Gang zwischen den Betten entlang. Bei Nacht waren von hier sicherlich nur Schemen zu sehen.

»Konntest du erkennen, ob sie freiwillig mitgegangen ist?«, wollte der Kaufmann wissen.

Der Gefangenen wog unentschlossen den Kopf. »Ich denke nicht, sie hat sich erst verkrochen. Aber es ist viel zerstört in Brids Kopf. Sie wird sich kaum wehren, auch wenn sie es nicht will. Sie folgt, wenn man sie drängt, wie ein Zugochse.«

»Hat sie was gesagt? In der Nacht oder danach?«, bohrte der Kaufmann nach.

Michelangelo schüttelte den Kopf. »Sie spricht nie, kein Wort.«

In Mertens Kopf drehten sich die Gedanken. Wer hatte die Eisner abgeholt? Wenn es nicht freiwillig geschah und sie zunächst zurückgewichen ist, dann war es sicherlich kein Stelldichein mit dem Hinrichs gewesen. Aber daran hatte Merten ohnehin nie geglaubt.

Viel wahrscheinlicher war, dass jemand ihr den Mord an dem Zeugschmied in die Schuhe schieben wollte. Aber warum sie? Vielleicht, weil sie folgsam war und stumm wie ein Fisch. Beste Voraussetzungen, dass sie einer Beschuldigung nicht widersprechen würde. Gab es noch andere Gründe? Und wer traute es sich, die verwirrte Frau durch den ganzen Hof bis in das Kellergewölbe im Haupthaus zu bringen? Und wie war derjenige an den Schlüssel gekommen? Es deutete auf jemanden von den Angestellten hin, andererseits hatte auch Hinrichs einen Nachschlüssel zur Küche gehabt und Merten selbst hatte sich gerade Zutritt zum Tollhaus verschafft. Wenn er es konnte, war es vielleicht auch für andere nicht unmöglich.

»Hast du sonst noch etwas gesehen?«, fragte Merten wenig hoffnungsvoll.

»Ich sehe viel. Viel zu viel«, entgegnete Michelangelo müde und ließ seinen Blick über die Wände gleiten.

Merten seufzte. Das glaubte er dem Mann ohne Frage, nur half ihm das in seiner Angelegenheit nicht weiter. Hier würde er vorerst nichts mehr in Erfahrung bringen. Es war besser, das Tollhaus zügig zu verlassen, bevor er doch noch entdeckt wurde. Wahrscheinlich würde der Gottesdienst noch eine Weile dauern und danach kam das Festmahl, aber sicher war sicher.

»Ich muss wieder gehen«, erklärte er entschuldigend. Bei der Vorstellung, wie ein Kerkermeister die gequälte Seele erneut im Dunkeln einzuschließen, zog sich sein Magen zusammen.

»Ist schon recht, feiner Herr«, entgegnete Michelangelo wenig gerührt.

Mit dem Gewicht seines schlechten Gewissens auf den Schultern nickte Merten dem Mann noch einmal zu und murmelte einen halblauten Abschiedsgruß. Er würde einiges zum Nachdenken haben, wenn er zurück in seiner Stube war, sinnierte er, während er gebeugt durch die niedrige Türöffnung schritt.

Ein Rascheln ließ ihn aufhorchen. Gerade wollte er aufsehen, da erschütterte ein wuchtiger Aufprall seinen

Schädel und augenblicklich wurde es schwarz vor seinen Augen.

Merten erwachte von dem dumpfen Pochen, das in seinem Schädel hämmerte wie ein Schmied auf einen Amboss. Stöhnend öffnete er die Augen, doch es blieb weiter dunkel um ihn herum. Panik, gefolgt von Übelkeit stieg in ihm auf. Er würgte kurz, dann hatte er sich wieder unter Kontrolle. Er schloss die Augen und tastete vorsichtig nach seinem Hinterkopf. Stöhnend zog er die Hand zurück, als der Schmerz heftiger aufflammte. Er spürte, wie seine Finger feucht und klebrig waren. Jemand musste ihm mächtig auf den Kopf geschlagen haben, als er aus der Kiste gekommen war. Er fluchte innerlich. In der gebeugten Haltung hatte er dem Angreifer seine rote Rübe wie auf dem Präsentierteller serviert.

Aber wer hatte ihn niedergeschlagen und viel wichtiger, wo war er jetzt? Er lag halb seitlich auf dem Boden, unter seinen Händen spürte er Holzbretter. Zu seiner Erleichterung bemerkte er, dass es doch nicht ganz stockfinster war. Wenige Handbreit vor seinem Gesicht konnte er eine Wand ausmachen und sah seine eigene Hand, wie sie sich hell vom Boden abhob.

Schwach versuchte er sich hochzudrücken, doch augenblicklich wurde ihm schwindelig und er verschob den Versuch aufzustehen vorerst. Er wartete ab, bis sich sein Herzschlag wieder beruhigt hatte und sich die dämmrige Dunkelheit nicht mehr drehte, dann unternahm er einen neuen Anlauf. Abermals brach er stöhnend ab.

»Hast du ein Aua?«, fragte eine tiefe Stimme aus der Dunkelheit hinter ihm.

Erschrocken zuckte er zusammen und rückte bis an die Wand zurück, was den pochenden Schmerz nur weiter entfachte. War das der Mann, der ihn niedergeschlagen hatte? Was hatte er ihn gerade gefragt? Ob er ein »Aua« hatte?

»Wer bist du?«, fragte Merten stockend.

»Gerd«, ertönte die Stimme aus der Dunkelheit.

Die Antwort half nun wenig weiter.

»Wo bin ich?«, versuchte Merten es stattdessen.

»Na, auf dem Boden«, antwortete die Stimme.

Wollte der Fremde ihn verhöhnen? Er war sich nicht sicher. In der Stimme schwang kein Schalk mit, stattdessen klang sie eher naiv.

Merten richtete sich stöhnend an der Wand auf und sah sich um. Dämmriges Licht fiel durch eine rechteckige Öffnung. Er blinzelte ein wenig und konnte längliche Schatten in dem Rechteck ausmachen. Gitterstäbe.

Die Erkenntnis stieg heiß in ihm auf und er fühlte, wie sich sein Herzschlag beschleunigte. Er war in einer der Tollkisten gefangen. Nur in welcher?

»Michelangelo?«, rief Merten mit aufkeimender Panik und hielt sich sofort den schmerzenden Schädel.

»Geht es euch gut?«, hörte er die Antwort des umnachteten Künstlers.

Die Stimme schlich sich von außen durch die Gitterstäbe, war aber auch dumpf durch die Bretterwand zu hören. Er musste in der Kiste neben ihm sein.

Mertens Gedanken rannen so träge durch seinen Kopf wie Honig, der über eine Tischkante tropft. Erst war die Kiste von Brid, daneben die von Michelangelo und dann kam … Der Riese! Das Monster, das Hexenkind! Nur zu gut erinnerte Merten sich, wie die massive Kiste erzittert hatte, als der Gefangene von innen gegen sie geschlagen hatte. Er fühlte, wie ihm übel wurde und er zu zittern begann. Wie von einem inneren Zwang geleitet, starrten seine Augen in die Dunkelheit und machten keinen Schritt von ihm entfernt die massige Gestalt des Mannes aus. Selbst im Sitzen wirkte der Tolle noch bedrohlich. Es war ein Wunder, dass sie beide hier überhaupt hineinpassten. Würgend schluckte er die bittere Galle hinunter, die seinen Hals emporkroch.

»Bist du krank?«, fragte die dunkle Stimme in seiner Kiste.

Merten überlegte, ob es vielleicht irgendwelche Vorteile bringen konnte, Ja zu sagen, entschied sich aber dagegen.

»Ich hab nur eins auf den Kopf gekriegt«, antwortete er zittrig.

»Soll ich pusten?«, fragte der Riese.

Es geschah äußerst selten, aber Merten fand keine rechte Antwort auf diese Frage.

»Ich glaube nicht …«, rang er sich schließlich zögerlich ab.

»Ich bin Gerd, Gerd Sattler«, wiederholte sein Gegenüber seine Vorstellung mit vollständigem Namen. »Wie heißt 'n du?«

Merten räusperte sich. »Merten. Merten Overdiek«

»Das ist ein lustiger Name«, fand sein Zellennachbar.

»Merten oder Overdiek?«, fragte der Kaufmann in der Hoffnung, dass eine angenehme Unterhaltung in diesem Fall eine lebensverlängernde Maßnahme sein konnte.

»Beides«, meinte Gerd und kicherte. »Darf ich Merten sagen?«

»Sicher«, bejahte Merten und beschloss grundsätzlich nichts zu verwehren, was nicht mit einem dauerhaften Schaden an seiner Person zu tun hatte.

»Fein.«

Merten räusperte sich. »Sag mal, Gerd, hast du gesehen, wie ich hier reingekommen bin?«

Merten sah, wie der Schatten den Kopf schüttelte.

»Nöö. Tür auf, du rein wie ein Sack Mehl, Tür wieder zu. Hab mich so erschrocken, die geht ja sonst nie auf.«

»Hmm«, machte Merten. Kurz überlegte er, ob er Michelangelo fragen sollte, aber zur anderen Kiste hinüber zu rufen, wäre vermutlich etwas zu anstrengend für seinen Hinterkopf. Außerdem fand er, dass es bereits eine ausreichende Aufgabe war, darauf zu achten, nicht von seinem Gegenüber über die Dielenbretter verteilt zu werden. Obwohl dieser Gerd bisher keinen gefährlichen Eindruck machte. Eher einen etwas kindlichen.

»Hier drin ist es immer langweilig. Spielst du mit mir?«, fragte derselbe soeben zögerlich und bestätigte Mertens Einschätzung.

»Hier drin ist es ja dunkel …«, meinte Merten. Augenblicklich tastete er in einem Anflug von Hoffnung nach seiner Laterne, wurde jedoch, wie zu erwarten war, nicht fündig.

»Ich kenn was, das geht im Dunkeln«, rief Gerd aufgeregt.

Erschrocken bemerkte Merten, wie der Hüne mit klirrenden Kettengliedern näher kam. Sein Körper verkrampfte sich, als eine riesige Hand sich auf seinen Unterarm legte. Auch wenn der Mann nicht fest zudrückte, war sich Merten dennoch gewiss, dass er ihm mit Leichtigkeit die Knochen zerknacken konnte.

Als ein dicker Zeigefinger unerwartet vorsichtig über sein Schulterblatt fuhr, traten ihm die Schweißperlen auf die Stirn, aber er wagte nicht, sich zu bewegen.

»Und?«, fragte Gerd erwartungsvoll und hörbar aufgekratzt, als er wieder von ihm abließ.

»Und was?«, fragte Merten verständnislos.

Gerd seufzte hörbar enttäuscht. »Na was ich gemalt hab«, erklärte er in einem Tonfall, als spräche er mit einem Fünfjährigen.

Merten brauchte eine Weile, um zu verstehen, dass das Fingerspiel auf ihm ein Bild sein sollte.

»Ähh, vielleicht ein Brot?«, versuchte es Merten.

Eine Weile herrschte Schweigen, dann prustete der Hüne los. »Doch kein Brot, das war nen Fisch«, erklärte er und gab Merten einen freundschaftlichen Stoß gegen die Schulter, der ihn umwarf.

»'tschuldigung«, murmelte Gerd und zog Merten hoch. »Ich bin stark«, erklärte er und es klang eher wie eine Entschuldigung.

»Ist mir gar nicht aufgefallen«, murmelte Merten und konzentrierte sich darauf, den Kopfschmerz zurückzudrängen.

»Mama hat das immer mit mir gespielt, vorm Einschlafen«, erzählte Gerd abwesend. Merten hörte, wie er geräuschvoll die Nase hochzog.

»Wo ist sie denn?«, fragte Merten und fragte sich im gleichen Moment, ob diese Frage klug gewesen war.

»Im Himmel, hat sie gesagt, wenn sie sie reinlassen, hat sie gesagt. Darum soll ich ja hierher und Doktor Sandtmann hat das auch gesagt«, erklärte Gerd. »Aber eigentlich sollt ich ja hier arbeiten, aber da haben sie mich gleich hier reingesteckt.«

Merten machte ein undefinierbares Geräusch. Es hieß, der »Riese« sollte der Sohn einer Hexe sein. Letztes Jahr war ein düsteres für die Hansestadt gewesen. Eine ganze Reihe von Menschen wurden wegen böser Zauberei in Sankt Georg auf dem Köppelberg gerichtet. Vielleicht war auch Gerds Mutter dabei gewesen. Dazu würde auch passen, dass der Stadtphysikus Gerd hier eingewiesen hätte. Merten beschloss, dass es klüger war, diesbezüglich nicht weiter nachzubohren.

»Du hast nicht zufällig eine Idee, wie man hier rauskommt, oder?«, fragte der Kaufmann stattdessen wenig hoffnungsvoll.

»Dann wär ich ja schon raus«, murrte Gerd. »Hier ist alles Mist. Immer ist es dunkel und ich kann nicht richtig aufstehen. Der nebenan kratzt immer und nie kommt einer«, beschwerte er sich traurig und trat schließlich frustriert gegen die Wand, sodass die ganze Tollkiste erzitterte.

Merten schluckte. Selbst geistig Gesunde mussten schnell ihren Verstand verlieren, wenn sie hier drinnen eingesperrt waren. Fast war es verwunderlich, dass sich sein Gegenüber trotz der Gefangenschaft so gut gehalten hatte. Das würde sicherlich nicht so bleiben, wenn er länger in der Kiste sitzen würde.

Ein Knarren von draußen ließ Merten aufhorchen. Dann ein neues Knarren. Jemand ging über die Bodenbretter. Aufgeregt überlegte er, was er nun tun sollte. Von allein würde er es nicht aus der Kiste schaffen. Nur wenn jemand vom Personal oder gar derjenige, der ihn niedergeschlagen hatte, draußen war, wäre es besser still zu sein. Auf der anderen Seite musste er hier raus. Auch wenn der »Riese« und »Hexensohn« sich als deutlich friedlicher erwiesen hatte als erwartet, wollte Merten nicht den Rest seines Lebens mit ihm eingesperrt sein.

»Herr Overdiek?«, ertönte eine unterdrückte Frauenstimme von draußen.

Kurz stutzte Merten. »Schwester Maria?«

»Wo sind Sie, Herr Overdiek?«, drang die eindringliche Frage dumpf zu Merten durch.

Hastig beugte sich Merten zu der vergitterten Fensterluke. »Hier drin!«, zischte er.

Einen Atemzug war es still, dann hörte Merten einen unterdrückten Schreckensschrei. »Himmel hilf, geht es Ihnen gut?«

»Ich bin wohlauf. Halbwegs. Können Sie mich hier rausholen?«, fragte Merten. Durch das vergitterte Fenster konnte er nur ihre Rockschürze sehen. Nahm aber erleichtert zur Kenntnis, dass sie sich mit einem Schlüsselbund in der Hand hinunterbeugte.

Merten hörte das Schaben und Klappern der Riegel und schließlich öffnete sich knarrend die niedrige Tür.

Heilfroh kroch Merten durch die Öffnung in das Dämmerlicht des Tollhauses.

»Gute Güte, Herr Overdiek, was ist passiert?«, fragte Maria aufgeregt.

»Jemand hat mich niedergeschlagen und in die Tollkiste gesperrt«, brummte Merten und rieb sich vorsichtig den Hinterkopf.

Maria beugte sich zur Seite und besah sich die Wunde. »Das sieht übel aus. Wir müssen das von Meister Möhring versorgen lassen. Wir sagen ihm einfach, Sie sind gestürzt«, schlug Maria mühsam beherrscht vor.

»Darf ich mit?«, erscholl die dunkle Stimme von Gerd, der neugierig seinen Kopf durch die Tür gesteckt hatte, soweit es die Kette zuließ.

Erschrocken wich die Pflegerin einen Schritt zurück.

Merten schluckte hart. »Ich denke nicht. Wir haben keinen Schlüssel für die Kette«, log er. Vielleicht stimmte das sogar, aber er brachte die Wahrheit einfach nicht über die Lippen. Selbst im Dämmerlicht des Tollhauses erkannte Merten die Enttäuschung auf dem seltsam proportionierten Gesicht des Eingesperrten.

»Ich will aber auch raus«, beharrte Gerd trotzig.

Merten atmete tief durch und fuhr sich durch die roten Haare. »Hör zu, es geht einfach nicht«, erklärte er müde.

»Das ist Mist«, fluchte Gerd und schlug heftig gegen die Holzwand, sodass die beiden Umstehenden erschrocken zusammenzuckten.

»Ich komm dich besuchen, mehr kann ich grad nicht tun«, versuchte es Merten.

Eine Weile zögerte der junge Mann in der Kiste. »Versprochen?«, fragte er dann zögerlich.

Merten nickte stumm.

Gerd streckte ihm die riesige Hand entgegen. »Wirklich?«

»Nicht«, flüsterte Maria eindringlich mit weit aufgerissenen Augen.

Merten ignorierte jedoch die Warnung und besiegelte nach gutem Kaufmannsbrauch die Vereinbarung mit einem Handschlag.

Sichtlich traurig zog sich Gerd daraufhin in die Kiste zurück und Maria warf hastig die Tür wieder zu.

»Wie haben Sie mich gefunden?«, fragte Merten, während sie die Kiste wieder verriegelte.

»Als Sie so lange weg waren, hab ich mir Gedanken gemacht und mich beim Festmahl davongeschlichen. Die Tür zum Tollhaus war offen und auf der Bettstelle hier lag das Schlüsselbund und die Laterne. Da dachte ich mir, dass Sie wahrscheinlich hier irgendwo stecken müssten. Jetzt aber schnell, bevor uns hier jemand entdeckt!«

Merten nickte zustimmend. »Danke, Schwester!«

Kapitel 17

Dienstag, 1. Oktober 1619

Merten saß nachdenklich in der ersten Reihe der kleinen Kirche des Pesthofs und genoss die einsame Stille. Die blutige Dornenkrone der Jesusfigur am Altarkreuz erinnerte ihn unwillkürlich an sein eigenes schmerzendes Haupt. Meister Möhring hatte die Wunde mit ein paar Stichen nähen müssen, nun zierte ihn ein schmaler Kopfverband.

Der Pestmeister hatte ihm erklärt, dass er Glück gehabt hatte. Gewalt auf den Hinterkopf konnte schnell gefährlich werden, aber es hatte wohl weder der Schädel noch das Gehirn etwas abbekommen. Vollständig überzeugt schien Möhring jedoch nicht von der Geschichte des unglücklichen Sturzes beim Spaziergang gewesen zu sein.

Merten legte die Fingerspitzen aneinander und rekapitulierte noch einmal die Ereignisse des letzten Sonntags.

»Ich dachte mir, dass ich Sie hier finde«, unterbrach ihn eine leise Frauenstimme, ehe er noch richtig begonnen hatte, seine Gedanken zu sortieren.

Ein wenig erschrocken blickte Merten sich um. Ein erfreutes Lächeln zeichnete sich auf seinem Gesicht ab, als er Schwester Maria erkannte.

»Verzeihung, ich wollte Ihre Andacht nicht stören«, entschuldigte sich die Pflegerin.

»Sie stören nicht, ich habe eher nachgedacht als gebetet«, gab er zu.

Einladend rutschte er einige Handbreit auf der Bank zur Seite und zu seiner Freude nahm sie ohne Zögern neben ihm Platz.

»Wie geht es Ihrem Kopf?«, fragte sie mitfühlend.

Merten zuckte die Schultern. »Wenn ich den Worten Meister Möhrings Glauben schenken darf, wohl exzellent. Er hat mehrfach betont, dass ich mir mehr Sorgen machen sollte, wenn er nicht schmerzen würde«, brummte er missmutig und rieb sich zaghaft den Hinterkopf.

»Nehmen Sie die Sache nicht auf die leichte Schulter, Herr Overdiek! Das hätte wirklich ins Auge gehen können«, mahnte Maria.

Merten grinste schief. »War denn ja nur der Kopf und nicht das Auge.« Dann wurde seine Miene ernst. »Sie haben Recht, das hätte übel ausgehen können. Für Sie und für mich. Ich hätte Sie in die Sache nicht hineinziehen dürfen.«

Die Pflegerin schüttelte entschieden den Kopf, sodass eine ihrer langen Locken, die sich unter der Haube hervorgestohlen hatte, durch die Luft flatterte. »Nein, Sie haben Recht getan. Bisher mochten es Ungereimtheiten und verdächtige Ereignisse gewesen sein, aber nun bin ich sicher, dass böses Werk hinter all dem hier steckt. Es gibt nur eine vernünftige Erklärung, dass Sie jemand auf diese Art und Weise beseitigen wollte. Und die ist, dass dieser jemand bannig etwas zu verbergen hat und nicht das erste Mal über Leichen geht. Wenn Meister Möhring und der Brookvogt dem nicht nachgehen, dann eben wir«, ereiferte sie sich zunehmend und schloss ihre Rede damit, dass sie sich kräftig mit der Rechten in die linke Handfläche schlug. Als sie sich ihres für ein Gotteshaus wenig angemessenen

Verhaltens bewusst wurde, blickte sie kurz schuldbewusst zum Kreuz und zog verlegen eine Rockfalte glatt.

»Ich bin ja ganz Ihrer Meinung, Frau Oppermann, aber ich möcht Sie auch nicht in Schwierigkeiten bringen«, seufzte Merten.

»Weil ich ein schwaches Weibsbild bin?«, argwöhnte sie. »Ich möchte Sie daran erinnern, dass Sie in einer Kiste mit dem Ungeheuer steckten und ich Sie aus diesen ›Schwierigkeiten‹ herausgeholt habe«, erklärte sie mit gerecktem Kinn und verschränkte die Arme vor der Brust.

Merten hob abwehrend eine Hand. »Ich bin Ihnen ja dankbar und versichere, dass es keinen Menschen gibt, mit dem ich der Sache lieber nachgehen würde als mit Ihnen.«

Maria musterte ihn still, bis sich die Falte auf ihrer Stirn wieder geglättet hatte. »Lassen Sie das Süßholzraspeln, Herr Overdiek«, verlangte sie, jedoch in einem versöhnlichen Ton. Dann umspielte ein kurzes Lächeln ihre Lippen. »Oder reduzieren Sie es zumindest auf ein erträgliches Maß.«

Merten räusperte sich kurz. »Das will ich ja gern tun, nur ist das rechte Maß ja so schwer zu raten. Vielleicht wären Sie so zuvorkommend und könnten es mir in den nächsten Tagen ab und an vormachen, sodass ich es mir von Ihnen abschauen könnte?«

Merten kannte wenig Menschen, die in der Lage waren, mit nur einer Stirnfalte oder Augenbraue zu kommunizieren. Maria konnte es.

Zu seiner Überraschung ließ sie jedoch ein »Wir werden sehen« verlauten. Das klang allerdings kühler und herber als frisch gezapfter Gerstensaft aus einem Rathauskeller.

Dann vergewisserte sie sich mit einem Blick über die Schulter, dass sie immer noch alleine in der kleinen Kirche waren. »Was machen wir denn jetzt mit dem, was Michelangelo erzählt hat?«

Merten schürzte unschlüssig die Lippen. »Für mich steht es fest, dass jemand die Brid nachts geholt hat, um ihr den Mord an dem Dirk Hinrichs in die Schuhe zu schieben. Ich weiß nur nicht, wer, wie und warum. Aber er muss einen Schlüssel zum Tollhaus gehabt haben.«

»Das wäre Möhring, Hausmeister Brüggemann oder jeder andere Angestellte, der den dritten Schlüsselbund für den Rundgang erhalten hat«, zählte die Pflegerin an den Fingern ab.

»Oder jemand, der ihn sich einfach ›besorgt‹ hat, wie ich schließlich auch. Es wäre sogar möglich, dass jemand einen vierten Schlüssel nachgemacht hat. Hat der Dirk Hinrichs für die Küche schließlich auch hinbekommen«, gab Merten zu bedenken.

Maria nickte enttäuscht.

»Waren Brüggemann und Meister Möhring denn die ganze Zeit in der Kirche am Martinsfest?«, fragte Merten.

Die Pflegerin dachte eine Weile nach. »Möhring saß in der ersten Reihe und hat ja sogar selber ein paar Worte gesagt. Und Brüggemann … der saß ganz in der Nähe von mir beim Eingang. Das hätte ich bemerkt, wenn er zwischendurch verschwunden wäre. Ob alle auf dem Weg zum Speisesaal und beim Essen dabei waren, könnte ich nicht sicher sagen.«

»Dann kommen wir so wohl nicht wirklich weiter«, fasste Merten zusammen.

»Ich verstehe nur nicht, warum man Sie angegriffen hat und warum … Ich will den Teufel nicht an die Wand malen … Aber warum es sich der Täter so umständlich gemacht hat und Sie nicht einfach … Sie wissen schon«, murmelte Maria.

»Warum er mich nicht einfach getötet hat?«, vollendete der Kaufmann den Satz und Maria nickte. »Ich denke, jemand hat mitbekommen, dass ich rumstöbere, was die Toten angeht, und möchte nicht, dass ich mehr in Erfahrung bringe. Außer uns beiden wusste ja keiner, dass ich vorhabe mit Michelangelo zu sprechen. Also wird dieser jemand zufällig mitbekommen haben, dass ich rüber zum Tollhaus bin und hat ›Handlungsbedarf‹ gesehen«, dachte Merten laut nach und legte sein Kinn auf seine gefalteten Hände ab. »Mir in diesem Moment den Garaus zu machen, wäre zwar ein Leichtes gewesen, aber ein offensichtlicher Mord vor den Tollkisten hätte Ermittlungen durch den Brookvogt nach sich gezogen. Das hätte ein mysteriöser Unfall zwar auch, aber vermutlich hätte man die Sache bald auf sich beruhen lassen. Der Täter war sich sicherlich gewiss, dass Gerd mit mir seine Zellenwände tünchen würde.«

»Sagen Sie nicht sowas!«, rief Maria erschrocken aus.

Merten grinste. »Eigentlich ein ganz netter Kerl, der Gerd. Hat er auf dem Hof eigentlich was angestellt?«

Maria überlegte kurz und schüttelte dann den Kopf. »Soweit ich weiß nicht. Ich hab ihn nie gesehen, er wurde gleich nach seiner Ankunft eingeschlossen.«

Merten brummte etwas Unverständliches. »Ich werde mal Doktor Sandtmann schreiben, ob das seinen Vorstellungen entspricht. Soweit ich gehört habe, hat er ihn einliefern lassen.«

Maria schluckte beunruhigt, nickte aber. »Wenn Sie richtig liegen und dieser Unhold glaubt, dass Sie ihm auf der Spur sind, dann sind Sie immer noch in Gefahr«, meinte sie beklommen.

»Ein Grund mehr, der Sache auf die Spur zu gehen«, entgegnete Merten entschlossen.

»Die Frage ist nur, wie«, warf Maria ein.

Merten zuckte die Schultern. »Michelangelo hat leider auch nicht mitbekommen, wer mich niedergeschlagen hat. Ich fürchte, momentan bleibt mir nur, weiter auf dem Hof rumzustöbern, bis etwas aus seinem Loch kriecht.«

»Ich versuche noch einmal mit der Ella Schnitter zu reden. Sie hat neben der Brid gelegen. Vielleicht hat sie in der Nacht jemanden erkannt«, schlug Maria vor.

»Sehr gut!«, lobte Merten. »Und den Rest muss sein alter Herr halt für uns richten«, seufzte Merten und nickte in Richtung des Holzkreuzes mit der Jesusfigur.

Kapitel 18

Mittwoch, 2. Oktober 1619

Schwüle, süßliche Luft waberte durch den fensterlosen Raum, vermischte sich mit dem Rauch der kleinen Feuerstelle und dem Atem der Anwesenden. Der Dunst zog eher widerwillig den schmalen Schacht durch die niedrige Decke hinauf ab.

»Wüsste nicht, was daran falsch gewesen sein sollte«, erklärte eine der Gestalten und verschränkte trotzig die Arme vor der Brust. Er saß auf einem Stapel Feuerholz und streckte demonstrativ die Beine aus, während er sich mit dem Rücken gegen die grob verschalte Holzwand lehnte.

»Du Esel solltest nur nachsehen. Nicht ihn in eine der Kisten sperren«, bellte ein anderer Mann mit rauer Stimme verärgert. Er stand an der gegenüberliegenden Wand und funkelte den anderen vorwurfsvoll an.

»Es war eben eine gute Gelegenheit«, verteidigte sich der Mann auf dem Holzstapel.

»Offensichtlich nicht, sonst wäre es ja nicht in die Hose gegangen«, blaffte der andere ihn noch aufgebrachter an. »So hast du diesen rotschopfigen Klabautermann erst recht misstrauisch gemacht. Jetzt klebt er uns vermutlich noch enger am Arsch als ne Schweinsbeule.«

»Konnt ja keiner ahnen, dass der olle Riese ihn nicht in Stücke reißt. Hättest ja auch was machen können«, blieb der Mann auf dem Stapel stur.

Der andere richtete sich bedrohlich auf. »Ich zeig dir gleich mal, was ich machen kann.«

»Lasst gut sein. Ich hol euch gern ein Ellenmaß. Dann könnt ihr die Beinkleider runterlassen und einfach messen. Das geht schneller«, brachte sich die einzige Frau in der Runde in den Disput ein. Die zornigen Blicke der beiden Männer trafen sie wie Musketenkugeln und sie rutschte ob diesen nervös auf dem Fass umher, das sie sich als Sitzmöbel auserkoren hatte.

»Ruhe jetzt!«, verlangte der vierte im Bunde, wenn auch mit schleppender Stimme.

Er saß am einzigen Tisch im Raum und griff mit unruhiger Hand nach einem Tonbecher auf der Tischplatte. Er leerte den Becher in einem Zug und stellte ihn mit einem wohligen Seufzer zurück.

Dann erhob er erneut die Stimme: »Overdiek mag nicht viel wissen, aber dafür ahnt er umso mehr. Wir müssen ihn beseitigen, aber keine unabgesprochenen Alleingänge mehr. Die Sache muss wohlüberlegt sein und zur richtigen Gelegenheit stattfinden, wenn wir nicht noch mehr Staub aufwirbeln wollen.«

»Hast du einen Vorschlag?«, fragte der Stehende.

Der Mann am Tisch tippte mehrmals unruhig mit dem Zeigefinger gegen den leeren Tonbecher. »Noch nicht«, gab er zu. »Aber wir werden uns ganz sicher nicht von diesem Pfeffersack das Geschäft vermiesen lassen!«

Kapitel 19

Freitag, 4. Oktober 1619

Vorsichtig schlich der Mann durch den düsteren Flur des Hauptgebäudes, hielt ab und an inne, lauschte und gönnte seinem entzündeten Fuß eine kurze Pause. Die Verletzung war die letzten Tage wieder schlimmer geworden und wollte einfach nicht recht verheilen. Der Pestmeister sagte, dass es an seiner Krankheit läge. Ewig würde er es nicht mehr machen, dessen war er sich bewusst. Aber bis es so weit war, würde er eben tun, was zu tun war. Das war er sich selbst schuldig, auch wenn ihm sonst nicht viel mehr geblieben war.

Vor einer Ecke im Gang hielt er an und horchte, ob er Stimmen oder Tritte vernahm. Erst als er außer den üblichen nächtlichen Geräuschen nichts wahrnahm, setzte er seinen Weg fort. Zwar war es weder untersagt noch außergewöhnlich, wenn er des Nachts über den Flur ging, dennoch war es besser, wenn er möglichst wenig gesehen wurde. Für sein Vorhaben war Vorsicht das oberste Gebot. Zeugen waren selbst dann nicht ratsam, wenn diese gar nicht wussten, dass sie selbige waren.

Als er die Tür zum Abort passierte, verharrte er. Auch wenn ihn seine Blase gerade nicht drückte, war es vielleicht besser, sich jetzt zu erleichtern, bevor er das Bedürfnis in einem deutlich unpassenderen Moment verspürte. Also öffnete er die Tür in die kleine Kammer und stellte sich vor den Holzeimer. Er schlug den fleckigen Hausmantel beiseite, der seine besten Tage schon vor vielen Jahren hinter sich gelassen hatte, und raffte sein Nachthemd. Es sollte eine ganze Weile dauern, bis endlich einige klägliche Tropfen und schließlich ein schwacher Strahl in den stinkenden Eimer plätscherten.

Missmutig ließ er Hausmantel und Hemd in ihre ursprüngliche Position rutschen. Früher hatte er sich des Nachts öfters hier aufgehalten, um seinen geheimen Bedürfnissen nachzugehen. Aber außer der Tatsache, dass das hier kein angemessener Rahmen war, war die Gefahr der Entdeckung einfach zu hoch. Zu oft schlichen ruhelose Kranke durch die Flure und spürten das Bedürfnis, sich zu erleichtern. Der Ortswechsel hatte die Sache ein klein wenig besser gemacht, auch wenn die letzten Wochen gezeigt hatten, dass er stets mit einem Bein am Abgrund stand. Er würde sich nicht dauerhaft auf sein Glück verlassen können. Daher hatte er begonnen, seine Aktivitäten auf das Notwendigste zu beschränken.

Er trat wieder auf den Gang und ging leise weiter seines Weges. Vor der Tür zum Speisesaal hielt er erneut an und lauschte. Bei all dem Wirbel der letzten Wochen mahnte er sich zur Geduld und nahm sich viel Zeit. Erst als er länger keinen Laut vernahm, öffnete er die Tür und schlüpfte in den Raum. Angespannt suchten seine Augen die Dunkelheit ab, bevor er die Tür schloss und seinen Weg durch die Reihe der Bänke und Tische suchte, bis er die düsterste Ecke des Raumes erreicht hatte.

Er griff unter seinen Hausmantel, stoppte jedoch mitten in der Bewegung. Die Tür zur Küche war zwar nicht weit entfernt, dennoch ging er hinüber und lauschte auch an ihr.

Prüfend drückte er dazu die Klinke hinunter und stellte mit einem zufriedenen Nicken fest, dass abgeschlossen war. Von hier drohte ihm keine Überraschung.

Halbwegs beruhigt ging er zurück und griff erneut unter seinen Hausmantel. Er holte einen zerschlissenen Tuchbeutel hervor und legte ihn sorgsam auf den Tisch vor sich. Leider ließen die Umstände kein korrektes Vorgehen zu und er musste sich seinen Möglichkeiten anpassen.

Er griff in den Beutel und setzte sich die flache Kappe auf den Kopf, bevor er ein rechteckiges Tuch aus feiner Baumwolle entnahm und sich über Nacken und Schulter legte. Als Letztes zog er einen langen Lederriemen mit einem kleinen Kästchen heraus und begann ihn sich um den linken Arm und schließlich um die Finger zu wickeln.

Noch einmal blickte er besorgt zu den Türen und lauschte. Als es still blieb, brachte er sich in Position und ging in sich.

»Sie sind also Jude, Weidenbaum«, riss ihn da eine verblüffte Stimme aus seiner Andacht.

Bis ins Mark erschrocken zuckte der Mann zusammen. Die Stimme war aus einer Richtung gekommen, die er weder erwartet noch ausgespäht hatte. Sie kam nämlich von schräg oben.

Sein Kopf ruckte hoch und sah auf einem Querbalken einen Schatten sitzen. Kaum blickte er gegen die Decke, traf der Schein einer Blendlaterne schmerzhaft seine an die Dunkelheit gewöhnten Augen. Instinktiv machte er einen Satz beiseite und ergriff die Flucht.

Doch damit hatte der rothaarige Mann auf dem Balken gerechnet. Er sprang hinunter und kaum hatte er den Boden berührt, trat er dem Flüchtenden die Beine weg. Mit einem erschrockenen Ausruf flog dieser fast waagerecht durch die

Luft und prallte hart auf den Boden und erstaunlich geräuschlos gegen einen Stuhl.

Stöhnend rappelte sich der Mann auf und blickte gehetzt zur Tür.

»Das würde ich sein lassen!«, warnte Merten eindringlich. In der einen Hand hielt er immer noch die Blendlaterne, mit der anderen streckte er dem Liegenden drohend die Spitze eines Rapiers entgegen.

»Bitte, Herr Overdiek«, stammelte der Mann verzweifelt und blickte wieder zur Tür.

Merten musterte den Mann. Er hatte sich beim Sturz verletzt und etwas Blut lief ihm aus Mund und Nase. Dennoch war er sich sicher, dass es sich um den Kranken Weidenbaum handelte, der im Tollhaus das Essen ausgeteilt hatte.

»Stehen Sie schon auf, Weidenbaum, aber keinen Schritt zur Tür«, sagte Merten schließlich misstrauisch und stellte die Laterne ab.

Weidenbaum wischte sich fahrig das Blut vom Gesicht und rückte die Kippa gerade, bevor er stöhnend aufstand. Wacklig lehnte er sich gegen einen Tisch.

Merten beäugte den Gebetsriemen, den der Jude um Arm und Hand geschlungen hatte, und befühlte seine eigene Wange.

»Sie haben mir vor ein paar Wochen just hier eine verpasst, oder?«, knurrte er.

Weidenbaum räusperte sich unsicher. »Ich … Ich wollte niemandem etwas Böses. Ich war nur in Panik. Verstehen Sie doch, Herr Overdiek. Wenn jemand mich beten sieht …«

Merten zögerte eine Weile, dann ließ er die Spitze der Waffe sinken. Er konnte das Dilemma des Mannes schon verstehen. Hamburg war evangelisch und der Pesthof wurde von den vier Hauptkirchen verwaltet und zudem von wohltätigen Spenden finanziert. Ohne den »rechten« Glauben konnte niemand mit einer Aufnahme rechnen. Bei den Hospitälern, die von der Stadt betrieben wurden, sah es da nicht anders aus. Hatte man keine Familie, die einen versorgte, war man auf sich allein gestellt.

»Eins muss ich Ihnen lassen, Weidenbaum. Sie haben Schneid«, meinte Merten.

Weidenbaum zuckte die Schultern. »Meister Möhring hat mir wenig Hoffnungen gemacht. Der Harndurchfall wird wohl irgendwann mein Ende sein. Aber meinen Glauben will ich mir wohl erhalten, auch wenn ich mich nur noch selten traue zu beten.«

Merten nickte. »Sefardim oder Aschkenasim?«

»Aschkenasim«, entgegnete Weidenbaum mit einem müden Lächeln.

»Was frag ich«, sagte Merten verständnisvoll nickend.

Die Juden hatten im ganzen Reich kein leichtes Leben. In den protestantischen Reichsteilen war es oft noch schwieriger. Die sefardischen Juden lebten bis zu ihrer Vertreibung in Portugal und Spanien und hatten bis heute oft vorzügliche Beziehungen in diese Zentren des Fernhandels. Ein Vorteil, der sie zu gern gesehenen Gästen in der Handelsstadt Hamburg machte. Zwar konnten sie nicht das volle Bürgerrecht erhalten, besaßen jedoch Privilegien, die sie den hanseatischen Kaufleuten nahezu gleichstellten. Merten hatte selbst einige Handelsgeschäfte mit einigen von ihnen abgeschlossen.

Die Aschkenasim, die aus Ost- und Mitteleuropa stammten, verfügten meist nicht über derart wertvolle Kontakte und fanden daher weit weniger das Wohlwollen der städtischen Kaufleute. Innerhalb der Stadtmauern erhielten sie kein Wohnrecht und waren nur als Angestellte der Sefardim geduldet. Zumeist lebten sie im nahegelegenen Altona, das in Religionsfragen deutlich liberaler als die Hansestadt war.

Plötzlich verfinsterte sich Mertens Blick wieder. »Dann haben Sie auch diese Eva und Schwester Maria niedergeschlagen«, zürnte er.

Weidenbaum hob abwehrend die Hände. »Das war alles nur ein Unfall. Diese Frau hat mich überrascht, wie Sie damals auch. Ich bin einfach nur geflüchtet und dabei habe ich sie umgerannt. Als ich zur Tür raus bin, muss ich dann wohl auch noch das Pflegeweib erwischt haben«, verteidigte er sich.

»Und haben dabei fast das Haus niedergebrannt«, kommentierte Merten kühl.

»Ich hab ja einfach blindlings die Beine in die Hand genommen. Von dem Feuer hab ich erst später was mitbekommen.«

»Wir werden sehen«, brummte Merten nicht ganz überzeugt. Er wollte dem Mann wegen seines Glaubens nicht ans Zeug flicken, aber konnte auch nicht einfach übersehen, dass er mehrere Menschen verletzt und den ganzen Hof in Gefahr gebracht hatte. Dazu war er sich nicht sicher, ob Weidenbaum vielleicht doch auch etwas mit den anderen Ereignissen zu tun hatte. Allerdings war das nächtliche Beten sicherlich nichts, was der Mann sich ausgedacht hatte. Seine Geschichte passte nicht zu einem skrupellosen Mörder.

»Zufällig was vom Dirk Hinrichs mitbekommen, bevor er getötet wurde?«, versuchte es Merten wenig hoffnungsvoll.

Weidebaum zögerte kurz, dann nickte er.

Mertens Haltung versteifte sich. »Was? Erzählen Sie schon!«

Weidenbaum zuckte kurz die Schultern. »So viel auch wieder nicht. Ich war hier und habe gebetet. Gerade war ich fertig und hatte alles verstaut, da ging die Tür zum Flur auf. Ich hab mich trotzdem sofort hier hinter den Stühlen versteckt, das ist irgendwie so in mir drin. Dann hab ich gesehen, dass der Hinrichs an der Küchentür rummacht, da bin ich stutzig geworden. Erst recht, als er dann auch rein in die Küche ist. Sie haben auch einen Schlüssel, oder?«

Merten machte ein undefinierbares Geräusch und wedelte mit der Hand. »Erzählen Sie schon weiter.«

Weidenbaum grinste schief, als er merkte, dass seinem Gegenüber die Frage unangenehm war. »Also da war ich natürlich neugierig, was der da macht, und hab an der Tür gelauscht.«

»Und?«, wollte Merten ungeduldig wissen.

»Eine Weile hab ich ihn in der Küche gehört, er hat sogar Licht gemacht. Konnte es durch den Türspalt sehen. Dann wurde es langsam dunkler. Ich bin mir ziemlich sicher, dass er in den Keller ist. Da ich alles schon wieder im Beutel hatte, hab ich mich getraut mal abzuwarten. Ich dachte, der kommt bald wieder raus. Aber kein Stück. Drei Mal wollt ich schon wieder los, aber dann hat mich doch die Neugierde festgehalten und ich hab gewartet.«

»Na und? Was ist passiert?«, drängte Merten den Mann.

»Eben nichts«, gab Weidenbaum zu.

»Nichts? Was heißt das?«

»Ich hab nichts mehr gehört oder gesehen und irgendwann hat's dann draußen schon gedämmert. Dann hab ich die Köchin und eine von den Mägden an der Küchentür zum Hof gehört, da bin ich besser weg. Der Landschoof muss ich nicht unbedingt über den Weg laufen.«

»Sind Sie sicher, dass es die Landschoof und eine der Mägde war?«, bohrte Merten nach.

Weidenbaum nickte entschlossen. »Das Zetern von dem übellaunigen Weib hört man auch durch zwei Türen.«

Merten grübelte. Die Köchin wird ihr Ankommen kaum lautstark ankündigen, wenn sie vorhatte den Hinrichs abzuschlachten. Und ganz nebenbei die umnachtete Brid zu Dienstbeginn im Morgengrauen über den Hof zu bringen passte auch nicht ins Bild.

»Sind Sie sicher, dass sonst niemand in die Küche gekommen ist?«, hakte Merten nach.

Wieder nickte sein Gegenüber. »Ich denke, das hätte ich mitbekommen. Durch diese Tür hier ist ganz bestimmt niemand gekommen. Hätte jemand die Küchentür zum Hof aufgeschlossen, hätte ich das auch gehört. Ganz zu schweigen von den Schritten in der Küche. Da war niemand.«

»Hmm«, machte Merten nachdenklich.

»Sie fragen sich, wie die irre Brid dann den Hinrichs getötet hat, oder? Hab ich mich auch schon gefragt. Eigentlich ergibt es nur Sinn, dass sie schon vorm Hinrichs im Keller war. Kann mir nicht vorstellen, dass sie an der Landschoof vorbei ist.«

»Ich auch nicht«, stimmte Merten zu.

»Aber die Tollen werden doch abends eingeschlossen, das fällt doch auf, wenn eine fehlt«, bemerkte Weidenbaum.

Merten nickte zustimmend. Er wollte Weidenbaum nicht sagen, dass er wusste, dass Brid nachts geholt wurde. Das machte das Rätsel nur leider nicht einfacher. Stumm grübelten beide Männer eine Weile.

»Herr Overdiek?«, fragte Weidenbaum schließlich leise.

»Hmm, ja?«

»Bitte verraten Sie mich nicht. Ich kann sonst nirgendwo hin und wenn rauskommt, dass …«, ließ der Mann seinen Satz unvollendet.

Merten massierte sich angestrengt die Nasenwurzel. Dass der Mann sich an den Statuten der Kirchspiele vorbei seinen Platz hierher erschlichen hatte, war ihm herzlich egal. Für die nächtlichen Zusammenstöße würde er ihn eigentlich schon zur Rechenschaft ziehen wollen. Leider würde das kaum möglich sein, ohne dass ihm ein düsteres Schicksal blühte. »Gehen Sie schon, Weidenbaum. Aber ich verspreche nichts«, seufzte Merten mehr, als dass er sprach.

Erleichtert atmete der Jude aus. »Danke!«, entgegnete er aufrichtig und machte kehrt in Richtung Ausgang. Dann hielt er noch einmal an und wandte sich zu Merten um. »Wenn Sie die Sache mit dem Hinrichs so interessiert, wäre da vielleicht noch etwas …«, begann Weidenbaum zögerlich. »Ich weiß natürlich nicht, ob es wirklich damit zusammenhängt, aber …«

In diesem Moment öffnete sich schwungvoll die Tür zum Krankenflügel und ließ beide Männer zusammenfahren.

»Was ist hier los?«, flutete die argwöhnische Stimme von Schwester Agatha in den Speisesaal, während sie den Raum mit einer weiteren Laterne ausleuchtete. Panisch versuchte Weidenbaum vor der Pflegerin zu flüchten, ohne zu wissen, wohin. Er prallte jedoch gegen Mertens Schulter und geriet ins Stolpern. Kopflos drehte er sich um die eigene Achse und suchte gehetzt nach einem Ausweg.

Da war die strenge Pflegerin auch schon herangeeilt. »Hätten Sie die Güte mir zu erklären …«, begann sie, unterbrach sich jedoch und starrte irritiert auf Weidenbaum. »Was ist das für ein Aufzug?«, fragte sie, während sich eine beunruhigende Erkenntnis auf ihrem Gesicht abzeichnete. »Sie sind Jude, Weidenbaum!«, stieß sie hervor. Empörung und Überraschung teilten sich den Klang ihrer Stimme. Sprachlos blickte Weidenbaum sie an.

»Was fällt Ihnen nur ein, sich hier bei uns guten Christenmenschen einen Platz zu erschleichen!«, zürnte die Pflegerin und schüttelte langsam den Kopf. Dann verfinsterte sich ihre Miene noch weiter. »Jetzt wird mir einiges klar. Das Feuer, das waren Sie! Weil Sie bei Ihrem gotteslästerlichen Treiben überrascht wurden«, mutmaßte sie.

»Ich bin nicht gottlos«, widersprach Weidenbaum leise, aber voller Überzeugung.

»Schweigen Sie besser!«, verlangte die Pflegerin und drohte zornig mit dem Zeigefinger. Ihr Blick fiel auf das angetrocknete Blut auf Weidenbaums Gesicht und auf Merten, der immer noch das Rapier in den Händen hielt. Sie hob eine Braue und ein anerkennendes Lächeln kräuselte einen kurzen Moment ihre Lippen.

»Da haben Sie recht getan, Herr Overdiek, diesen jüdischen Mordbrenner zu stellen«, lobte sie.

»Lassen Sie es gut sein, Schwester. Ich glaube nicht, dass Herr Weidenbaum eine Gefahr darstellt«, versuchte Merten sie zu besänftigen.

Schwester Agatha verzog nur säuerlich das Gesicht. »Sie sind zu gutgläubig, wenn ich das so sagen darf. Mit diesen Juden darf nicht mit Nachsicht verfahren werden! Das hat uns schon der werte Herr Luther gelehrt«, belehrte sie Merten. Dann wandte sie sich wieder an den Beschuldigten. »Wir werden jetzt besser Meister Möhring aufsuchen, er wird entscheiden, wie in der Sache weiter zu verfahren ist.

Ich kann Ihnen nur raten, nicht widerborstig zu sein, vielleicht wird das Gericht das zu Ihren Gunsten auslegen.«

Weidenbaum vergrub kurz sein Gesicht in seine Hände, nickte aber müde. Merten blickte traurig zu ihm hinüber. Sein Gewissen begann ihn schon jetzt zu plagen wie ein unappetitlicher Teig, der langsam in der Wärme aufging. Vielleicht konnte er morgen ein paar Worte zu Gunsten des Mannes bei Meister Möhring platzieren, bevor dieser den Brookvogt einbezog. Und bei der Gelegenheit von Weidenbaum in Erfahrung bringen, was er ihm noch hatte mitteilen wollen.

Kapitel 20

Samstag, 5. Oktober 1619

»Sind Sie fertig, Herr Overdiek?«, fragte die schwarzhaarige Küchenmagd und blickte auf Mertens leere Breischüssel.

In Gedanken versunken blickte Merten zu der Frau auf und bejahte, bevor er eine Entschuldigung murmelte. Eigentlich war es Aufgabe der Kranken, das Geschirr wieder abzuliefern, wenn sie es vermochten.

»Sag mal, Sophia …«, sprach Merten die Magd an, während diese Schüssel und Löffel abdeckte. »Als du den Hinrichs und die Brid im Keller gefunden hast, war es da dunkel?«

Die Magd zog die Stirn kraus. »Ich hatte eine Lampe, ohne gehe ich doch nie in den Keller«, erklärte sie verständnislos.

Merten nickte. »Ich meine, gab es da noch eine andere Lampe außer deiner? Also war es hell, bevor du gekommen bist?«, präzisierte Merten seine Frage.

Sophia kratzte sich an der etwas schiefen Nase. »Ich hab nicht wirklich darauf geachtet, aber ich denke, es war dunkel. Wenn da vorher schon ein Licht gewesen wäre, hätte ich mich doch gefragt, wer da ist. Ich weiß aber noch, wie ich mich erschrocken habe, als ich die beiden so plötzlich gesehen hab.«

Wieder nickte Merten. »Und bevor du in den Keller gegangen bist, war da irgendjemand in der Küche? Außer der Landschoof, ist vorher vielleicht jemand in den Keller gegangen?«

Die Magd grübelte kurz. »Nein, da war niemand. Warum wollen Sie das wissen, wenn ich fragen darf? Die Brid ist doch hinter Schloss und Riegel.«

»Ich hab mich nur gefragt, wann und wie die beiden dort hineingekommen sind«, antwortete Merten mehr zu sich selbst.

»Na, sie werden sich irgendwann am Abend davor reingeschlichen haben«, meinte die Magd schulterzuckend.

»Ja ja, so wird es gewesen sein«, stimmte Merten, wider besseren Wissens, zu.

Das Klappen der Tür zum Hof zog die Aufmerksamkeit der beiden auf sich und kurz darauf erschien Hajos Blondschopf im Speisesaal.

»Mert… Herr Overdiek, Meister Möhring würde Sie gern sprechen«, gab der Junge bereits auf halbem Weg kund.

Merten seufzte und stand auf. Es war absehbar gewesen, dass der Pestmeister nach dem Vorfall mit Weidenbaum letzte Nacht mit ihm sprechen wollen würde. Er hoffte, er würde der Sache vielleicht ein wenig die Schärfe nehmen und ein gutes Wort für den Juden einlegen können. Große Hoffnung hatte er jedoch keine. Vielleicht ergab sich zumindest die Gelegenheit, mit Weidenbaum das Gespräch von letzter Nacht fortzusetzen.

Hajo führte ihn über den Hof zum Behandlungszimmer Möhrings. Zu seiner Überraschung wartete dort jedoch nicht nur der Pestmeister auf ihn. Auch Frau Möhring, die drei Pflegeweiber, Hausmeister Brüggemann und gar Pastor Teutschner hatten sich in dem Raum versammelt. Möhring war eigentlich nicht dafür bekannt, seine Angestellten sonderlich in seine Entscheidungen einzubeziehen, aber vielleicht hielt er eine Absprache in diesem Fall doch für hilfreich.

Möhring saß hinter seinem Schreibtisch und spielte nervös mit einer Schreibfeder, als Merten eintrat. Einen Moment schien er nach den richtigen Worten zu suchen, bevor er den Kaufmann ansprach. »Vielen Dank für Ihr rasches Erscheinen, Herr Overdiek. Sie waren ja Zeuge des unliebsamen Vorfalls letzte Nacht. Ich weiß Ihren Einsatz natürlich zu schätzen, die Integrität des Hofes aufrechtzuerhalten …«, begann er, hatte aber offenbar seinem Gesicht nichts von seiner positiven Bewertung kundgetan. Vermutlich wäre es ihm in Anbetracht der Unruhe der letzten Monate lieber gewesen, der Sachverhalt wäre nicht ans Tageslicht gekommen. Anders als Schwester Agatha, die grimmig nickte.

Merten hielt es für sinnvoll, dem Gespräch möglichst früh eine etwas verständnisvollere Richtung zu geben. »Ich glaube nicht, dass Herr Weidenbaum jemanden Schaden zufügen wollte. Es war wohl eher ein Akt der Verzweiflung, dass er hier um Aufnahme gebeten hat.«

»Uns das Dach über dem Kopf in Brand zu stecken, war wohl kaum ein Akt der Verzweiflung«, kommentierte Schwester Agatha und mehrere der anderen Anwesenden nickten.

»Aber vielleicht doch mehr ein Unfall als böser Wille«, gab Merten zu bedenken. »Hat sich denn Herr Weidenbaum dazu schon näher geäußert?«

Betretenes Schweigen machte sich in dem Behandlungszimmer breit und Möhring kratzte mit dem Zeigefinger einen unsichtbaren Fleck von der Schreibtischplatte.

»Ich fürchte, dazu wird Herr Weidenbaum nicht mehr in der Lage sein«, erklärte der Pestmeister mit belegter Stimme.

Merten sah ihn fragend an, auch wenn er die Antwort eigentlich fast schon kannte.

»Herr Weidenbaum hat heute Nacht von eigener Hand den Tod gefunden«, sprach Pastor Teutschner in das kurze Schweigen hinein.

»Wie?«, wollte Merten wissen.

Möhring setzte sich mühsam gerade auf. »Nachdem Schwester Agatha mit ihm bei mir erschienen ist, hab ich beschlossen, dass wir heute den Brookvogt informieren und Herrn Weidenbaum bis dahin sicher verwahren müssen. Schließlich handelt es sich um ernstliche Anschuldigungen, die noch über das Erschleichen eines Platzes hier im Hof hinausgehen«, fasste Möhring zusammen und es klang fast wie eine Verteidigung. »Ich habe Hinrich und Reinhold angewiesen, ihn bis dahin in eine Kammer im Badehaus zu arretieren«, fuhr er fort und blickte kurz zum Hausmeister.

Dieser hob abwehrend die Hände. »Das haben wir dann ja auch gemacht, wie angewiesen. Als wir ihn da eingesperrt haben, war er aber noch wohlauf«, beteuerte der kräftige Hausmeister.

»Heute Morgen wollte ich eigentlich den Hajo zum Brookvogt schicken. Vorher wollten wir beim Weidenbaum aber noch nach dem Rechten sehen, aber da war es schon zu spät. Hat sich an seinem eigenen Nachthemd erhängt«, fuhr Möhring fort.

»Mit seinem Nachthemd?«, fragte Merten ungläubig.

Möhring nickte. »Ja, er hat es zerrissen, zusammengedreht und an einen Balken geknotet. In der Kammer war nur ein Schemel, auf den muss er sich gestellt haben.«

»Das passt zu diesem Gottlosen, dass er sich feige aus der Verantwortung stiehlt«, meinte Schwester Agatha kühl, als sich nach dem Bericht ein kurzes Schweigen im Raum ausgebreitet hatte.

Möhring sah sie kurz tadelnd an, sagte jedoch nichts. Stattdessen wandte er sich wieder an Merten. »Nun, das bringt uns in eine schwierige Lage. Wie Sie wissen, dürfen Selbstmörder nicht in christlicher Erde begraben werden und Juden ohnehin nicht. Ich müsste den Brookvogt informieren, damit der Henker die sterblichen Überreste bei den Schweineköven vor den Stadttoren in Sankt Georg verscharren kann.«

»Ich sehe auch keinen Grund, hier anders zu verfahren«, meinte Schwester Agatha abfällig.

Selbst der eigentlich so verständige Teutschner nickte bedächtig. »Der Fall mag tragisch sein, aber Selbstmord ist eine schwere Sünde, die ein ordentliches Begräbnis ausschließt, und einem Juden stehen die christlichen Gräberfelder ohnehin nicht offen.«

Möhring hob die Hand und deutete ein Kopfschütteln an. »Das ist ja alles recht und billig, aber wir dürfen nicht vergessen, dass es in und um Hamburg eine starke jüdische Gemeinde gibt. Die wollen wir ja nicht vor den Kopf stoßen, indem wir einen der ihren ungebührlich bestatten«, gab er zögerlich zu bedenken. »Außerdem müssen wir mit der unchristlichen Sache ja den vielbeschäftigten Herrn Brookvogt nicht belasten, wenn es nicht unbedingt notwendig ist. Der Mann ist schließlich tot und seine Sünden können nicht mehr geahndet werden.«

Merten lachte bitter auf. Daher wehte der Wind. Möhring wollte nach Möglichkeit jeglichen Wirbel vermeiden, der seiner Führung des Hofes angelastet werden könnte.

Der Pestmeister nahm Mertens Auflachen jedoch nicht wahr oder ignorierte es. »Da Sie ja nun Herrn Weidenbaum ertappt haben, Herr Overdiek, haben wir uns gefragt, ob er Ihnen vielleicht etwas erzählt hat. Gibt es vielleicht entfernte Verwandte oder Bekannte, die Anspruch auf seinen Leichnam erheben könnten?«, fragte der Pestmeister betont unschuldig mit einem leicht lauernden Unterton.

Merten überlegte kurz, schüttelte dann aber den Kopf. »Leider nichts dergleichen«, gab er zu.

Möhring wirkte sichtlich enttäuscht.

»Nun, dann wäre die Frage doch wohl eindeutig geklärt«, meinte Schwester Agatha und blickte abwartend zu ihrem Dienstherrn.

»Vielleicht könnten wir noch etwas versuchen«, warf Merten zögerlich ein.

»Ja?«, fragte Möhring hoffnungsvoll

»In Altona gibt es ja eine größere jüdische Gemeinde und seit acht Jahren haben sie auch einen eigenen Friedhof. Ich kenne einen jüdischen Händler dort, mit dem ich früher Geschäfte gemacht habe, und könnte ihn einmal aufsuchen. Ich weiß allerdings nicht, wie es die Juden mit Selbstmord halten, zumal Weidenbaum für sie ja auch ein Fremder ist.«

»Das ist eine hervorragende Idee, Herr Overdiek«, lobte Möhring mit weit ausgebreiteten Händen. »Gehen Sie am besten gleich heute hin«, schlug er noch hörbar ungeduldig vor.

»Vielleicht besser einen anderen Tag? Heute ist Sabbat im jüdischen Glauben«, gab Pastor Teutschner zu bedenken.

Der Pestmeister machte eine wegwerfende Handbewegung. »Dann eben morgen, natürlich nach der Kirche.«

Merten grübelte kurz. »Vielleicht wäre es besser, wenn Sie mich begleiten, Herr Möhring. Ich bin ja kein Offizieller vom Hof und die Warnklapper öffnet mir auch nicht überall Tor und Tür.«

Der Pestmeister machte ein Gesicht, das sonst eher seine Patienten bei einer unangenehmen Kur zeigten. »Ich fürchte, ich bin hier durch meine Aufgaben gebunden«, wehrte er ab und schaute auffordernd in die Runde.

»Mein Zutun scheint mir in diesem Fall nicht angebracht«, lehnte auch Teutschner ab.

»Ich könnte Herrn Overdiek begleiten, wenn Sie es für angemessen halten, Meister Möhring«, schlug Schwester Maria vor.

»Das wird sicherlich reichen«, warf Merten hastig ein und versuchte seine Freude nicht allzu deutlich zu zeigen

Möhring runzelte kurz fragend die Stirn, nickte dann aber zufrieden. »Dann machen Sie sich gerne morgen auf den Weg«, stimmte er zu und machte Anstalten, sich zu erheben.

»Eins noch«, stoppte Merten ihn in seiner Bewegung. »Könnte ich Herrn Weidenbaum noch einmal sehen? Wenn ich schon mit der Gemeinde in Altona spreche, hielte ich das irgendwie für angemessen.«

Der Pestmeister sah ihn verständnislos an, zuckte dann aber die Schultern. »Wenn Sie sich dann besser fühlen. Er ist im Stall aufgebahrt. Dann hoffen wir mal, dass Sie morgen erfolgreich sind. Im Interesse von Herrn Weidenbaum natürlich«, schloss Möhring und stand endgültig von seinem Schreibtisch auf.

Wenig später stand Merten mit Schwester Maria im Stall. Der Rappe hatte ihre Ankunft unruhig begrüßt und schnaubte nervös. Auf dem Boden stand einer der üblichen grob gezimmerten Armensärge. Im Gegensatz zu sonst war der Sargdeckel allerdings geschlossen. Vermutlich hielt man in Anbetracht der Umstände große Abschiedszeremonien nicht für angebracht.

»Glauben Sie, dass Weidenbaum nicht von eigener Hand gestorben ist?«, fragte Maria leise, nachdem sie sich nach Zuhörern umgeschaut hatte.

»Schwer zu sagen. Ich denke, dass er verzweifelt war, als er in dieser Kammer gesessen hat. Bestenfalls drohte ihm die

Vertreibung vom Hof, vielleicht hätte ihm das Gericht für die nächtlichen Vorfälle auch noch ganz andere Strafe auferlegt. Es würde mich nicht wundern, wenn er lieber ein schnelles Ende gesucht hätte.«

Maria nickte verständnisvoll.

»Auf der anderen Seite wusste Weidenbaum etwas von den Vorkommnissen über den Hinrichs und die Brid. Möglich also, dass jemand einen Grund gehabt hat, ihn zum Schweigen zu bringen. Leider hat Schwester Agatha uns unterbrochen, bevor er mir mehr berichten konnte. Ich erzähle Ihnen das aber besser später.«

Merten ging in die Knie und schob den leichten Sargdeckel beiseite. Er verzog kurz das Gesicht. Neben den Malen am Hals bot die Leiche auch im Übrigen keinen schönen Anblick.

»Was suchen Sie?«, fragte Maria, als Merten sich neben dem Sarg niederließ und die Leiche begutachtete.

»Weidenbaum war zwar von der Krankheit geschwächt, hatte aber immer noch Kraft in sich. Ich glaube nicht, dass ihn jemand so ohne Weiteres entkleiden und aufhängen kann. Da hätten wir selbst im Haupthaus was mitbekommen. Wenn jemand nachgeholfen hat, dann muss er ihn schon vorher außer Gefecht gesetzt und erst danach aufgehangen haben. Dann müsste doch etwas zu sehen sein. Ein Einstich oder eine Schlagwunde.«

Maria nickte anerkennend. »Nicht schlecht für einen Kaufmann«, gab sie zu und begann ebenfalls mit der Untersuchung.

Doch auch nach eingehender Betrachtung des Toten fanden sie nichts Ungewöhnliches. Selbst in seinem Hausmantel und dem Leinenbeutel, die zu seinen Füßen lagen, befand sich nichts, was auf einen Mord hindeutete.

Merten kratzte sich nachdenklich am Kinn. »Vielleicht ist er doch einfach nur aus dem Leben geflohen.«

»Vielleicht«, meinte Maria unschlüssig. »Aber nicht alle Verletzungen erzeugen schwere Wunden, glauben Sie mir. Manchmal reicht ein Schlag auf die richtige Stelle, damit jemand zumindest das Bewusstsein verliert. Oder er wurde gar erst erdrosselt und erst dann aufgehangen.«

»Dann bleibt wohl leider alles offen«, schloss Merten und zog den Sargdeckel wieder über die Leiche.

Kapitel 21

Sonntag, 6. Oktober 1619

Gemächlich trottete der in die Jahre gekommene Straßenhund durch die Hafenanlage. Stets auf der Suche nach etwas Essbarem, suchte er routiniert die Umgebung ab. Kurz setzte er sich, kratzte sein verlaustes graues Fell und blickte zu einem Haufen Gerümpel. Wenig hoffnungsvoll machte er noch ein paar Schritte darauf zu und witterte suchend, aber der Haufen bot nichts, was sich irgendwie als Nahrung verwerten ließ. Nicht einmal eine Ratte huschte davon, aber die waren mittlerweile ohnehin viel zu schnell für ihn geworden.

Also setzte er seinen Weg am dunklen Elbwasser entlang fort. Früher hatte er ab und an Freude daran gefunden, im Wasser zu tollen. Das Verlangen hatte sich jedoch schon vor einigen Sommern weitgehend eingestellt. Mittlerweile steigerte es seine Zufriedenheit eher, wenn es nicht regnete.

Als er am Hafen weiterging, stieg ein verführerischer Geruch von der Wasserseite in seine Nase. Ein kleiner Flusskahn dümpelte an der Hafenmauer im Elbstrom und zwei Männer darauf nahmen Fische aus. Hastig machte er sich auf den Weg, als er bemerkte, dass sie das gute Gedärm einfach ins Wasser warfen.

In früheren Tagen hätte er lautstark und vehement seinen Teil eingefordert, da das aber oftmals harte Steine statt Futter einbrachte, hatte er sich auf Schwanzwedeln und hoffnungsvolles Sabbern verlegt.

»Kohldampf, olle Töle, wat?«, brummte einer der Männer und warf dem Hund eine Handvoll Eingeweide hinüber.

Beide Männer lachten, als er hastig die Innereien verschlang und sie danach erwartungsvoll ansah. Sie hatten einen ordentlichen Fang gemacht und waren guter Laune an diesem Tag.

Zwar sollte ein anständiger Christ den Sonntag in der Kirche und nicht mit der Arbeit verbringen, aber das fiel hier in Altona kaum auf.

Altona gehörte wie Pinneberg als Reichslehen dem protestantische Landesherr Graf Ernst von Schauenburg und Holstein-Pinneberg. Der Schauenburger Graf residierte jedoch weit entfernt in seinem Stammsitz an der Weser und überließ die Verwaltung seinem Drosten in Pinneberg. Schauenburg wollte in erster Linie hohe Einnahmen aus der Grafschaft erzielen und um diese zu fördern, verfolgte er schon seit langem eine ungewöhnlich liberale Zuwanderungspolitik. Zunächst nahm er Glaubensverfolgte aus den spanischen Niederlanden auf, dann auch Mennoniten, Katholiken, Juden sowie Quäker und räumte ihnen allen wirtschaftliche und religiöse Freiheiten ein.

So war das Fischerdorf Altona bisher mit einem bunten Gemisch unterschiedlichster Herkünfte und Glaubensrichtungen auf fast tausendfünfhundert Einwohner angewachsen. Natürlich zog die ausgeprägte Gleichmütigkeit gegenüber den Zugewanderten auch allerlei zwielichtiges Gesindel an, zumal Altona nicht gerade für eine ausgeprägte Präsenz der Obrigkeitsverwaltung bekannt war.

So unstrukturiert wie seine Bevölkerung war auch der Ort an sich gewachsen. Die Häuser, Hütten und Katen hatten ohne jede Planung oder ordnende Hand zueinander gefunden. Eine Befestigung oder andere schützende Bauwerke fehlten gänzlich.

Dem großen Hamburger Nachbarn war das wüst gewachsene Dorf vor den eigenen Toren seit jeher ein Dorn im Auge. Schon seit einigen Jahrzehnten gab es immer wieder Rechtsstreitigkeiten, bei denen es um Weide- und Münzrechte, die Elbnutzung oder Zunftangelegenheiten und Glaubensfragen ging.

Erneut warf der Fischer dem Straßenhund eine Portion Innereien zu und amüsierte sich darüber, wie heißhungrig dieser sie verschlang. Es gab immer mal wieder Zeiten, da erging es ihm und seiner Familie nicht anders, vor allem im Winter.

Dann stockte der Mann. »Was'n das für nen Knilch mit der sööten Deern?«, fragte er seinen Sohn und blickte misstrauisch zu dem ungleichen Paar, das den Hafen entlangging.

»Ik glöve, de Kerl hat de Aussatz«, vermutete der Jüngere nach eingehender Betrachtung.

Sein Vater musterte die beiden und spuckte dann ins Wasser. »De Schauenburger tut dat overdrieven mit de Freeiheid hier in Altona«, befand er missmutig.

Merten und Maria grüßten die beiden Männer freundlich, während sie an ihrem Kahn vorübergingen.

»So en sööte Deern«, murmelte der Jüngere kopfschüttelnd, während er den beiden hinterhersah.

»Meinen Sie, Ihr Bekannter wird Herrn Weidenbaum …«, Maria suchte nach dem richtigen Wort, »unterbringen?«, vollendete sie schließlich ihren Satz.

Merten zuckte die Schultern. »Er hat gesagt, er wird mit seinen Leuten sprechen. Mehr konnten wir wohl gerade nicht erreichen.«

»Warum haben Sie ihm eigentlich gesagt, dass Sie nicht wissen, ob er Sefardim oder Aschkenasim ist? Ich dachte, das hätte sich geklärt«, fragte die Pflegerin.

Merten lächelte. »Ich dachte, das würde vielleicht unsere Chancen verbessern. Oder besser seine.«

Maria nickte, während sie auf ihrem Rückweg aus Altona nach links zwischen eine wüste Ansammlung von Häusern abbogen. Außer ihnen waren nur wenige Fußgänger unterwegs, so musste Merten kaum zu seiner Klapper greifen. Da die Warnzeichen für den Aussatz heutzutage nur noch selten auf den Straßen zu sehen waren, überlegten die meisten Entgegenkommenden zunächst, was sie von dem merkwürdig gekleideten Mann und dem Geklapper halten sollen. Dann zeichnete sich zumeist Erkennen auf ihren Gesichtern ab und sie wechselten erschrocken oder argwöhnisch die Straßenseite oder bogen gar in eine der dunklen Gassen ab.

Ab und an standen auch kleine Gruppen von zwielichtigen Gestalten an den Häuserecken und betrachteten die beiden abschätzend.

Merten war froh, das beruhigende Gewicht des Rapiers an seiner Seite zu spüren. Zwar zog das kostbare Stück, das er vom »General« geerbt hatte, auch den einen oder anderen gierigen Blick an, wirkte aber überwiegend abschreckend. Außerdem dachte er, dass es dem alten Veteranen gefallen würde, wenn er die Waffe auch ab und an gürtete.

Nachdem sie das eigentliche Dorf verlassen hatten, traten sie auf eine Straße, die von Handwerksbetrieben und kleinen Handelsgeschäften gesäumt war. »Große Freiheit« wurde der Weg genannt, da für die hier ansässigen Gewerbetreibenden zum Ärger der zünftig organisierten Händler und Handwerker in Hamburg sogar der Zunftszwang außer Kraft gesetzt war. Vor knapp siebzehn Jahren hatte der Schauenburger Graf den Zugewanderten auf dieser Fläche diese Sonderprivilegien eingeräumt. Vor zehn Jahren war dann die Straße entstanden. Freilich ließ sich der Graf diese Freiheit ausgiebig mit klingender Münze entlohnen.

»Darf ich Sie auf ein Gebäck einladen?«, fragte Merten, als sie ein kleines Backhaus für Süßwaren zu ihrer Rechten erreicht hatten.

»Ich weiß nicht, ob sich das so recht ziemt«, meinte die Pflegerin, lächelte aber verschmitzt dabei.

»Am Sonntag wird das sicherlich angemessen sein«, befand Merten.

»Ich glaube nicht, dass es da Abhängigkeiten zum Wochentag gibt, dennoch nehme ich gerne an«, lenkte sie bereitwillig ein und ihr Lächeln wurde breiter.

Wenig später hatten sie jeweils eine mit Zucker bestäubte Teigkugel in der Größe einer Kinderfaust auf dem Handteller.

»Oh Herr, das ist so gut! Das kann eigentlich nur Sünde sein«, schwelgte Maria genussvoll mit geschlossenen Augen und halbvollem Mund.

Merten lachte kurz auf. »Mandelgebäck ist warm am besten.«

Während die Pflegerin Geräusche von sich gab, die eher an erfüllenden Beischlaf, denn an den Verzehr einer Mahlzeit erinnerten, schritten sind den Weg weiter voran.

»Haben Sie eigentlich was von der Ella Schnitter erfahren?«, fragte Merten nach einer Weile.

Maria leckte sich zunächst genussvoll die letzten Zuckerreste von den Fingern, bevor sie antwortete. »Nicht wirklich, sie hat wie immer kaum ein Wort gesprochen. Als ich sie gefragt habe, ob die Brid nachts von wem abgeholt wurde, hat sie aber genickt. Ich glaube aber nicht, dass sie jemanden erkannt hat.«

»Zumindest bestätigt das die Aussage von Michelangelo«, meinte Merten.

Maria stimmte ihm zu. »Ich höre ihn immer noch schaben und kratzen in seiner Kiste, die arme Seele.«

»Zumindest hat er jetzt Kreide und muss es nicht mehr mit bloßen Fingern tun«, seufzte Merten.

»Damit haben Sie recht getan, Herr Overdiek«, lobte die Pflegerin. »Und ehe ich es vergesse: Meister Möhring kündigte an, dass eine großzügige Spende für das Tollhaus eingegangen ist. Warme Decken und neue Hemden für die Kranken. Sie wissen nicht zufällig etwas davon?«

»Woher sollte ich davon etwas wissen? Aber da muss es sich um einen wahrlich werten Spender gehandelt haben, dem wir am besten mit viel Wohlwollen und Verbundenheit begegnen sollten«, meinte der Kaufmann, jedoch ohne sie dabei anzublicken. Er verschränkte die Arme hinter dem Rücken und schlenderte betont unbeteiligt neben ihr her.

»Vielleicht auch nur jemand mit unverschämt vielen Münzen auf der hohen Kante«, entgegnete Maria ungerührt.

»Oder das«, murmelte er etwas enttäuscht.

Einige Atemzüge gingen sie schweigend nebeneinander her, dann stieß ihn die Pflegerin freundschaftlich mit dem Ellenbogen an und schmunzelte.

»Schwester Maria, war das gerade der Anflug einer vertraulichen Geste, gar mit einem Hauch Humor? Ich bin entzückt!«

»Bilden Sie sich nicht zu viel darauf ein!«

»Versprochen«, gelobte Merten und hob kurz die Schwurfinger.

Am Ende der Großen Freiheit bogen sie nach Westen in Richtung Hamburg ab, was sie auf halbem Weg auch zum Pesthof führen würde.

»Es ist schön, mal wieder rauszukommen«, bemerkte Merten, während die Straße durch ein Wäldchen führte.

»Sind Sie früher viel gereist?«

»Ja, im Reich und darüber hinaus«, bestätigte Merten.

»Wo waren Sie überall? Waren Sie schon einmal in Wien?«

»In Wien, in Prag, auch schon in Rom, Lissabon und Cadiz«, zählte Merten auf und ein trauriger Schatten legte sich trotz eines tapferen Lächelns über sein Gesicht.

»Das muss wundervoll sein, all diese Städte zu sehen. Ich habe immer davon geträumt, einmal Rom oder Wien zu sehen. Sie vermissen Ihr altes Leben sehr, nicht wahr?«, fragte sie behutsam.

»Ja«, gab Merten unumwunden zu.

Eine Weile herrschte beklemmendes Schweigen. Dann lächelte der Kaufmann. »Wenn der Aussatz sich noch nicht so weit ausgebreitet hat, verschwindet er auch manchmal wieder vollständig. Das ist nicht sehr häufig, aber es gibt glaubhafte Berichte darüber. Falls ich dieses Glück haben sollte, kann ich Ihnen Rom zeigen.«

Maria lachte glockenhell. »Wie soll ich denn nach Rom kommen? Ich werde es noch nicht mal bis nach Lübeck schaffen«, meinte sie glucksend und winkte ab.

»Ich würde Sie ja auch erst hinbringen, bevor ich es Ihnen zeige«, präzisierte Merten augenrollend.

»Sie sind albern, Herr Overdiek.«

»Keineswegs. Als frisch vom Aussatz Genesener brauch ich doch sicherlich eine persönliche Pflegerin, die auf einer solch strapaziösen Reise auf meine Rekonvaleszenz Acht gibt.«

Wieder ließ Maria das helle Lachen ertönen. »Das würde Ihnen wohl gefallen«, unkte sie abwinkend.

Merten blieb stehen und blickte kurz zu ihr rüber. »Das würde es in der Tat«, meinte er trocken.

Maria sah ihn an und schlug dann die Augen nieder. »Wir dürfen nicht so viel trödeln, ich habe heute noch Arbeit zu erledigen«, wechselte sie mit ungewohnt sanfter Stimme das Thema.

Merten reckte das Kinn, zog die Augenbrauen zusammen und blähte die Nasenflügel.

»Es ist ja nicht so, dass ich es nicht zu schätzen wüsste …«, begann sie entschuldigend, aber Merten unterbrach sie mit einem angedeuteten Kopfschütteln.

»Riechen sie das?«, fragte er misstrauisch.

Die Pflegerin reckte die Nase und sah ihn fragend an. »Vielleicht ein wenig nach Rauch?«, meinte sie lapidar.

»Luntenqualm!«, rief er hastig, packte sie am Ärmel und riss sie zum Wegesrand.

Im gleichen Moment knallte ein Schuss aus dem Gehölz rechts von ihnen. Merten keuchte auf, griff sich an die linke Seite und fiel taumelnd auf den Waldboden. Auch Maria brachte er aus dem Gleichgewicht und sie landete mit einem erschrockenen Schrei in einem Brombeerbusch.

Entsetzt sah sie, wie sich aus dem Gehölz auf der anderen Seite des Wäldchens die Gestalt eines Mannes herausschälte. Er trug zerschlissene Kleidung von der Art, wie sie Söldner oder Soldaten bevorzugten, und ein breitkrempiger

Federhut beschattete sein Gesicht. Ohne große Hast löschte der Mann die Lunte seiner Muskete mit von Spucke nassen Fingern und lehnte das Gewehr an einen Baum am Wegesrand. Mit einem kurzen Blick nach links und rechts versicherte er sich, dass keine unliebsamen Beobachter auf der Straße unterwegs waren, und nahm Kurs auf seine beiden Opfer.

Panisch versuchte Maria sich aus den dornenbewehrten Ästen zu befreien, die tief in ihre Kleidung und ihr Fleisch stachen. Doch sie hing in dem Gestrüpp fest wie die Fliege im Spinnennetz.

»Sie müssen aufstehen!«, schrie sie zu Merten und ihre Stimme überschlug sich.

Dieser versuchte sich benommen auf alle viere zu stemmen, die linke Hand instinktiv auf die getroffene Seite gepresst.

Drohend ging der Mann auf Maria zu, während er seinen Degen zog. »Heiliges Kanonenrohr, dich bewahr ich mir für später auf. Wir haben noch viel Spaß, bevor ich dir den Wanst aufmach«, kündigte er an. Bei jeder Silbe spritzte Speichel zwischen seinen gelb-schwarzen Zähnen hervor und verfing sich in seinem struppigen Bart.

Mit vor Angst geweiteten Augen öffnete Maria den Mund zu einem Hilfeschrei, da traf sie der verschlungene Griffkorb des Degens im Gesicht. Benommen sackte sie zusammen, während ihr lange Fäden von Blut und Speichel aus Mund und Nase troffen.

»Nun zu dir, du fauliger Kadaver«, knurrte der Mann und wandte sich Merten zu.

Der hatte sich mittlerweile auf die Knie gekämpft. Ein nasser, dunkler Fleck breitete sich auf seiner Kleidung aus. Hektisch griff er nach seinem Rapier.

»Dir werd ich …«, bellte der Fremde und machte einen Satz auf den Verletzten zu.

In einem Akt der Verzweiflung warf Merten dem Mann mit der Linken die Lepraklapper entgegen und sollte Glück haben. Die Holzblätter trafen den Angreifer mitten ins Gesicht. Mehr erschrocken als verletzt riss dieser die Hand vors Gesicht, taumelte einen Schritt nach hinten und stolperte über ein Schlagloch.

Genug Zeit für Merten, sich vollends aufzurichten und mit der Waffe in Position zu bringen. Der Fremde wollte sie töten, das war sicher, und dieser Gedanke vertrieb die Benommenheit und den Schmerz aus ihm.

Doch schon war der Fremde wieder auf den Beinen und drang mit einem wütenden Ausruf auf Merten ein. Dieser parierte die ersten zornigen Hiebe und Stiche und setzte seinerseits zu einem Ausfall an. Eine kleine Finte, dann senkte er die Spitze mitten im Angriff und stach dem Mann in den rechten Oberschenkel.

Wütend schrie der Mann auf und ging auf Abstand. Er hatte offensichtlich einen weniger wehrhaften Gegner erwartet. Erneut etwas Zeit für Merten, um tief durchzuatmen. Die blutende Wunde kostete ihn Kraft, aber es war klüger, sich das nicht anmerken zu lassen.

»Verschwinde, bei uns ist nichts zu holen«, rief Merten dem Mann entgegen.

»Dich aufzuspießen reicht mir schon«, knurrte sein Gegner und kam in Angriffsstellung näher.

Wieder kreuzten sich die Klingen einige Male, ohne dass einer der beiden Kontrahenten einen Vorteil erzielen konnte. Merten war ein talentierter Fechter und hatte gute Lehrer gehabt, aber sein Gegenüber war ohne Frage kampferfahren. Dazu war der Kerl größer und deutlich kräftiger als er. Zu seinem Glück machte die Beinverletzung den Mann nun langsamer, aber Merten fürchtete, dass seine eigene Verletzung ihm noch schneller die Kraft rauben würde.

Erneut griff der Fremde beinahe unwirsch an und diesmal parierte Merten zu spät. Die Klinge des anderen zog eine blutige Furche über seinen linken Oberarm. Er bedauerte, keine Linkhandwaffe dabei zu haben. Im kunstvollen Gehänge vom General war zwar eine Scheide dafür vorgesehen, doch hatte diese keine Waffe enthalten.

Er blickte sich um und machte zögerlich einige Schritte nach hinten.

»Scheißt dir in die Hose, was?«, spottete der Fremde mit rauer Stimme, während er ihm folgte wie die Katz der Maus.

Angst war es nicht, die den Kaufmann zurückweichen ließ. Er vollführte eine halbherzige Scheinattacke und zog sich erneut einige Schritte zurück. Zornig drang daraufhin der Fremde auf ihn ein und trieb ihn mit schnellen Stichen und Hieben noch weiter in das Wäldchen hinein.

Zufrieden zog Merten sich noch weiter zurück, während er fühlte, wie seine Füße immer tiefer in den Morast einer Kuhle einsanken und Wasser in seine Lederstiefel drang.

Mehr als knöcheltief stand er im vom Regen durchweichten Waldboden. Das würde den Kampf für ihn nicht einfacher machen, aber sein Gegner war schwerer als er und hatte dazu eine Beinverletzung.

Mit einem grimmigen Ausdruck drang er jetzt auf seinen Feind ein. Kurze Attacken, nach denen er sich immer schnell wieder zurückzog. Unbeholfen versuchte der andere ihm auf dem schwergängigen Boden zu folgen. Jähzorn zeichnete sich auf seinem Gesicht ab, als er merkte, dass er in eine Falle gegangen war. Nun trieb Merten ihn vor sich her, stets bedacht, den Kampf auf der durchweichten Niederung zu halten.

Der Atem der beiden Männer ging keuchend, als Merten mit einem schnellen Angriff das Gesicht des Mannes von der Wange bis zur Nase aufschlitzte. Gepeinigt brüllte der Getroffene auf und Blut spritzte aus seinem Mund. Der Schnitt hatte wohl die Wange vollständig durchtrennt. Merten erkannte seine Chance und stach zu. Doch selbst jetzt war der zähe Kämpe noch auf der Hut. Er wich zur Seite aus und packte den Griffkorb von Mertens Waffe. Hastig griff nun auch Merten das Handgelenk des anderen und hielt den Waffenarm von sich fern. Wie zwei ringende Krebse an ihren Scheren hielten sich die beiden Kontrahenten gepackt. Nur dass einer der Krebse bedauerlicherweise deutlich kräftiger und von tödlicher Wut ergriffen war. Keuchend wurde Merten nach hinten und in die Knie gedrückt. Da warf der andere wuchtig seinen Körper nach vorn und riss dabei sein Knie hoch. Krachend traf es Merten in die Rippen und trieb ihm die Luft aus der Lunge. Kurz wurde ihm schwarz vor Augen und er merkte, wie seine Beine weiter unter ihm nachgaben. Mit einem

Ruck riss ihm sein Gegner das Rapier aus der Hand, das im hohen Bogen davonflog. Ein Faustschlag schickte den Kaufmann zu Boden und sein Griff löste sich von der Waffenhand des anderen.

»Dir schneide ich das Gehänge ab!«, versprach der Fremde hasserfüllt, während blutiger Schaum bei jedem Wort aus der Wunde auf seiner Wange sprühte. Entschlossen hob der Mann seinen Degen.

»Heyda, Hundsfott!«, erscholl da eine schrille Stimme.

Die Köpfe der Männer ruckten instinktiv herum.

Einige Schritte neben ihnen stand Maria. Sie trug lediglich ihr Unterkleid, das von den Dornen zerrissen und ebenso wie ihr Gesicht von Blut verschmiert war. In den zitternden Armen hielt sie die schwere Muskete und zielte direkt auf den Fremden.

Kurz zuckte dieser zusammen, wie man es nun einmal tut, wenn man unerwartet in die Mündung eines Laufs blickt. »Is ja nichma die Lunte an«, kommentierte er irritiert und wandte sich wieder Merten zu.

Einen Atemzug zu spät. Mit dem Mut der Verzweiflung sprang der Kaufmann auf und hieb dem Mann die Faust ins Gesicht. Ächzend fiel dieser rittlings auf den Boden und Merten stürzte sich auf ihn. Während er mit der Linken den Waffenarm des benommenen Gegners hielt, schlug er mit der Rechten unwirsch nach seinem Kopf. Allerdings wusste selbst angeschlagen der zähe Kerl sich noch zu verteidigen. Im Kampfgetümmel bekam er irgendwie seinen Unterarm frei und stach blindlings mit der Degenklinge nach unten. In dieser Lage konnte er zwar keine Kraft in seinen Angriff legen, dennoch durchtrennte die Spitze Mertens Hosenbein und zerteilte das Fleisch über seinem Schienbein. Merten schrie auf, als das Metall über den Knochen schabte, und war für einen Moment abgelenkt. Ein Moment, den der Fremde nutzte, um ihn von sich zu stoßen.

»Du bist tot!«, keuchte der Mann, hob seinen Degenarm und machte Anstalten, sich hochzustemmen.

Eine Bewegung aus den Augenwinkeln brachte ihn von seinem Vorhaben ab. Seine Augen ruckten nach oben und er sah die Pflegerin. Wie ein Holzfäller beim Spalten hielt sie die schwere Muskete über dem Kopf und ließ sie auf den Schädel des Fremden krachen. Der Mann hätte wahrscheinlich nicht vermutet, dass dieses eigentümliche Bild das letzte sein sollte, das er im Leben erblicken würde. Mit einem hässlichen Knacken brach sein Schädel und zuckend sackte er zusammen. Mit schreckgeweiteten Augen blickte Maria auf den Toten nieder und ließ die Muskete fallen.

Erst Mertens Stöhnen riss sie aus ihrer Erstarrung. Wankend versuchte er durch den durchweichten Boden zu ihr zu kommen, wobei bei jedem Schritt sein verletztes Bein unter ihm nachgeben wollte.

»Warten Sie, ich helfe Ihnen«, sagte Maria schwer atmend und stützte ihn auf ihrem Weg aus der Senke.

»Sie müssen sich setzen«, befahl sie und dirigierte ihn zu einem Baumstamm, vor dem der Boden weitgehend trocken war.

»Ist gut … Sie sind selber verletzt«, sagte Merten matt und versuchte die letzten Schritte ohne ihre Hilfe zu machen. Ein wenig erfolgversprechendes Unterfangen.

»Ich habe nur ein paar Kratzer. Hinsetzen!«, wies sie ihn an.

Kraftlos ließ sich Merten an dem Stamm hinuntergleiten. Er versuchte sich an einem zuversichtlichen Lächeln, was in Anbetracht der stärker aufkeimenden Schmerzen jedoch eher eine merkwürdige Grimasse wurde. Er schluckte, als er in das Gesicht der Pflegerin blickte. Ihre Lippen waren aufgeplatzt und die Nase wirkte etwas schief. Vermutlich war sie gebrochen.

»Können Sie Wams und Hemd ausziehen?«, fragte sie mit merkwürdig dumpf näselnder Stimme.

»Es wird schon so gehen bis zum Hof«, meinte er müde.

Entschieden schüttelte sie den Kopf und begann an seiner Kleidung zu nesteln. »Sie haben zu viel Blut verloren und sind blass. Wir müssen das verbinden.«

Gemeinsam schälten sie ihn aus den Kleidern und Maria besah sich die Schusswunde an der Seite und dem Oberarm. »Viel Blut… Aber die Kugel hat nur die Seite aufgerissen und steckt nicht fest«, murmelte die Pflegerin und sah sich um.

Dann holte sie den Degen des Generals und begann kurzerhand Streifen aus ihrem Unterkleid zu schneiden. Zügig, aber behutsam begann sie zunächst die Schusswunde und dann den Schnitt am Oberarm zu versorgen.

»Vorsicht, Sie dürfen mich nicht berühren. Der Aussatz …«, murmelte der Kaufmann sorgenvoll.

»Um den können wir uns grad nicht kümmern«, entgegnete sie, ohne von ihrer Arbeit aufzusehen.

Mehrmals zuckte Merten zusammen und verzog schmerzerfüllt das Gesicht, als sie die Verbände anlegte.

»Wo sind Ihre Kleider?«, fragte er, eigentlich mehr, um sich abzulenken.

»Hängen noch im Dornenstrauch. Anders wäre ich da nicht hinausgekommen.«

Merten lächelte. Trotz der absurden Situation konnte er sich ihrem Anblick nur schwer entziehen.

»Wir müssen noch Ihr Bein versorgen. Meister Möhring muss das später alles nähen«, erklärte sie, während sie einen weiteren Streifen aus ihrem Untergewand schnitt.

»Haben Sie den Mann schon einmal gesehen?«, fragte sie weiter mit belegter Stimme und wickelte dabei den Stoff um seinen Unterschenkel.

»Nein«, sagte Merten. »Mich würde auch mehr interessieren, wer ihn uns auf den Hals gehetzt hat.«

Maria blickte auf. »Sie meinen, das war kein Zufall? Kein Wegelagerer?«

»Wir sehen ja nicht aus, als wenn bei uns viel zu holen wäre. Da würde ein Wegelagerer kaum sofort schießen, erst recht nicht so nahe an der Stadt. Der Saukerl wollte uns einfach nur unter die Erde bringen. Würde mich wundern, wenn es nichts mit den Vorkommnissen auf dem Hof zu tun hat«, schlussfolgerte Merten und schloss erschöpft die Augen.

Maria sah kurz besorgt zu ihm auf und verknotete den letzten Stoffstreifen.

»Ich gehe jetzt zum Hof und schicke einen Wagen zu Ihnen. Sie warten hier und versuchen wach zu bleiben«, entschied sie und legte ihm vorsichtig seine Kleider über den entblößten Oberkörper.

»Ich glaube, ich schaffe es selber bis zum Hof«, widersprach Merten.

Die Pflegerin lachte kurz freudlos auf. »Sie kommen keine dreißig Schritte weit!«

Merten seufzte ungehalten, doch er wusste, dass sie Recht hatte.

»Schwester?«

»Ja?«

»Da man uns fast zusammen erschlagen hat. Reicht das, dass ich Sie nun beim Vornamen nennen darf?«

Maria blickte ihn unschlüssig an und wischte sich fahrig mit dem Unterarm etwas Blut vom Kinn. »Sollte wohl reichen«, befand sie schließlich und brach auf.

Kapitel 22

Montag, 7. Oktober 1619

Der Karren holperte gemächlich über die ungepflasterte Straße. Wagenlenker wie Ladung machten bei jedem Schlagloch einen kleinen Hüpfer. Die ersten Strahlen der aufgehenden Morgensonne krochen gerade träge über die nebelbedeckten Wiesen und Felder, sodass es schwierig war, die tieferen Löcher auf dem Weg im Schummerlicht zu erkennen, um ihnen rechtzeitig auszuweichen. Ab und an fluchte der Lenker unterdrückt, wenn eine besonders arge Vertiefung ihn durchschüttelte.

Der Weg zu den Toren der Hansestadt war in einem deutlich besseren Zustand, doch der würde ihn nicht Richtung Süden an die Elbe führen.

Es war kalt am heutigen Morgen. Kleine, weiße Wolken stiegen bei jedem Atemzug aus der Nase des Wagenlenkers und aus den Nüstern seines Zugtiers. Er zog das Tuch um seinen Hals höher und die Krempe seines Hutes tiefer. Das lag nicht nur an der frostigen Luft, die der Wind vom Fluss zu ihm hinaufwehte. Zwar war ihm auf dem Weg noch niemand begegnet, aber die ersten Knechte, Bauern, Fischer und Handwerker begannen bereits ihrem Tagwerk nachzugehen. Es war besser, wenn er nicht gesehen oder zumindest nicht erkannt wurde.

Er lenkte den Wagen bis dicht an den Streifen aus Reed, der an dieser Stelle den Elbstrom säumte. Noch einmal sah er sich prüfend um und stieg offensichtlich zufrieden nickend vom Bock.

Wie unbeteiligt schlenderte er zur Rückseite des Karrens und schlug das schmutzige Wachstuch beiseite. Auf den Brettern der Ladefläche lag lediglich ein längliches Bündel, das in ein ebenfalls schmutziges Tuch gehüllt war.

Der Mann zog das Bündel achtlos von der Ladefläche, sodass es dumpf auf dem nassen Lehmboden aufschlug. Erneut blickte er sich um und notierte, dass noch immer kein Beobachter in Sicht war. Ohnehin würde der Wagen jetzt seinen Gang ins Reed vor allzu neugierigen Blicken abschirmen.

Er zog das Bündel hinter sich her, bis ihn die Schilfhalme gänzlich verschluckt hatten. Fluchend sank er bei jedem Schritt tiefer im Uferschlamm ein und spürte, wie kaltes Elbwasser die Nähte seiner Stiefel durchdrang. Zumindest war er nun so tief im Reed, dass selbst die schärfsten Augen ihn nicht mehr ausmachen könnten.

Bald lief das eisige Wasser gar in die Schäfte seiner Stiefel und er spuckte missmutig aus. Er versuchte sich auf einer kleinen Landzunge zu halten, die bis an den Rand des Grüns reichte. Als er ihre Spitze erreichte, stand er beinahe knietief im eisigen Wasser, doch einen guten Schritt weiter war das Wasser noch deutlich tiefer.

Prüfend streckte er den Kopf vor und schaute sich auf dem Fluss um. Kein Fischerboot in der Nähe.

Er wickelte das durchgeweichte Bündel aus dem Tuch und warf sich den nassen Stoff über die Schulter. Träge trieb die enthüllte Leiche zwischen den Schilfhalmen auf der Wasseroberfläche. Er packte den leblosen Körper an der Kleidung und schob ihn schwungvoll nach vorn in den Strom hinein. Trotz der Kälte, die in seine Beine biss, schaute er noch eine Weile zu, wie das dunkle Wasser den gemächlich sinkenden Körper forttrug.

»Grüß die Fische«, murmelte er und machte sich fröstelnd auf den Rückweg.

Wenig später rumpelte der Wagen wieder den Weg zurück.

Kapitel 23

Dienstag, 8. Oktober 1619

Der Brookvogt trommelte nervös mit den Fingerspitzen auf seinen Hosenbeinen. »Und dieser Mordbube hat nichts weiter gesagt?«, fragte er zweifelnd.

Merten hob abwiegelnd die linke Hand, während er auf seinem Bett lag. Die Verletzungen schienen gut zu heilen. Zum Glück hatten sich die Wunden bisher nicht entzündet, aber die Schwäche stand ihm noch im Leib. »Er hat schon ein paar üble Verwünschungen ausgestoßen.«

Der Brookvogt winkte ab. »Das sagtet Ihr. Dennoch frage ich mich, warum dieser Halsabschneider ausgerechnet euch ausgesucht hat. Ich meine, Euer … Zustand … lässt im Normalfall nicht auf reiche Beute schließen und das Pflegeweib dort trägt ja auch keinen Schmuck am Leib«, befand der Gesetzeshüter und deutete beiläufig in Marias Richtung.

Merten rümpfte kurz die Nase ob der wenig respektvollen Ansprache, sparte sich aber einen Kommentar. »Auf den Straßen laufen genug Mordbrenner und Schnapphähne umher, die selbst den ärmsten Knecht wegen seines Hemdes und ein paar durchgelaufener Schuhe den Hals durchschneiden. Das solltet Ihr besser wissen als jeder andere, Brookvogt. Und von Schwester Maria wollte der Mann sicher mehr als nur ihre Kleidung.«

Der Brookvogt räusperte sich unbehaglich und nickte.

Maria hätte bei dieser Andeutung vermutlich eine sanfte Röte überzogen, aber ihr Gesicht war von dem Schlag mit dem Degenkorb so geschwollen und leuchtete in allen Farben, dass es selbst nicht aufgefallen wäre, wenn sie die Farbe einer Vierländer Tomate angenommen hätte. Wie befürchtet hatte Meister Möhring auch ihre Nase richten müssen, aber zumindest hatte sie keine Zähne verloren.

»Und dass dieses Gaunernest Altona so manch zwielichtiges Gesindel vor die Tore Hamburgs lockt, ist ja wahrlich keine Neuigkeit«, pflichtete auch Meister Möhring Mertens Ausführungen bei.

Der Brookvogt nickte, schien jedoch nicht vollends überzeugt. »Darf man fragen, was Sie überhaupt nach Altona geführt hat? Ein Kranker und ein Pflegeweib am heiligen Sonntag in Altona scheint mir doch eine etwas ungewöhnlich Konstellation«, befand er mit gehobener Braue.

Merten räusperte sich und sah abwartend zum Pestmeister.

»Herr Overdiek und Schwester Maria haben in Altona … Erledigungen für den Hof verrichtet«, rang sich Möhring zu einer wagen Erklärung durch.

»Was denn für Erledigungen?«, fragte der Brookvogt misstrauisch.

Man sah Möhring an, dass er nach den richtigen Worten suchte, während er nervös seine Finger knetete. »Es gab einen Todesfall«, sagte er knapp.

Sein Befrager zuckte die Schultern. »Das hier ist der Pesthof, natürlich gibt es hier Todesfälle. Aber was hat das mit Altona zu tun?«

»Es war Selbstmord«, murmelte Möhring.

Der Brookvogt verzog das Gesicht. »Das wirft kein gutes Licht auf dieses Haus, mal wieder. Aber das ist dann wohl eher in der Zuständigkeit des Henkers. Er soll die Leiche in Sankt Georg verscharren. Dafür muss niemand nach Altona.«

»Er war Jude«, ergänzte der Pestmeister nun noch leiser und zog unbewusst den Kopf etwas zwischen die Schultern. Offensichtlich befürchtete er, dass es noch unbequemer für ihn werden würde, wenn der Gerichtsherr anderweitig vom Hintergrund erfahren würde.

Der Brookvogt starrte Möhring konsterniert an. Mechanisch stand er von seinem Stuhl auf und beugte sich beinahe angriffslustig vor. »Ihr habt einen Juden hier beherbergt, Pestmeister? Unter der Verwaltung und mit den Spendengeldern der Hamburger Kirchspiele?«, fragte er fassungslos.

»Wir haben es ja nicht gewusst!«, beteuerte Möhring und fuchtelte mit den Armen. »Der Mann hat sich hier unter falschen Vorgaben heimtückisch eingeschlichen. Als er aufgeflogen ist, hat er den Freitod seiner gerechten Strafe vorgezogen.«

Der Brookvogt ließ sich wieder auf den Stuhl sinken und schüttelte den Kopf. »Ein Jude und ein Selbstmörder. Möhring, Möhring, Möhring … Und was hat das jetzt mit Altona zu tun?«

Der Pestmeister holte tief Luft. »Herr Overdiek hat dort Kontakte. Die jüdische Gemeinde dort hat den Mann gestern abholen lassen.«

»Und wann hattet Ihr vor, jemanden über diese Vorgänge zu informieren, Meister Möhring?«, fragte der Gesetzeshüter sarkastisch.

Dieser antwortete mit einem langen Schweigen.

»Ich will mich ja nicht in städtische Angelegenheiten einmischen,«, meldete sich nun Merten zu Wort, »aber ich sehe keinen Verlierer, wenn wir die Sache einfach auf sich beruhen lassen. Andernfalls würden sich viele aufgeregte Fragen an verschiedene Adressaten richten, die am Ende nur Unbequemlichkeiten und keinen Nutzen erzeugen.«

Der Brookvogt nahm die Mütze ab und strich nachdenklich durch das schulterlange, graue Haar. »Da mögt Ihr wohl Recht haben, Herr Overdiek«, murmelte er zustimmend und dachte offensichtlich an die lästige Arbeit, die sich daraus für ihn ergeben würde. »Dennoch muss ich feststellen, dass es in Eurem Dunstkreis vermehrt zu Verfehlungen und unerfreulichen Ereignissen kommt, Pestmeister. Ich kann Euch erneut nur gut raten, dies abzustellen.«

Möhring seufzte. »Für den Überfall könnt Ihr mich nun kaum verantwortlich machen, Brookvogt«, beschwerte er sich müde.

»Stellt es einfach ab, Pestmeister«, bekräftigte der Brookvogt. »Ich wünsche noch einen schönen Tag«, verabschiedete er sich und stand auf.

»Ich bringe Euch hinaus und lass den Jungen Euer Pferd bereit machen«, sprang der Pestmeister dem Stadtbeamten zur Seite. »Maria, weißt du, wo dieser Bengel Hajo schon wieder steckt?«

Maria schüttelte den Kopf, während die beiden Mertens Kammer verließen und die Tür schlossen.

»Ich möchte nicht in Meister Möhrings Haut stecken«, meinte Merten schmunzelnd.

Maria nickte. Mit einem Blick zur Tür vergewisserte sie sich, dass sie geschlossen war, und trat zu Merten ans Bett. »Wäre es nicht besser, wir hätten dem Brookvogt von unserem Verdacht erzählt?«

»Ohne was in der Hand wird das kaum was bringen. Und dass der Überfall was mit den Vorkommnissen auf dem Hof zu tun hat, können wir nicht beweisen«, meinte der Kaufmann.

Maria setzte sich zu Merten auf die Bettkante und strich ihren Rock glatt. Nach ihrem Aufenthalt im Dornenbusch hatte sie das Kleidungsstück an vielen Stellen notdürftig flicken müssen. »Aber du glaubst es immer noch, oder?«

»So wie der Kerl sich aufgeführt hat, schon. Er hat ja nicht einmal nach Münzen gefragt und die Kleidung eines Aussätzigen wollen die meisten nicht. Dazu noch so nahe vor der Stadt zu schießen. Für mich sieht das eher so aus, als wenn jemand ihn beauftragt hat, uns aufzulauern. Und da wir beide in den letzten Monaten kaum eine Gelegenheit hatten, uns ernsthafte Feinde zu machen, klingt es wahrscheinlich, dass es etwas mit den Vorgängen hier zu tun hat.«

Die lange Ansprache brachte Merten zum Husten und er hielt sich mit verzogenem Gesicht die Seite.

»Meister Möhring sagt, dass die Wunden gut heilen. Du wirst bald wieder auf dem Damm sein.«

»Ich hab mich noch gar nicht bei dir bedankt. Ohne dich läge ich jetzt einige Ellen tief unter der Erde«, erwiderte Merten, nachdem das Stechen in seiner Seite nachgelassen hatte.

»Werd einfach wieder gesund«, meinte die Pflegerin und lächelte, woraufhin sie sich die schmerzende Wange hielt.

Kapitel 24

Mittwoch, 9. Oktober 1619

Konrad Ebinger, der ehemalige Flussschiffkapitän, lag missmutig auf der hölzernen Behandlungsliege. Die Gliedersucht[21] war ihm dieser Tage wieder besonders schmerzhaft ins Gebein gefahren und er schielte übellaunig auf seine geschwollenen Zeh- und Fußgelenke, die ihm den Spottnamen »Knotenfuß« eingebracht hatten. Doch selbst ein Knie war dieser Tage rötlich und unnatürlich dick.

Ebinger beobachtete mit Unbehagen, wie der Pestmeister die notwendigen Instrumente für die anstehende Behandlung zurechtlegte.

»Mir ist heut nicht recht wohl, Meister Möhring. Mein Gedärm windet sich noch von all den Klistieren, die Ihr mir die letzten Tage eingeflößt habt, und ich bin auch ordentlich fiebrig. Ich mag nicht recht glauben, dass ein Aderlass mir gut bekommt«, zweifelte der Kapitän. Seine sonst so selbstbewusste Reibeisenstimme klang dabei ungewohnt unsicher, wie die eines Kirchenschülers, der aufgefordert wurde einen langen Bibelvers aufzusagen.

»Die Gliedersucht hat Eure Säfte ins Ungleichgewicht gebracht. In Euch herrscht ein Überfluss an kalten Feuchtigkeiten und eine Anhäufung überflüssiger Schleimstoffe, wie uns die galenische Säftelehre lehrt. Die nasse Kälte auf dem Schiff, aber auch unbotmäßige Ausschweifungen beim Essen und Trinken und Liegen mit

---

21 Gicht.

den Weibern verursacht ein solches Ungleichgewicht«, dozierte Meister Möhring vor sich hin murmelnd. Er befand es dabei nicht für notwendig aufzuschauen und widmete sich weiter seinen Vorbereitungen.

Ebinger räusperte sich. »Ich weiß nicht recht, schon mein Vater hatte die Gliedersucht.«

»Dann habt Ihr wohl seinen Lebenswandel übernommen. Der Apfel fällt eben nur selten weit vom Stamm«, kommentierte Möhring trocken.

Der Kapitän brummte ungläubig.

»Die besten Heilmittel gegen die Gliedersucht sind eine strenge Diät, reinigende Klistiere und ausgiebige Schwitzkuren. Im Frühling dürft Ihr wieder tüchtig Rhabarber essen, das hat schon Hildegard von Bingen empfohlen. Als Frau mag ihr das Verständnis für höhere Wissenschaft nicht zugänglich sein, dennoch können ihre Ratschläge als praktisch erprobt gelten. Auch ein Gebet zum heiligen Andreas oder der heiligen Barbara kann die Genesung bei der Gliedersucht fördern. Die wichtigste Kur, um krankmachende Säfte zu entziehen, ist und bleibt jedoch der kundig durchgeführte Aderlass. Seid froh, dass der Fortschritt der Medizin so weit gediehen ist«, belehrte der Bader seinen Patienten mit erhobenem Zeigefinger.

»Nach den letzten Aderlässen war mir aber ganz schwummrig, wie bei Seegang aufm Schiff. Ich hab gehechelt wie ein Hund im Sommer und mein Herz hat geklappert wie ein Mühlrad«, meinte Ebinger wenig überzeugt.

»Das sind gute Zeichen! Euer Körper verteilt die Säfte neu, das kostet eben etwas Kraft«, antwortete Möhring launig und klopfte seinem Patienten aufmunternd auf die Schulter.

Dann schlug er ein abgegriffenes Büchlein auf und studierte die Zeichnung eines menschlichen Körpers, von dem etliche beschriftete Linien abgingen.

Bei dem Buch handelte es sich um eines der weit verbreiteten Aderlasstraktate, die seit dem Mittelalter von verschiedenen Medizinern verfasst wurden.

Die Traktate beschäftigten sich sowohl mit der praktischen Durchführung, wie der richtigen Schnittführung, als auch der Auswahl der richtigen Indikationen. Bildtafeln von Aderlassmännchen zeigten bis zu fünfundzwanzig Lassstellen, die mit spezifischen Leiden und Anwendungsbereichen verbunden waren. So wurde der Aderlass am Hals durchgeführt, um Zahnschmerzen oder Krankheiten im Mundraum zu behandeln, während der Ellenbogen geschlitzt wurde, um Schwindel oder Krämpfe zu lindern. Aber auch astrologische Aspekte wurden mittels eines Aderlasskalenders berücksichtigt. Den verschiedenen Körperregionen waren Tierkreiszeichen zugeordnet, so regierte beispielsweise der Stier Hals und Kehle, der Krebs die Brust und Zwillinge Arme und Hände. Im Grundsatz galt, dass der Aderlass an einem Körperteil zu vermeiden ist, wenn der Mond im zugehörigen Tierkreiszeichen stand.

Aufgrund der Anwendung als Allheilmittel war Möhring in der Praktik wohl geübt und hätte das Nachschlagen im Traktat nicht benötigt, aber es war fester Bestandteil seiner Vorbereitung und signalisierte seinem Patienten die wissenschaftliche Fundierung seines Vorgehens.

Unter den dennoch wenig überzeugten Blicken seines Patienten staute Möhring das Blut im Oberschenkel mittels einer Aderlassbinde und nahm die Fliete in die Hand. Die Fliete war ein gut handlanges Aderlassmesser, von dem am vorderen Ende rechtwinklig eine herzförmige Klinge abging. Der Bader stellte das aus Messing getriebene Aderlassbecken neben das Bein Ebingers und setzte die Fliete an.

Mit einem trockenen Schlag mit einem Schlegel auf die Fliete öffnete der Pestmeister die Vene und das Blut floss in einem roten Strahl in das Becken.

Der Kapitän hatte bei der Öffnung der Vene kurz aufgebrummt, sich dann jedoch in sein Schicksal ergeben und wartete die Prozedur ab.

»Meint Ihr nicht, es reicht langsam?«, argwöhnte der Kapitän nach einer Weile und seine Stimme klang ein wenig zittrig.

Der Pestmeister stimmte ihm halblaut zu, beendete den Aderlass und verband die Wunde. Wacklig stemmte sich der Schiffer in die Höhe, ließ sich jedoch schnell wieder auf die hölzerne Liege zurücksinken.

»Ich werd Euch von einem der Knechte auf Euer Zimmer bringen lassen«, sagte der Pestmeister abwesend, während er das Blut in der Schale betrachtete. Die Blutschau war ein wichtiger diagnostischer Bestandteil des Aderlasses.

Ebinger erwiderte etwas, doch Möhring war vertieft in die Untersuchung des roten Lebenssaftes in der Schale.

Ein kurzes Klopfen, gefolgt von einem prompten Öffnen der Tür, ließ beide Männer aufschrecken. Fast hätte Möhring die Schale fallen lassen und blickte verärgert zu dem Eindringling.

Der zweite Knecht Reinhold steckte unsicher seinen Kopf in den Behandlungsraum und räusperte sich sichtlich unbehaglich. »Da wünscht Euch jemand zu sprechen, Meister Möhring«, rang er sich zu einer Ansprache durch.

»Soll warten, ich habe alle Hände voll zu tun. Aber du kommst gerade recht, bring den Herrn Eberling mal in seine Kammer, er ist etwas geschwächt«, entgegnete der Pestmeister kurz angebunden.

Der Knecht sah unentschlossen zwischen dem geschwächten Flusskapitän und seinem Dienstherrn hin und her. »Es ist aber wirklich wichtig, Meister Möhring.«

Der Pestmeister verdrehte die Augen. »Himmel, wer ist es denn?«, wollte er wissen.

»Jemand aus Altona«, antwortete der Knecht zögerlich nach einiger Überlegung.

Augenblicklich verfinsterte sich die Miene Möhrings. »Doch nicht wegen dieses Weidenbaums? Die Juden haben gesagt, dass sie sich um die Sache kümmern. Sie haben ihn abgeholt und ich nehm ihn nicht wieder zurück!«

»Also die Juden sind es nicht …«, wich Reinhold lang gedehnt aus.

»Himmelherrgott nochmal, dann bring mich eben zu wem auch immer aus diesem Drecksloch Altona«, knurrte Möhring verärgert und stellte schwungvoll das

Aderlassbecken ab, sodass einige Blutstropfen auf den Tisch spritzten. »Und Ihr ruht Euch so lange aus«, ordnete er beim Rausgehen seinem Patienten an, der müde zustimmte.

Möhring nickte vor der Tür kurz angebunden den Patienten zu, die im Vorraum auf Bänken warteten.

»Heißt das, mein Einlauf entfällt?«, fragte eine blasse, alte Frau hoffnungsvoll, als der Pestmeister zügig an ihr vorüberschritt.

»Später«, winkte Möhring ab und die Frau wirkte enttäuscht.

»Wo steckt denn nun dieser Besucher?«, fragte der Pestmeister ungeduldig, als der Knecht ihn in den Hof führte und das Ausgangstor ansteuerte.

»Vor dem Gerätehaus. Es sind ein Fuhrmann und ein Fischer«, erklärte Reinhold.

Möhring blieb abrupt stehen. »Du hast mich wegen eines Fuhrmanns und einem Fischer aus meinem Behandlungszimmer geholt? Bist du von Sinnen, Kerl? Soll ich ihnen ein Fass Salzheringe abkaufen? Derlei Zeug kannst du mit der Landschoof besprechen!«

»Nein, nein, Meister. Die wollen ja nichts verkaufen«, beteuerte der Knecht und widerstand der Versuchung, seinen Dienstherrn am Ärmel weiter zu ziehen.

Widerwillig setzte Möhring seinen Weg fort. »Und was wollen sie dann?«, argwöhnte er.

»Es geht um den Hajo«, meinte Reinhold knapp.

»Hat der Bengel wieder was ausgefressen?«, fragte der Pestmeister misstrauisch.

»Na ja …«, murmelte der Knecht und war sichtlich froh, dass sie beim Gerätehaus angekommen waren und er die Antwort nicht zu Ende führen musste.

Zwei wettergegerbte Männer erwarteten die Neuankömmlinge bereits vor einem einfachen Ochsenkarren.

»Guten Tag, was kann ich also für euch tun?«, fragte Möhring ungeduldig.

Einer der beiden Männer mit einer Fuhrmannspeitsche räusperte sich. »Na ja, wie wir Euren Knecht schon gefragt haben …«, begann er und zog eine schmutzige Plane von der Ladefläche, »gehört der zu Euch?«

Möhring schob den Kopf vor und begutachtete die freigelegte Ladung. Es war eine Leiche und sie war in einem üblen Zustand. Ein fauliger Geruch ging trotz der Kühle von dem Körper aus. Er schluckte und trat mit angespannter Miene bis an den Rand des Karrens und beugte sich vor.

Die blasse Haut war unnatürlich verschrumpelt und aufgedunsen, die Gesichtszüge verzerrt. Einige üble Wunden an Gesicht und Händen machten die Leiche zusätzlich schwer kenntlich. Dennoch … Statur, Züge, die Kleidung und vor allem der blonde Haarschopf … Der Pestmeister drehte sich zu den beiden Männern um und nickte. »Was ist passiert?«, wollte er wissen.

»Wi hebben den ut de Elbe beim Fisken upholt. Mien Jung un ik, mien ik. Spietelk um de Jung. De Fisk un de Scheerkrabbs hebbt al een Mahltied hatt«, antwortete der andere Mann beklommen, bei dem es sich offensichtlich um den angekündigten Fischer handelte.

»Wir haben bei uns überall rumgefragt, ob jemand den Jungen erkennt. Ein Händler meinte, er könnt vielleicht zum Pesthof gehören. Da sind wie hierher, der Jung gehört ja christlich unter die Erde«, ergänzte der Fuhrmann. »Ist er ausgebüxt?«, fragte er noch vorsichtig nach.

Möhring hob ratlos die Schultern. »Wir haben ihn schon gesucht, aber der Hajo hat oft Flausen im Kopf. Gehabt …«, erwiderte Möhring abwesend.

Der Fuhrmann kratzte sich das bärtige Kinn. »Vielleicht ist er am Ufer ausgerutscht und die Strömung hat ihn fortgetragen. Gott bewahre, dass ihn nicht irgendein Hundsfott überfallen hat«, knurrte er.

Der Pestmeister nickte und tat einen tiefen Atemzug. »Hol den Hinrich und legt den Hajo in einen der Särge. Ich spreche mit Pastor Teutschner, dass ein Begräbnis ansteht«, entschied er müde. Dann griff er in seinen Beutel und hielt den beiden Besuchern einige Kupfermünzen hin. »Für Eure Mühe, ich danke Euch.«

Die beiden Männer zogen höflich ihre Filzmützen und ließen das Geld flugs in ihren Taschen verschwinden.

»Hopentlik is daar keen Aal binnen«, murmelte der Fischer mit einem Blick auf die Wasserleiche, während der Pestmeister sich schweren Schrittes entfernte.

Lange nachdem die beiden Altonaer ihre traurige Fracht auf dem Hof abgeliefert hatten, schritt Maria durch den

Mittelgang des Tollhauses und warf einen prüfenden Blick auf die Bettstätten. Sie beschattete den Schein ihrer Laterne mit der Hand, um die Schlafenden möglichst nicht zu wecken.

Als sie nichts Ungewöhnliches entdeckte, steuerte sie unter dem vielstimmigen Schnarchen der Bewohner wieder den Ausgang an. Ihre Füße wirkten ihr heute schwerer als sonst, der Tod Hajos lastete auf ihrem Gemüt.

Sie trat aus dem Tollhaus und verschloss die Tür. Tief sog sie die kühle Nachtluft in die Lungenflügel und streckte den Rücken nach dem harten Tag durch. Auch die Prügel des Überfalls steckten ihr noch in den Knochen.

Der Wind trug das Läuten der Kirchenglocken aus der Stadt zu ihr hinüber. Es musste Mitternacht sein, wenn sie recht gezählt hatte, und vermutlich war auf dem ganzen Hof der Schlaf eingekehrt. Ihr sollte es recht sein.

Mit ausgestreckter Laterne setzte sie ihren Rundgang fort, bis sie das Gerätehaus erreicht hatte. Sie fischte den schweren Schlüsselring aus der Tasche und öffnete das Schloss zum Gerätehaus. Kurz sah sie sich um, aber es war niemand zu sehen. Zwar gehörte es zu ihren Aufgaben, bei ihrem Rundgang nach dem Rechten zu sehen, dennoch wollte sie nicht erklären müssen, warum das um Mitternacht im Gerätehaus von Nöten war.

Quietschend öffnete sie die Tür, schlüpfte hindurch und sah sich um, bevor sie die Tür zuzog. Schnell fand sie, was sie suchte. Den Sarg.

Nach den guten Erfahrungen des Sommers war Meister Möhring eigentlich grundsätzlich dazu übergegangen, die

Toten in dem kühlen Kellergewölbe unter der Küche zu lagern. In Anbetracht des unappetitlichen Zustands seiner Leiche fand Hajo jedoch im Gerätehaus seine vorläufige Ruhestätte.

Maria stellte die Laterne auf einen dreibeinigen Schemel und atmete noch einmal tief durch. Dann hob sie den Deckel des grob gezimmerten Armensargs an und lehnte ihn vorsichtig gegen die Wand.

Traurig blickte sie auf den toten Körper, der noch so viele Lebensjahre hätte vor sich haben sollen. Doch für solche Gedanken war jetzt kein Platz. Verabschiedet hatte sie sich bereits am heutigen Nachmittag von ihm, doch für ihr jetziges Vorhaben brauchte sie Ruhe und keine neugierigen Zuschauer.

Die Pflegerin beugte sich hinunter und begann die klamme Kleidung des Jungen aufzuknöpfen. Beinahe war sie froh, dass ihre Nase von dem Schlag noch immer geschwollen war und sie den aufsteigenden Geruch nur gedämpft wahrnahm.

Sie nahm die Laterne und leuchtete suchend über die wächserne Haut. Dort, wo der Körper nicht von der Kleidung geschützt wurde, hatten einige Fische und Krebse sich offensichtlich an dem Fleisch gütlich getan, aber darüber hinaus konnte sie keine auffälligen Verletzungen feststellen. Gerade wollte sie den Toten umdrehen, da hob sie stutzend eine Braue.

Die Wasserbewohner hatten offensichtlich ein haselnussgroßes Stück der Oberlippe entfernt, was den Lippen einen grotesken Zug verlieh, doch das war es nicht, was sie stutzig machte. Sie griff vorsichtig Kinn und Stirn des Toten und öffnete behutsam seinen Mund. Zum Glück hatte die Leichenstarre bereits den Körper verlassen, dennoch schauderte sie trotz all ihrer Erfahrung als Pflegerin, als sie die aufgeschwemmte Haut berührte.

Doch ihr Blick hatte sie nicht getrügt. Ein Zahn fehlte und der Nebenstehende war hälftig abgebrochen.

Maria ließ nachdenklich von der Leiche ab. Hatte Hajo bereits zu Lebzeiten diese auffällige Lücke gehabt? Stumm schüttelte sie den Kopf. Nein, das wäre ihr aufgefallen. Die Zähne des Jungen waren stets weiß und makellos gewesen. Sicherlich konnte er diesen Verlust auch nach seinem Tod im Fluss erlitten haben. Durch eine kräftige Strömung, die ihn gegen einen Stein getrieben hatte, oder durch das Ruderblatt eines Bootes. Oder durch einen Schlag zu Lebzeiten …

Angespornt durch ihre Entdeckung, fasste sie den Leichnam erneut und drehte ihn auf den Bauch. Kein leichtes Unterfangen, selbst bei vergleichsweise leichten Menschen, wie es Hajo noch gewesen war, aber mit dem Wenden von kraft- oder leblosen Leibern hatte sie mehr Erfahrung, als es ihr lieb war.

Dennoch ging ihr Atem schwer, als sie den Körper endlich gedreht hatte. Erneut begann sie den Körper im Licht der Laterne abzuleuchten. Weitere Verletzungen an Rücken, Beinen oder Gesäß konnte sie jedoch nicht ausmachen. Zum Schluss begutachtete sie noch den Kopf des Toten und fuhr durch das stumpfe Haar. Erneut stutzte sie.

Der Hinterkopf wies eine deutlich sichtbare Wunde auf. Dass Haut und Fleisch aufgeplatzt waren, war selbst ersichtlich, nachdem das Flusswasser das Blut fortgewaschen hatte. Man musste auch kein Bader sein, um zu erkennen, dass der darunterliegende Schädel aufgebrochen war. Auch diese Verletzung konnte ohne Frage im Fluss entstanden sein, aber auch durch weniger zufällige Einwirkungen.

Eine Weile starrte sie noch gedankenversunken auf die Wunde, dann stellte sie die Laterne ab und begann den Toten wieder gebührlich herzurichten. Trotz der kühlen Nacht musste sie sich mit dem Ärmel die Schweißperlen von der Stirn wischen, nachdem sie den Deckel zurück auf den Sarg gelegt hatte. Ihre Arbeit hier war zunächst getan.

Maria verließ das Gerätehaus und sperrte gewissenhaft ab, bevor sie sich zurück auf den Weg zum Haupthaus machte. Zielstrebig überquerte sie den Innenhof und betrat einen der Krankentrakte. Ihre Schritte führten sie durch den Flur, bis sie vor einer Tür innehielt. Mit einem kurzen Blick nach links und rechts vergewisserte sie sich, dass sie keine unliebsamen Beobachter hatte, und schlüpfte durch die Tür.

Warmes Kerzenlicht empfing sie in der großzügigen Kammer und vermischte sich mit dem Schein ihrer Öllampe.

»Und?«, fragte Merten aufgeregt und setzte sich aufrecht auf seine Bettstätte. Eigentlich hatte er darauf gedrungen, bei der Untersuchung dabei zu sein. Seine Verletzungen waren jedoch noch nicht ausgeheilt und seine nächtliche Anwesenheit im Gerätehaus bei Entdeckung nur schwer erklärbar gewesen.

»Psst!«, machte Maria und legte den Zeigefinger auf die Lippen. Sie wusste um die Hellhörigkeit der Wände im

Pesthof. Behutsam schloss sie die Tür, stellte die Lampe ab und setzte sich zu Merten auf die Bettkante.

»Sicher bin ich mir nicht, aber er hat Verletzungen. Zwei Zähne fehlen und er hat einen Schlag auf den Hinterkopf bekommen«, flüsterte sie.

»Ich hab's gewusst!«, hauchte Merten tonlos und vergrub das Gesicht in den Händen.

»Das kann auch im Fluss geschehen sein oder ein Räuber hat ihn überfallen«, warf Maria ein, schien jedoch selbst wenig überzeugt von dem Gedanken.

Merten schüttelte den Kopf. »Ein Räuber? Was hätte der ihm zu holen geglaubt?«

Maria schlug wissend die Augen nieder.

»Hajo wusste von unserem Verdacht und der Junge hatte Hummeln im Hintern. Ich wette, er hat irgendwo seine Nase reingesteckt«, flüsterte der Händler. Matt rieb er sich die Nasenwurzel mit Daumen und Zeigefinger und schüttelte den Kopf. »Ich verdammt leichtsinniger Esel. Ich hätte ihn nie in die Sache reinziehen dürfen. Ihm nichts erzählen dürfen. Sein Tod geht auf meine Kappe!«

»Das konntest du nicht wissen. Es ist ja überhaupt nur eine Vermutung, dass sein Tod etwas mit dem der anderen zu tun hat, und wenn, ist es nicht deine Schuld, sondern die des Mörders«, widersprach ihm die Pflegerin sanft.

Sie legte ihre Hand sacht auf die Bettdecke, unter der sich die des Kaufmanns befand. Kurz zuckte er zusammen. Derlei Berührungen war er nicht mehr gewohnt. Wenn überhaupt wurde er nur von Meister Möhrings zur

Sicherheit behandschuhten Fingern betastet. Er genoss die Wärme, die durch die Decke hindurch zu ihm drang.

»Wir sollten das nicht für uns behalten«, meinte Maria, ohne ihre Hand fortzuziehen.

»Du hast Recht, wir sollten deine Entdeckung mit Möhring teilen, vielleicht auch mit dem Brookvogt. Auch wenn ich nicht glaube, dass wir damit viel erreichen«, stimmte Merten zu. »Und sowie ich wieder auf den Beinen bin, geht's den Mistkerlen an den Kragen. Ich krieg raus, wer dahintersteckt, und wenn ich den ganzen Hof umgraben und jeden Siechen auf den Kopf stellen muss!«

»Wir«, korrigierte Maria.

Zu Mertens Bedauern zog sie die Hand von der Decke und griff wieder zur Laterne. »Ich muss meine Runde weiter machen. Dem Ebinger geht's nicht gut und die alte Agnes hustet schon die halbe Nacht, ich muss mal nach ihnen sehen«, seufzte die Pflegerin.

»Pass auf dich auf, der Hof ist gefährlich«, riet Merten besorgt.

Die Pflegerin rang sich zu einem schiefen Lächeln durch und zwinkerte ihm zu. »Nur einer von uns beiden ist gerade so langsam wie eine vollgefressene Schnecke auf einem Salatblatt und ich bin es nicht. Pass du auf dich auf.«

Kapitel 25

Montag, 21. Oktober 1619

Merten blickte in den kühlen, aber erfreulich hellblauen Oktoberhimmel und sog tief die frische Herbstluft ein. Die kühle Witterung vertrieb sogar ein wenig den üblen Geruch des Wassergrabens um den Hof.

Gemächlichen Schrittes setzte er seinen Weg durch den Vorgarten des Pesthofs fort und stützte sich dabei auf den Gehstock, der sein verheilendes Bein entlastete. Auch wenn Meister Möhring mit der Heilung der Wunden zufrieden war, hatte es den Kaufmann doch länger ans Bett gefesselt, als er erwartet hatte und es ihm lieb war.

Lediglich zu Hajos Beerdigung hatte er sich vor ein paar Tagen vorzeitig aus dem Bett gestohlen, um dem Jungen die letzte Ehre zu erweisen.

Er hoffte, dass das nicht das Einzige war, was er für den toten Burschen noch tun konnte. Denn seine Mörder, zumindest war Merten davon überzeugt, dass es Mord war, liefen noch immer frei herum. Das Gespräch mit dem Pestmeister war, wie nicht anders erwartet, ohne große Ergebnisse geblieben. Maria hatte Meister Möhring von den auffälligen Wunden berichtet, die sie »zufällig« beim letzten Abschied und Herrichten der Leiche entdeckt hatte.

Der Bader hatte die Leiche dann auch selbst untersucht und war zu dem Ergebnis gekommen, dass die Wunden zwar von einem Kampf herrühren konnten, doch genauso gut und eher viel wahrscheinlicher durch einen Sturz oder erst im Elbstrom entstanden waren. Nichtsdestotrotz hatte er den Brookvogt informiert und dieser hatte gar den Stadtphysikus zur Begutachtung der Leiche entsandt. Doktor Sandtmann war jedoch zu demselben Ergebnis gekommen. Einzige Folge war, dass zur Vorsicht die Bürgerwehr nun verstärkt im Grenzgebiet zwischen Hamburg und Altona patrouillierte. Nach Mertens Einschätzung würde das jedoch wenig zur Aufklärung von Hajos Tod beitragen.

Nach einem langen Atemzug ging Merten weiter seines Wegs und steuerte zwei lange Bänke an. Im Sonnenschein unterhielten sich Balthasar und Conrad Fadenrecht, der Vorleser des Hofes, während die unheimlich anmutende Irmgard die beiden stumm anstarrte. Nach der Erde an ihren Händen und den Gräsern an ihrer Kleidung machten die beiden Kranken gerade Pause von der Gartenarbeit.

»Einen guten Tag, wünsche ich euch. Dürfte ich mich wohl eine Weile zu euch gesellen?«, fragte Merten und klopfte erklärend gegen sein verletztes Bein.

»Natürlich, Herr Overdiek«, lud Fadenrecht ein und rutschte beiseite. Ob aus Höflichkeit oder aus Vorsicht gegenüber dem Kranken, war schwer zu erkennen.

»S… Setz dich d… doch, Merten«, ertönte zeitgleich Balthasars höfliche, aber stockende Stimme.

Mit einem leichten Seufzen ließ sich Merten nieder und streckte das Bein aus.

Fadenrecht schüttelte den Kopf. »Das ist wirklich eine Schande, so ein Überfall direkt vor den Toren Hamburgs. Da kann nur dieses Gezücht aus Altona dahinterstecken.

Aber ich habe gehört, dass Sie es diesem Mordbuben anständig gezeigt haben.«

Merten lächelte schief. »Eigentlich war das eher Schwester Maria«, stellte er richtig.

Fadenrecht hob ungläubig eine Braue.

»G… ge…«, begann Balthasar, brach ab und holte tief Luft. »Besser?«, fragte er einfach und deutete auf Mertens Bein.

Der Kaufmann nickte. »Ja, noch ein paar Tage und ich bin wieder der Alte. Ich wünschte, das könnte man auch über Hajo sagen.«

Eine Weile herrschte betretenes Schweigen.

»Wi… wirklich ein J… Jammer um den Burschen«, stimmte Balthasar ein und wischte sich abwesend die Erde von den Händen.

Auch Fadenrecht nickte zustimmend. »Für jedes Ereignis unter dem Himmelszelt hat Gott eine Zeit vorgesehen. So hat Geborenwerden seine Stunde und auch das Sterben und das Weinen und das Lachen«, zitierte er aus der Sprüchesammlung des Königs Salomo und klopfte dabei leicht auf ein ledergebundenes Buch, das in seinem Schoß lag.

»Ich bin mir nicht sicher, ob Gottes Uhr in diesem Fall nicht etwas arg vorging«, kommentierte Merten mit einem bissigen Unterton.

Der Vorleser räusperte sich unbehaglich. »Ich verstehe ja Euren Unbill, wenn ein so junges Leben von uns geht. Dennoch sollten wir nicht an Gottes Entscheidungen zweifeln«, rügte er mild. »Hajo war ein umtriebiger Bursche, er wird am Ufer ausgeglitten sein.«

»Oder jemand hat nachgeholfen«, warf Merten beiläufig ein.

»Ein Mordbube, meint Ihr?«, fragte Fadenrecht ungläubig.

»D… der Bursche ha… hat doch nichts, au… außer seinen Hosen und ei… ei… einem Strohsack«, zweifelte auch Balthasar.

Merten stutzte und sah Balthasar an. Nachdenklich massierte er sich dann den Kinnbart. »Da solltest du eigentlich Recht haben«, murmelte er. »Wie dem auch sei, ich sollte mich besser wieder ausruhen«, verabschiedete er sich.

»Ein merkwürdiger Mann. Etwas unheimlich …«, flüsterte Irmgard mit einer Stimme wie knarrende Holzbalken.

Merten steuerte indes schon den Innenhof des Pesthofs an und schlenderte möglichst unbeteiligt in den Trakt der Bediensteten. Kurz kniff er die Augen zusammen, bis er im Dämmerlicht des Flures wieder halbwegs etwas erkennen konnte.

Seine Schritte führten ihn die Treppe hinauf, bis er vor Hajos winziger Kammer stand.

Soweit er wusste, hatte Möhring noch keinen neuen Burschen eingestellt und auch die Landschoof hatte sich bereits lautstark über mangelnde Unterstützung beschwert. Die Kammer sollte also noch leer sein.

Balthasars Hinweis auf Hajos spärliche Habe hatte Merten daran erinnert, dass weder Maria noch er bisher einen Blick in Hajos Kammer geworfen hatten. Seine Hoffnung war zwar nicht groß, aber es konnte nicht schaden, einmal einen Blick hineinzuwerfen. Vielleicht fand sich ja doch etwas Auffälliges.

Die Kammer ließ sich nur mit einem einfachen Riegel von innen verschließen, so konnte er ungehindert in den kleinen Raum gelangen. Drinnen lehnte er die Tür an und öffnete eine Fensterlade, um zumindest ein wenig Licht in die dunkle Kammer zu lassen.

Mehr als die Hälfte der Fläche wurde von zwei großen Strohsäcken eingenommen, auf denen Hajo geschlafen hatte. Eine grob gezimmerte Holzkiste war ansonsten das einzige Möbelstück.

Die Kiste untersuchte er als Erstes, wurde jedoch von einer gähnenden Leere enttäuscht. Auch unter der Kiste befand sich nur der staubige Dielenboden.

Dann vielleicht die Strohsäcke. Merten hob die gewichtigen Säcke an, wendete sie und tastete sie sorgfältig ab. Nichts. Auch keine auffällig verschlossene Naht.

Der Kaufmann verschränkte die Arme hinter dem Rücken und suchte mit seinen Augen die Kammer ab. Viele Möglichkeiten, etwas zu verstecken, gab es hier nicht.

Vielleicht ein loses Dielenbrett?

Merten seufzte und blickte auf sein heilendes Bein hinunter. Dann zuckte er die Schultern und kniete sich ächzend auf den Holzboden. Meister Möhring hatte ihm schließlich geraten, vorsichtig wieder mit Bewegung anzufangen, da wollte er dem Rat seines Baders auch folgen. Nach und nach tastete und wackelte Merten an den Bodenbrettern und besah sich die Spalten in dem Holz, während er auf Knien weiterrutschte. Doch alles, was er fand, gehörte eigentlich in einen Kehrichteimer oder krabbelte bei der unerwünschten Störung schleunigst davon.

Ein Knarren hinter sich ließ ihn aufschrecken. Merten blickte auf die unverkennbare Silhouette von Anna Maienkranz. Die Magd stand mit einer zusammengelegten Decke unter einem Arm in der Türöffnung und stieß einen überraschten Schreckenslaut aus, als sie des unerwarteten Vierbeiners auf dem Boden vor sich gewahr wurde.

»Gute Güte, Herr Overdiek, haben Sie mich erschreckt!«, keuchte sie und griff sich mit der freien Hand an den wogenden rechten Busen. »Gute Güte, mein Herz«, wiederholte sie.

»Entschuldige, Anna«, entgegnete Merten schuldbewusst und stemmte sich ächzend in die Höhe.

»Aber was machen Sie denn hier auf dem Boden?«, fragte die Magd irritiert.

Merten klopfte sich den Staub von den Hosenbeinen und ärgerte sich insgeheim, dass er sich für diesen Fall nicht vorher eine Ausrede parat gelegt hatte. »Der arme Bursche hat etwas für mich verwahrt. Ich dachte, vielleicht ist es noch hier.«

»Was war es denn?«, fragte die Magd zögerlich. Sie wirkte wenig überzeugt.

Merten winkte lapidar ab. »Nicht so wichtig«, sagte er in möglichst beiläufigem Ton. Gerade wollte er sich aufmachen die Kammer zu verlassen, da zögerte er.

Eine zarte Röte überzog Annas rosige Wangen. Sie machte nicht nur einen überraschten, sondern angespannten Eindruck. Merten war ein erfahrener Verhandler und hatte ein gutes Auge dafür, wenn sein Gegenüber etwas zu verbergen hatte. In diesem Fall würde wohl auch ein weniger gutes Auge reichen.

»Hast du vielleicht etwas gefunden, Anna?«, fragte er und blickte sie durchdringend an.

»Ich … weiß nicht, Herr Overdiek«, antwortete die Magd unsicher.

Merten kniff die Augen zusammen und trat dicht an sie heran. »Du weißt nicht?«, hakte er lauernd nach.

Die Röte auf Annas Wangen wurde sichtlich dunkler. »Bitte machen Sie mir keine Schwierigkeiten, Herr Overdiek«, bettelte sie.

»Mach ich nicht«, versprach Merten. »Sag mir einfach, was du gefunden hast.«

Anna räusperte sich verlegen. »Also Meister Möhring hat mir aufgetragen, dass ich die Kammer zurechtmache, da ja der neue Bursche die Tage kommt. Da hab ich was unter den Strohsäcken gefunden. Ich wollt es ja nicht behalten, ich kam nur noch nicht dazu, es abzugeben«, erklärte sie und kaute nervös auf ihrem Zeigefinger.

»Sicher. Und was war das?«, fragte Merten ruhig.

»Ein Schlüsselbund«, erklärte sie und lächelte schief.

»Und wo hast du ihn jetzt?«

Anna griff hastig in ihre Rockschürze und angelte ein Bund mit vier unterschiedlich großen Schlüsseln hervor. »Ich wollte sie ganz bestimmt nicht behalten.«

»Natürlich nicht. Danke, dass du sie für mich aufbewahrt hast«, meinte Merten schmunzelnd und griff sich selbstbewusst die Schlüssel.

Ihr Blick verriet, dass sie nicht wirklich glauben mochte, dass der Bund dem Kaufmann gehörte. Aber sie hielt es wohl auch für besser, das nicht zur Sprache zu bringen. »Werden Sie Meister Möhring davon erzählen?«, fragte sie stattdessen mit mühsam unterdrückter Sorge.

»Dass du freundlicherweise mein Eigentum in Sicherheit gebracht und verwahrt hast? Warum sollte ich? Ich denke, das Beste ist, wir verlieren einfach beide kein Wort mehr darüber. Zu niemandem. Was meinst du?«

Anna nickte heftig. »Das ist sicherlich das Beste, Herr Overdiek«, bekräftigte sie und legte die mitgebrachte Decke auf das Strohlager.

Gerade wollte sie erleichtert die Kammer verlassen, da hielt Merten sie doch noch ein weiteres Mal auf. »Sag mal, Anna, du hast nicht zufällig ausprobiert, wo die Schlüssel passen? Natürlich nur, um den rechtmäßigen Besitzer zu ermitteln.«

Annas Zunge fuhr nervös über ihre Lippen, während der Kaufmann sie aufmunternd anlächelte.

»Also der große passt vielleicht zur Küche«, entgegnete sie vorsichtig.

»Na, das ist ja ein merkwürdiger Zufall«, meinte Merten schmunzelnd. »Dann wünsche ich dir noch einen schönen Tag«, verabschiedete er sich und trat aus der Kammer.

Nachdenklich ging Merten auf den Innenhof hinaus. Wenn es für ihn noch eines Beweises bedurft hatte, dass an der Sache mit Hajo etwas faul war, dann war dieser für ihn jetzt erbracht. Irgendwas hatte der Junge herausgefunden und das hatte ihn ins Grab gebracht, da war er sich sicher.

Das Beste war, er sprach mit Maria über die Sache. Wenn sie erneut Nachtdienst hatte, könnten sie die Schlüssel mit ihrem Bund vergleichen. Das war einfacher und unauffälliger, als alle Schlösser auf dem Hof durchzuprobieren.

Nachdenklich schritt er durch den Garten und steuerte das Tollhaus an. Er hatte abgesprochen dort wieder behilflich zu sein, wenn er wieder halbwegs auf den Beinen war. Bevor er das Gebäude erreichte, fiel sein Blick zu seiner Linken auf das Gerätehaus. Merten hielt an und grübelte. Das Gerätehaus war ihm jetzt schon mehrmals aufgefallen. Nicht zuletzt durch Schoppmanns tödlichen Unfall mit Zeus. Die Tür stand halb offen, vielleicht sollte er zumindest dieses Schloss einmal ausprobieren, bevor er ins Tollhaus ging.

Doch als er die Tür erreichte, bemerkte er zu seinem Verdruss, dass das Gerätehaus nicht leer war. Reinhold und Hinrich waren in der Werkstatt damit beschäftigt, den flachen Wagen für den Krankentransport auszubessern.

»Können wir Ihnen helfen?«, fragte der Hausmeister, als er Mertens Ankunft bemerkte. Seine Stimme klang deutlich weniger freundlich, als es seine Worte waren.

Merten überlegte kurz. »Mein Bett wackelt, vielleicht könnte ich von euch etwas zum Unterlegen bekommen. Ein Stück Holz vielleicht?«, fragte Merten und sah sich dabei neugierig im Gerätehaus um.

Der Knecht Reinhold blickte ungläubig zwischen Merten und dem Hausmeister umher. Hinrich kniff die Augen zusammen, bückte sich aber und nahm aus einer Ecke einige flache Holzstücke hoch.

»Sollte reichen«, kommentierte er und reichte sie dem Kaufmann.

»Das ist sehr nett«, bedankte sich Merten abwesend und blickte sich weiter um.

»Sonst noch was? Meister Möhring möchte nicht, dass sich die Kranken hier aufhalten. Erst recht nicht nach dem Unfall«, brummte der Hausmeister ungeduldig.

»Ja, der Unfall«, sinnierte Merten. »Der arme Schoppmann. Das Haus hier scheint kein Glück zu bringen.«

»Unfälle passieren, wenn man nicht aufpasst«, meinte Hinrich schulterzuckend. Wie zur Bestätigung wieherte das Pferd nebenan und tänzelte gar unruhig in seiner Box.

Merten nickte. »Wohl wahr. Man sollte stets auf der Hut sein«, meinte er und blickte über die schweren Werkzeuge an der Wand.

»Wenn sonst nichts mehr ist … Wir haben noch einiges zu schaffen«, entgegnete der Hausmeister kühl.

»Habt ihr eigentlich was vom Hajo mitbekommen, bevor er verschwunden ist?«, fragte Merten stur, statt zu gehen.

Der Hausmeister schüttelte den Kopf. »Was soll ich schon von dem Burschen mitbekommen haben?«, antwortete er mittlerweile gereizt.

»Nun ja, irgendjemand muss ihn doch gesehen haben, wenn er den Hof verlassen hat, und er ist euch hier doch öfters zur Hand gegangen. Da dachte ich, ihr könnt euch daran erinnern, wann das zuletzt war«, präzisierte der Kaufmann. »Du vielleicht, Reinhold?«, wandte er sich an den jüngeren Knecht.

»Wir haben Besseres zu tun, als den ganzen Tag auf den Burschen zu achten«, warf Hinrich anstelle des Knechts ein. »Und der Möhring bezahlt uns nicht fürs Rumstehen, Herr Overdiek.«

Merten nickte freundlich und verabschiedete sich, nachdem er die beiden noch einmal gemustert hatte. Selbstzufrieden verließ er das Gerätehaus. Irgendwas wussten die beiden, oder zumindest der Hausmeister. Was auch immer es war. Vielleicht wurden sie ja unruhig und machten einen Fehler, wenn er sie etwas verunsicherte. Man würde sehen.

Es dämmerte bereits und Merten warf die Holzstücke in eine Hecke und ging hinüber zum Tollhaus.

Kaum eingetreten, umfing ihn die übliche unruhige Geräuschkulisse der Essensausgabe.

»Guten Abend, Theresa, ersetzt du hier jetzt den Weidenbaum?«, fragte er die gebrechliche Kranke, die gerade damit beschäftigt war, Eintopf auszuteilen.

Gerade wollte die gutmütige Frau zu einer Antwort ansetzen, da schob sich Schwester Agatha zwischen die beiden. »Sind Sie nicht ein wenig spät, Herr Overdiek? Für Spaziergänge mit den Tollen ist es bereits zu dunkel und wie Sie wissen, ist Ihre Mithilfe bei der Essensausgabe nicht zulässig. Auch wenn ich es natürlich begrüße, dass Sie wieder auf den Beinen sind.«

»Ich dachte, ich könnte vielleicht dem einen oder der anderen etwas Gesellschaft leisten oder anderweitig zur Hand gehen. So wie es mit Meister Möhring ursprünglich besprochen war«, entgegnete Merten ruhig.

Schwester Agatha verzog das Gesicht. »Nun denn, aber versuchen Sie möglichst nicht im Weg zu stehen.«

»Nichts liegt mir ferner«, versicherte Merten und schlenderte den Gang zwischen den beiden Bettenreihen hindurch.

Tatsächlich hatte die Spende Früchte getragen, stellte er zufrieden fest. Er sah einige neue Laken, Decken und Nachtgewänder und anderes Zeug war geflickt und gereinigt worden. Ein Barbier hatte gar Bärte und Haare wieder in Ordnung gebracht, auch wenn dieser Erfolg vermutlich nicht ewig halten würden.

»Ohh, der feine Herr Merten is zurück und doch nich totgeschossen«, sprach ihn Ottilia von der Seite an und klatschte freudig in die Hände.

»Audaces fortuna adiuvat[22]«, begrüßte auch Caesar ihn und hob die Hand zum Gruß.

»Schönen Abend euch beiden. Gehen wir morgen wieder raus?«, grüßte Merten zurück.

Beide nickten eifrig.

Zuletzt ging Merten noch zu den Tollkisten und beugte sich zu der vergitterten Luke.

»Michelangelo?«, flüsterte Merten halblaut in die dunkle Kiste und blickte sich vorsichtshalber nach hinten um. Er wusste, dass es Schwester Agatha missfiel, wenn man sich ohne Grund zu nahe an den Kisten aufhielt. Doch die beiden Frauen waren weiterhin mit der Essensausgabe beschäftigt.

»Michelangelo? Ich habe neue Kreide kommen lassen. Ich bringe sie dir, wenn ich die nächsten Tage ungestört bin.«

Merten lauschte, vernahm jedoch keine Reaktion. Nachdenklich legte er die Stirn in Falten.

»Herr Overdiek, kommen Sie von der Luke weg, Sie wissen, dass das gefährlich ist. Das hab ich schon dem Hajo gesagt und Sie sollten es wirklich besser wissen«, schwallte die verärgerte Stimme Schwester Agathas zu ihm herüber.

»Herr Overdiek!«, wiederholte sie ärgerlich, als er nicht reagierte, und stapfte zu ihm herüber.

---

22 Den Tapferen hilft das Glück.

»Herr Overdiek, wenn …«, begann sie erneut, doch Merten unterbrach sie mit erhobener Hand.

»Hören Sie etwas, Schwester?«, fragte er nachdenklich.

Schwester Agatha hielt tatsächlich inne und lauschte. »Ich höre nichts«, sagte sie ungehalten.

Merten nickte. »Eben! Kein Kratzen aus Michelangelos Kiste.«

»Der Mann wird eben auch mal schlafen«, entgegnete die oberste Pflegerin lapidar.

»Michelangelo?«, rief Merten in die vergitterte Luke, erhielt jedoch keine Antwort.

Nachdenklich ging Merten in die Knie und zog den angeketteten Blechnapf aus der unteren Luke hervor. Das Essen schien nicht angerührt zu sein.

»Theresa, weißt du, ob Michelangelo heute Morgen gegessen hat?«, wandte sich Merten angespannt an die gebrechliche Helferin.

»Hat er nicht, gestern Abend zuletzt«, antwortete sie und wischte einem Kranken die Essensreste vom Gesicht.

Merten schluckte. »Machen Sie bitte die Tür auf, Schwester, ich sehe nach ihm.«

Die Pflegerin stieß einen eindeutigen Laut des Widerspruchs aus. »Sicher nicht ohne Anweisung und die notwendigen Sicherheitsvorkehrungen und Meister Möhring ist gerade nicht im Hof.«

Merten zwang sich zur Ruhe. »Schwester, wenn der Mann verletzt ist, drängt die Zeit. Er ist doch noch angekettet in der Kiste.«

»Und das hat auch seinen Grund!«, giftete die Pflegerin und hielt Merten ihren abgebissenen Fingerstumpf entgegen.

Merten holte tief Luft. »Machen Sie jetzt einfach die Tür auf, Schwester Agatha«, forderte er.

»Pah, Sie haben hier sicherlich nichts anzuordnen, Herr Overdiek. Wir werden den Fall morgen mit Meister Möhring besprechen«, patzte die Pflegerin und reckte angriffslustig das Kinn.

Neugierig verfolgten die umliegenden Kranken von ihren Bettstellen den ungewöhnlichen Disput. Üblicherweise widersprach niemand der resoluten Pflegerin.

Merten starrte die Frau eine Weile funkelnd an, dann entspannten sich seine Gesichtszüge und er nickte. »Sie haben natürlich Recht. Ich habe in dieser Angelegenheit keine Weisungsbefugnis und die Entscheidung liegt ausschließlich bei Ihnen.«

Kurz sah ihn die Pflegerin irritiert an, dann nickte auch sie. »Ich begrüße es, dass Sie zur Vernunft gekommen sind.«

Gerade wollte die Pflegerin sich abwenden, da beugte sich Merten zu ihr hinüber. »Allerdings werde ich Meister Möhring unter diesen Umständen morgen ein Angebot machen. Da ich hier für mein Vermögen ohnehin nur eingeschränkte Verwendung habe, gibt es keinen Grund, nicht einen Großteil als barmherzige Spende an den Pesthof zu geben«, flüsterte er seiner Gegenüber zu.

»Das wird Meister Möhring sicherlich freuen, aber was hat das hiermit zu tun?«, unterbrach die Pflegerin ihn unwirsch.

»Dass die einzige Bedingung, die ich daran knüpfen werde, Ihre Entlassung sein wird!«

Schwester Agatha stierte Merten starr an. »Darauf wird sich der Pestmeister nicht einlassen«, behauptete sie.

Merten lächelte. »Wenn Sie wünschen, lassen wir es darauf ankommen. Aber ich denke, Sie unterschätzen sowohl Ihre Ersetzbarkeit als auch den Anblick von Silber.«

Zornig pressten sich die Zähne der Frau aufeinander, sodass die Kieferknochen hell auf den Wangen hervorstanden.

»Gehen Sie aus dem Weg!«, zischte sie mit dem Ton kalten Wassers, das auf den Ofen spritzte. Unwirsch zog sie den Schlüsselbund aus der Schürzentasche und machte sich am Vorhängeschloss der niedrigen Tür zu schaffen. »Bitte«, sagte sie sarkastisch und öffnete die Tür.

Merten nahm eine Laterne vom Haken und beugte sich in die Türöffnung.

»Gute Güte, Sie wollen da doch nicht hineingehen?«, keuchte die Pflegerin überrascht.

Doch der Kaufmann war bereits auf dem Weg in die Kiste. Er stellte die Lampe kurz hinter dem Durchgang ab und kroch vorsichtig auf allen vieren durch die niedrige Öffnung.

Auf dem Boden fand er reglos die zusammengekrümmte Gestalt Michelangelos liegen. In den stickigen Übelgeruch der Kiste hatte sich ein säuerlicher Ton gemischt und eine klebrige Lache hatte sich um das Gesicht des sonderlichen Malers gebildet. Hastig bewegte sich Merten zu dem Mann hin und schüttelte ihn an der Schulter, erntete jedoch keine Reaktion.

Die Lache sah eher nach Erbrochenem denn nach Blut aus und auch sonst konnte Merten auf den ersten Blick keine Verletzungen erkennen.

Merten biss verbittert die Lippen zusammen und zerrte den schlaffen Leib unter aller Anstrengung aus der Kiste hervor, soweit es die eiserne Kette eben zuließ.

Schwer atmend kniete er sich neben den Körper und besah sich den Mann.

»Ist er tot?«, fragte Schwester Agatha geschäftsmäßig.

»Ich glaube, er atmet noch«, entgegnete Merten zögerlich.

Schwester Agatha räusperte sich, kniete sich ebenfalls hin und beugte sich sichtlich vorsichtig hinunter. »Ja, er atmet noch, aber schwach.«

»Was können wir tun?«, fragte der Kaufmann.

Die Schwester seufzte, stand auf und holte einen Tonkrug und einen Lappen. »Sollte der Mann uns angreifen, mache ich Sie dafür verantwortlich«, knurrte sie leise. Dann wischte sie Michelangelo mit viel Wasser das Gesicht und goss ihm gar einen ordentlichen Schwall über den Kopf. Doch der Ohnmächtige reagierte darauf genauso wenig wie auf die kräftigen Ohrfeigen, die die Pflegerin ihm gab. Unschlüssig schaute sie auf den Körper. »Meister Möhring ist erst morgen wieder im Haus, es ist das Beste, wir verbringen ihn bis dahin wieder in seine Kiste.«

Merten sah sie entgeistert an. »Sie wollen nichts tun und ihn einfach wieder einsperren?«

Die Pflegerin verschränkte die Arme vor der Brust. »Vielleicht ist das für jemanden schwer zu verstehen, der silberne Löffel sein Eigen nennt, aber das hier ist der Pesthof. Die Menschen kommen zum Sterben hierher. Der Mann lebt schon viel länger in dieser Kiste, als die meisten es schaffen. Ich denke, Gott wird ihn bald zu sich rufen. Außerdem sind Sie wohl kein Bader oder Physikus und ich bin es auch nicht. Oder hätten Sie einen Vorschlag, wie dem Mann geholfen werden könnte?«

Merten dachte verzweifelt nach, musste jedoch den Kopf schütteln.

»Gut, dann würde ich vorschlagen, dass Sie ihn wieder in die Kiste bringen. Denn zweifelsohne ist der Mann gefährlich«, bekräftigte die Pflegerin ihre Einschätzung.

Merten presste die Lippen aufeinander. Die Vorstellung, den leblosen Mann wieder in die Kiste zu schleifen, war ihm zutiefst zuwider. Dennoch entbehrten die Worte der Pflegerin nicht einer nüchternen Logik. Was konnten sie für den Mann wirklich tun? Und für einen Irren in einer Tollkiste würde kein Physikus sich in der Dunkelheit aufmachen die Stadtmauern zu verlassen.

»Lassen Sie mich wenigsten die Kiste auswischen und eine Decke unterlegen«, schlug Merten müde vor.

»Wenn Sie das glücklich macht«, meinte die Pflegerin und deutete auf einen Eimer und eine Bürste. Die Vorstellung, dem Kaufmann die Putzarbeit zu übertragen, gefiel ihr offensichtlich.

Merten schnappte sich die Reinigungsutensilien und begann die menschlichen Hinterlassenschaften in der Tollkiste zu entfernen.

Unwillkürlich glitten seine Augen über die furchteinflößenden Zeichnungen und Kratzbilder des Gefängnisses.

»Vielleicht wäre es sogar besser für dich, wenn du nicht wieder aufwachst, dann hast du endlich Ruhe«, murmelte er und schauderte. Eine Zeichnung ließ Merten jedoch stutzen. Es war unverkennbar Michelangelo selbst. Mit geschlossenen Augen und gefalteten Händen, tot offensichtlich. Merten lief ein Schauder über den Rücken, hatte der Mann gewusst, dass ihn der Tod ereilen würde? Und hatte er dann noch die Kraft gehabt, dieses Bild zu fertigen? Unwahrscheinlich, wenn er sich den momentanen Zustand des Mannes ins Bewusstsein rief. Und falls er geahnt hat, dass jemand nachhelfen würde? Merten schaute auf den Boden und dachte über den Fleck aus Erbrochenem nach, den der Mann offensichtlich im Liegen hinterlassen hatte. Hatte man den irren Künstler vergiftet? Aber warum sollte jemand das tun?

Wer auch immer Merten damals niedergeschlagen und zu Gerd in die Kiste gesperrt hatte, hatte gewusst, dass er mit Michelangelo gesprochen hatte, beantwortete Merten sich selbst die Frage.

»Sind Sie da drin noch wohlauf?«, drang die Stimme Schwester Agathas durch die Türöffnung zu ihm durch.

Merten bejahte abwesend und verließ die Kiste.

»Sagen Sie, Schwester, Sie sagten, Hajo hat sich mit Michelangelo unterhalten?«, fragte Merten, kaum dass er wieder stand.

»Unterhalten kann man das bei dem wirren Geist ja wohl kaum nennen«, meinte die Pflegerin und deutete auf den Ohnmächtigen zu ihren Füßen. »Aber ja, ich musste den Burschen zweimal von der Luke verscheuchen. Weiß der Himmel, was er da wollte.«

»Ja, weiß der Himmel …«, murmelte Merten.

Gemeinsam hievten sie den Leblosen auf eine Decke und zogen ihn zurück in den Holzverschlag. Schweren Herzen sah Merten zu, wie die Pflegerin die Tür wieder verschloss. Ohne ein weiteres Wort widmete sie sich dann erneut der Versorgung der anderen Bewohner des Tollhauses.

Merten wandte sich an Ottilia und Caesar. »Ist euch etwas aufgefallen an Michelangelo seit gestern? Hat er was gesagt oder hat jemand mit ihm gesprochen?«, wollte er wissen.

»Nichts gehört, Herr Merten«, verneinte Ottilia.

Caesar sah ihn lange an. Dann murmelte er ein »Cum tacent clamant[23]«, und legte sich nieder.

»Caesar?«, hakte Merten nach.

Doch der Schlaf hatte sich bereits über den Mann gelegt.

---

23 Indem sie schweigen, reden sie.

Kapitel 26

Dienstag, 22. Oktober 1619

Maria schloss die Tür zum Flur und ging leisen Schrittes zu Merten ans Bett. Der Kaufmann trug bereits sein Nachtgewand unter dem Hausmantel und gähnte herzhaft.

»Ich konnte leider nicht früher«, erklärte die Pflegerin.

Merten winkte ab und setzte sich ebenfalls auf, während Maria sich auf die Bettkante niederließ.

»Wie geht es Michelangelo?«, frage Merten.

Maria seufzte. »Unverändert, er wacht nicht auf. Meister Möhring hat ihn untersucht, aber nur Schwäche und ein schweres Ungleichgewicht der Säfte festgestellt. Zumindest hat Meister Möhring angeordnet, dass er zweimal täglich untersucht wird, aber ich glaube nicht, dass er es schafft.«

Merten nickte. »Meinst du, es könnte Gift gewesen sein?«

Maria zuckte die Schultern. »Da kenne ich mich zu wenig aus, aber vielleicht möglicherweise. Auf der anderen Seite ist Michelangelo schon älter und bereits lange in dieser Kiste. Die meisten gehen schneller darin zugrunde.«

Merten schauderte. »Kann ich mir leider nur zu gut vorstellen, nachdem ich selber in einer gesteckt habe.«

»Warum glaubst du, dass Michelangelo vergiftet wurde?«, fragte die Pflegerin.

»Wer auch immer mich damals niedergeschlagen hat, hat mitbekommen, dass ich mit ihm gesprochen habe, und war sich vermutlich auch im Klaren, dass es was mit der Brid Eisner zu tun hat. Und vor seinem Tod hat noch Hajo mit ihm gesprochen. Das wird sicherlich auch kein Zufall gewesen sein. Es würde mich nicht verwundern, wenn jemand das Risiko Michelangelo beseitigen wollte. Aber es kann auch einfach ein trauriger Zufall sein.«

Maria stimmte ihm zu. Dann zog sie leise klimpernd das große Schlüsselbund aus der Tasche, das sie für die nächtlichen Rundgänge verwendete. »Wollen wir?«, fragte sie augenzwinkernd.

Merten lächelte und holte das Schlüsselbund aus der Tasche, dass Anna in Hajos Bettstätte gefunden hatte. Dann drehte er die Öllampe auf seinem Nachttisch eine Kleinigkeit höher und das warme gelbe Licht ergoss sich etwas heller in den Raum.

»Also den hier hat Anna vermutlich schon ausprobiert und er soll zur Küche gehören«, erklärte Merten und hielt den größten der Schlüssel hoch.

Maria ging ihren Bund durch und hielt einen ähnlich großen Schlüssel daneben. Beide schauten angestrengt auf die zackigen Bärte. »Sehen wirklich absolut gleich aus, wird der Küchenschlüssel sein«, urteilte die Pflegerin.

»Mit dem nachgemachten Schlüssel vom Hinrichs kann ich bald einen Küchenschlüsselladen eröffnen«, unkte Merten.

Maria kicherte. »Du hast mir gar nicht erzählt, wie du an den Schlüssel von der Anna gekommen bist. Nur, dass sie ihn in Hajos Bett gefunden hat.«

Merten winkte ab. »Glücklicher Zufall. Ich hatte da so eine Ahnung.«

»Bei der Anna Maienkranz und Männern soll es relativ häufig merkwürdige Zufälle geben, habe ich gehört«, stichelte die Pflegerin.

Merten lachte kurz trocken auf. »Da bin ich mir sogar sehr sicher, wenn ich an den Schoppmann denke, aber diese Art von Zufall war es nicht.«

»So so«, machte Maria und hob eine fein geschwungene Augenbraue.

Merten rollte kurz mit den Augen und hielt den nächsten Schlüssel hoch. »Was ist mit dem?«

Maria und er begannen den ausgewählten Schlüssel mit jedem einzelnen an ihrem Bund zu vergleichen. Aber selbst beim zweiten Durchgang ließ sich keiner mit einem ähnlich geformten Bart finden.

»Hmm«, machte Merten nachdenklich. »Ich bin ja kein Handwerksmeister, aber der Länge und der Form nach passt er eher in ein Kastenschloss. Die gibt es zwar manchmal in großen Truhen, aber eher an Türen.«

Maria strich sich unruhig eine Locke hinter das Ohr. »Welche Tür sollte es schon hier im Pesthof geben, wo der Schlüssel nicht am Bund für den Rundgang ist? Und die Patienten und die meisten Angestellten werden auch kaum große, verschließbare Truhen besitzen. Dich mal ausgenommen.«

»Das ist wahr«, stimmte Merten zu. »Dann wissen wir ja, was wir die nächsten Tage zu tun haben.«

»Schlüssellöcher suchen!«, vollendete Maria den Gedanken.

»Ganz recht. Und der hier?«, fragte der Kaufmann und hielt den dritten in die Höhe, bevor er ihn zwischen sie auf das Bett legte.

»Sehr sicher dieser hier«, triumphierte die Pflegerin und legte einen identisch aussehenden Schlüssel daneben. Nicht nur die Form des Bartes war gleich, der ganze Schlüssel war von derselben Machart. Beide wirkte zudem relativ neu.

»Und?«, fragte Merten ungeduldig.

»Das ist der Schlüssel zum Gerätehaus«, erklärte Maria.

»Ich habs gewusst!«, triumphierte Merten laut und schlug sich mit der einen Hand in die andere Handfläche.

»Psst, leiser!«, zischte Maria und blickte zu den Wänden und der Tür.

»Ich habs gewusst, dass irgendwas mit dem Gerätehaus nicht stimmt und mit dem Hausmeister Hinrich auch nicht«, bekräftigte Merten nun im Flüsterton.

»Wegen Schoppmanns Tod?«, hakte Maria nach.

»Auch deswegen. Aber ich hab auch sonst ein komisches Gefühl mit der Werkstatt und dem Stall«, erklärte Merten. »Außerdem … erinnerst du dich an die Nacht mit dem Feuer?«

Maria schnaubte. »Schwer zu vergessen. Der ganze Hof hätte abbrennen können, weil dieser Weidenbaum mich über den Haufen gerannt hat. Gott sei seiner Seele trotzdem gnädig.«

Merten nickte. »Ja, die ganzen Kranken schlotterten in ihren Nachthemden im Regen und ich habe mir meine guten Hauspantoffeln im Dreck eingesudelt.«

Maria schnalzte abschätzig mit der Zunge. »Pantoffeln …«

Merten schaute hinunter auf seine Füße und die Hausschuhe hatten zu seinem Bedauern dauerhaft unter der Nacht gelitten. »Es waren gute Pantoffeln«, kommentierte er knapp. »Aber darum geht es nicht«, leitete er über und lächelte wissend. »Alle Anwesenden trugen Bettkleidung, Kranke wie Angestellte, was ja bei einem plötzlichen Feuer auch nur logisch ist. Nur drei Menschen waren voll bekleidet. Das warst zum einen du, da du Nachtwache hattest und auf Rundgang warst. Dann waren aber noch Reinhold und Hausmeister Hinrich voll angekleidet.«

Maria runzelte die Stirn. »Bist du sicher? Ich habe nicht darauf geachtet.«

Merten nickte bestimmt. »Ja, ursprünglich bin ich nicht darüber gestolpert, aber Hinrich hatte sogar seinen Umhang oder Mantel an und hat damit nach den Flammen geschlagen und auch Reinhold trug Hemd, Hose und Schuhe. Da frag ich mich, warum. Tief in der Nacht und bei strömendem Regen werden sie kaum Reparaturen vorgenommen haben.«

Maria schaute nachdenklich. »In der Nacht war auch das Gerätehaus unverschlossen und ich habe Geräusche gehört, aber es war nur die olle Katze drin. Dachte ich zumindest …«, gab sie langsam zu bedenken.

»Und da ist noch mehr aus der Nacht mit dem Feuer«, begann Merten mit erhobenem Zeigefinger. »Ich bin relativ schnell beim Brand gewesen, da ich noch wach war. Ich habe Meister Möhring vor mir über den Hof laufen und in den Krankenflügel gehen sehen. Reinhold und Hinrich jedoch nicht. Entweder sie waren schnell wie die Falken oder sie waren vorher schon im Krankentrakt. Dazu hat Reinhold gerade Wasser aus einem großen Krug auf das Feuer geschüttet, als ich den Flur betreten habe.«

Maria hob die Schultern. »In einem Haus Wasser auf Feuer zu gießen scheint mir jetzt nicht sonderlich verdächtig.«

»In diesem Fall ist es zumindest fragwürdig«, widersprach Merten. »Diese großen Kannen stehen normalerweise in der Küche oder im Speisesaal. Wenn die beiden von außen gekommen wären, hätten sie doch vermutlich den Eimer vom Brunnen genommen. Aber selbst wenn sie schon im Krankentrakt waren, ist das merkwürdig. Gebrannt hat ja der Flur direkt vorm Speisesaal. Wer springt denn durch die Flammen, um einen Krug zu holen, statt in den Innenhof zum Brunnen mit dem Eimer? Es sei denn, er war schon vorher im Speisesaal oder in der Küche.«

Maria dachte lange nach. »Das ist schon merkwürdig. Aber im Speisesaal war ja die Eva und dieser Weidenbaum. Das hätten die doch mitbekommen, wenn da Reinhold oder Hinrich gewesen wären.«

»Auch wieder wahr«, murmelte Merten. »Es sei denn, sie waren wirklich in der Küche«, meinte er und tippte gegen den Küchenschlüssel an seinem Bund.

»Aber warum?«, fragte Maria.

Merten zuckte die Schultern. »Das ist eben die Frage. Vielleicht sind sie nur irgendwie an einen Schlüssel gelangt und genehmigen sich ab und an ein großes Bier mit Brot und Schinken, aber ich mag nicht recht glauben, dass die Sache so harmlos ist. Zumal ja auch der Dirk Hinrichs im Lagerkeller umgekommen ist.«

Wieder überlegte Maria eine Weile. »Und der letzte Schlüssel?«, fragte sie Merten auffordernd.

Erneut verglichen sie alle Schlüssel von Marias großem Bund mit Mertens Exemplar. Wie beim zweiten Schlüssel wurden sie jedoch nicht fündig. Dieser Schlüssel war zugleich auch der kleinste.

»Ich denke, der gehört eher zu einem Vorhängeschloss von einer Truhe«, mutmaßte Merten.

Maria stimmte ihm zu. »Dann haben wir schon zwei Schlösser zu finden. Ich frage mich nur, wie Hajo an dieses merkwürdige Bund gekommen ist.«

»Wenn wir das wüssten, wären wir sicherlich einen Schritt weiter. Er war neugierig und kannte jede Ecke auf dem Hof. Er wird irgendwas beobachtet haben und hat dann zugegriffen, vermute ich. Aber das sind alles nur Mutmaßungen«, entgegnete Merten.

»Hast du eigentlich irgendeine Idee, was dahinterstecken könnte?«, fragte die Pflegerin.

Merten zuckte die Schultern. »Darüber zerbreche ich mir ja auch die ganze Zeit den Kopf. Gäbe es einen Toten, dann kann das viele Gründe haben. Streit, Schulden, Eifersucht oder eine so merkwürdige Geschichte wie mit Weidenbaums heimlichen Gebetsnächten. Aber so viele Unglücksfälle und seltsame Ereignisse wie hier geschehen nicht, nur weil irgendwo ein Streit aufgekommen ist. Hier muss es ums Geschäft oder etwas ähnliches gehen.«

»Aber was soll das denn für ein Geschäft sein? Der Pesthof ist ein Armenhospital, Vermögen gibt es hier kaum«, zweifelte Maria.

»Vielleicht sollte ich mal versuchen einen Blick in Möhrings Wirtschaftsbücher zu werfen. Veruntreuung von Geldern der Kirchspiele wäre vielleicht eine Möglichkeit«, sinnierte der Kaufmann.

Maria schlug entsetzt die Hand vor den Mund. »Du meinst, Möhring zweigt Taler für sich selber ab?«

Der Kaufmann machte eine abwehrende Handbewegung. »Es gibt ja keinerlei Hinweise dafür. Ich habe nur überlegt, welches Motiv hinter der Sache stecken könnte. Ich kann mir das aber nur schwer vorstellen. Ich halte ihn für anständig. Er war vielleicht nicht immer erpicht darauf, die Vorfälle an die große Glocke zu hängen und tief nachzuforschen, aber ich glaube, dass er einfach nur keinen Wirbel hier haben will. Verständlich in seiner Position.«

Maria atmete auf. Die Vorstellung, ihr Dienstherr könnte in die Sache verwickelt sein, bereitete ihr offensichtlich großes Unbehagen.

»Ich habe schon einen Bienenschwarm in meinem Kopf von der ganzen Grübelei«, gestand sie.

Merten nickte. »Geht mir nicht anders.«

Er stand auf und füllte zwei Gläser mit tiefroten Wein. »Zum Wohl«, prostete er ihr zu.

Sie trank in tiefen Schlucken und musste dann kichern. »Wenn Herr oder Frau Möhring uns hier sehen würden oder Pastor Teutschner …« Sie ließ den Satz unvollendet und trank noch einen Schluck.

Merten lächelte. »Ich weiß Ihre seelsorgerische Unterstützung in dieser Zeit sehr zu schätzen, Schwester Oppermann«, säuselte er launig.

Ungewohnt verlegen schlug die Pflegerin die Augen nieder. »Es tut gut, mal etwas anderes im Kopf zu haben als das Leid der Menschen hier.«

Merten räusperte sich. »Da fällt mir ein, dass ich dir wegen des Überfalls noch was schulde«, erklärte er und stand auf.

»Was solltest du mir schulden, du hast den Kerl ja wohl kaum dazu angestachelt«, widersprach Maria.

»Nein, das sicher nicht«, murmelte Merten und entnahm ein in Stoff eingehülltes Paket aus einer Truhe.

»Was ist das?«, fragte sie zugleich neugierig und verunsichert.

»Nun ja, wenn du mir nicht so schnell zur Hilfe geeilt wärst, dann wärst du vermutlich weniger zerschlissen aus dem Busch gekommen. Da dachte ich, es wäre angemessen, wenn ich das kompensiere«, erklärte er und blickte vielsagend auf ihr vielfach geflicktes Kleid.

Maria entfaltete das Paket und blickte staunend auf zwei Kleidungsstücke. Ein hochwertiges braunes Arbeitskleid aus guter Wolle und ein fein gewebtes Unterkleid. Ungläubig fuhren Marias Hände über den feinen Stoff des Untergewands, der gar von ein wenig Spitze geziert wurde.

»Das kann ich nicht annehmen«, lehnte sie stockend ab.

»Das fände ich sehr bedauerlich. Warum solltest du nicht?«

»Es wird Fragen aufwerfen, woher ich es habe«, meinte sie zögerlich.

»Seit wann bist du um Antworten verlegen?«, fragte Merten augenzwinkernd.

Maria lachte kurz leise auf. »Außerdem ziemt es sich nicht«, erklärte sie. Es klang jedoch nicht sonderlich ernst gemeint.

»Hmm. Soll das jetzt ein Argument dafür oder dagegen sein?«, fragte Merten gespielt ratlos.

Erneut lachte die Pflegerin. »Danke«, hauchte sie und leerte sichtlich aufgeregt das Glas bis zur Neige.

Übertrieben galant deutete Merten eine Verbeugung an und leerte ebenfalls sein Glas.

»Ist alles in Ordnung?«, fragte er etwas verunsichert, als sie ihn daraufhin lange hintergründig ansah.

»Los, dreh dich mal um«, forderte sie ihn auf.

Merten blickte verständnislos. »Wie meinst du das?«

Maria rollte mit den Augen. »Einfach umdrehen, meine ich.«

Mertens Augenbrauen suchten und fanden den Weg zueinander. Zögerlich nahm er die Beine aufs Bett und drehte ihr den Rücken zu. »So?«, fragte er noch immer irritiert.

»War doch gar nicht so schwer. Und komm ja nicht auf die Idee, dich umzudrehen, bevor ich es dir sage«, verlangte sie.

Merten brummte eine Zustimmung und spielte ungeduldig mit dem Rand seines Weinglases. Er hörte, wie sie aufstand, und das Rascheln von Stoff. Legte sie die neuen Kleider wieder zusammen? Grübelnd versuchte er aus den Geräuschen abzuleiten, was hinter ihm geschah. Noch immer hörte er, wie sie sich bewegte und wie Stoff raschelte. Das war viel zu lange, als dass sie die neuen Kleider einfach nur zusammenlegte.

Zog sie vielleicht das neue Kleid über? Merten lächelte in sein Glas hinein. Diese Vorstellung gefiel ihm.

»Du kannst dich umdrehen«, gestattete sie ihm endlich.

Neugierig drehte Merten sich um und setzte sich auf die Bettkante. Maria stand noch vor dem Bett und er sah sie wortlos an. Er hatte damit gerechnet, dass sie das neue Obergewand über ihr altes Kleid gezogen hätte, doch dem war nicht so. Offensichtlich hatte sie sich vollständig entkleidet und nur das Untergewand angelegt. Auch ihre Haube hatte sie abgelegt und die Haare geöffnet, sodass ihre honigblonden Wellen bis zur Taille fielen.

Sanft floss der feine Stoff des Gewandes über ihren anmutigen Körper und zeichnete schmeichelnd ihre Formen nach. Sie stand zwischen ihm und der Öllampe und warmes Licht schien durch den dünnen Stoff hindurch, sodass er ihre Haut mehr als nur erahnen konnte. Gar ihre Knospen und ihre Scham zeichneten sich deutlich unter dem durchscheinenden Gewebe ab.

»Passt es auch?«, fragte sie zögerlich mit belegter Stimme.

Gebannt starrte Merten auf ihren anmutigen Körper, schluckte hart und nickte.

»Bist du sicher?«, fragte sie und schlug kokett die Augen nieder. Sie spreizte die Arme ein wenig ab und ihre bloßen Füße tapsten langsam über den Boden, bis sie sich einmal vor ihm gedreht hatte.

»Ganz sicher«, bestätigte Merten heiser.

»Dann nehme ich das Geschenk gerne an«, flüsterte sie und setzte sich wieder auf die Bettkante.

»Das würde mir sehr gefallen«, hauchte Merten.

Über Marias Gesicht legte sich ein schelmisches Lächeln und ihre Augen glitten beiläufig an ihm hinab. »Es ist mehr als offensichtlich, dass es dir gefällt.«

Merten blickte unbewusst an sich hinunter und sah die eindeutige Beifallsbekundung, die sein Körper unter seinem Nachthemd Marias Erscheinungsbild spendete.

»Oh, dass …«, begann Merten, doch die Pflegerin legte einen Zeigefinger auf die Lippen.

»Ich nehme das mal als Kompliment für mich und mein neues Untergewand«, erklärte sie verschmitzt. »Wir waren wohl beide etwas lange allein«, flüsterte sie und legte nahe der verräterischen Wölbung eine Hand auf sein Nachthemd.

Erschrocken zuckte er zusammen. »Das geht nicht«, keuchte er. »Ich will dich nicht anstecken«, ergänzte er schwer atmend.

Maria seufzte. »Das ist wohl wahr, dann müssen wir einfach etwas erfinderisch sein«, erklärte sie sachlich und ließ ihre Hand an Ort und Stelle.

Merten blickte sie verständnislos an.

»Ich glaube nicht, dass sich der Aussatz durch Stoff überträgt«, sagte sie grübelnd, mehr zu sich selbst und ließ ihre Hand höher wandern, bis sie einen heiseren Atemzug vernahm. »Und erst recht nicht durchs Zusehen«, ergänzte sie und öffnete die kleine Schleife des Bandes, die das Untergewand über ihrer Brust zusammenhielt. Nachdenklich legte sie den Zeigefinger zwischen die Lippen und schaute grübelnd zur Decke. »Ich frage mich, ob das dann überhaupt noch Sünde ist«, sinnierte sie halblaut.

»Sicher nicht«, bekräftigte Merten entrückt. »Was tust du?«, fragte er dann beinahe erschrocken, als sie sich von ihm abwendete.

Doch ihre Hände begannen lediglich an der Öllampe auf dem Nachtschrank zu nesteln. »Nur das Licht heller. Man muss doch immer das Beste aus dem machen, was man hat.«

Kapitel 27

Mittwoch, 23. Oktober 1619

Die Stille in dem fensterlosen Raum wurde nur vom leisen Knistern des Feuers und einem steten Tropfen und Plätschern unterbrochen. Die vier Anwesenden sprachen keinen Ton, nachdem sie sich gerade in ein hitziges Wortgefecht verfangen hatten.

Einer der Männer fuhr nachdenklich mit dem Zeigefinger über den Rand des kleinen Tonbechers, bevor er einen tiefen Schluck nahm. »Auf jeden Fall müssen wir vorsichtiger sein, solange Overdiek noch nicht beseitigt ist. Erst recht, wenn er jetzt beim Gerätehaus rumschnüffelt. Wir sollten die Geschäfte zunächst einschränken«, erklärte er mit schwerer Zunge.

»Was?«, rief die Frau im Bunde aufgebracht und auch die anderen beiden Männer setzten sich ungehalten auf. »Gerade jetzt, wo es läuft wie nie? Eher bringe ich den rothaarigen Bastard selber unter die Erde! Ich will die Plackerei hier auf dem Hof nicht ewig machen«, bekräftigte sie und die anderen beiden stimmten ihr murmelnd zu.

Der Redner stellte seinen Tonbecher ab und hob einhaltgebietend die Hand. Tatsächlich verstummten die anderen. »Eben deswegen müssen wir gerade vorsichtig sein und das Geschäft pausieren. Wir haben gut Kasse gemacht und werden das auch zukünftig tun. Es lohnt nicht, alles zu riskieren, nur um ein paar Tage oder Wochen kein Geld zu verlieren. Noch diese eine Lieferung und dann setzen wir aus, bis Overdiek beseitigt ist.«

Eine Weile herrschte Schweigen, dann zuckte die Frau die Schultern. »Was soll's. Wir kommen ja ohnehin gerade nicht an das Geld, solange wir den Schlüssel nicht wieder kriegen«, erklärte sie und trat mit dem Fuß gegen eine schwere Truhe, die von vier massiven Schlössern gesichert war.

Einer der Männer rollte mit den Augen. »Wie lange wollt ihr denn noch darauf herumreiten? Ich hab das Problem doch schließlich beseitigt, der kleine Rotzlöffel ist hinüber«, erklärte er ungehalten.

»Ja und wer durfte deinen Dreck dann entsorgen?«, sagte sein Gegenüber und deutete mit dem Daumen auf seine Brust.

»Und nur, weil du dem Bengel den Schädel eingeschlagen hast, haben wir noch lange nicht den Schlüssel wieder. Bist du mal auf die Idee gekommen, dass das Kaltmachen und Schlüsselbesorgen in anderer Reihenfolge vielleicht besser gewesen wäre?«, stichelte die Frau.

»Ich dachte halt, er hat ihn bei sich«, verteidigte der Angegriffene sich ärgerlich.

Wieder gebot der Mann mit dem Becher der Runde Einhalt. »Das Schloss kriegen wir mit Geduld schon die Tage auf, das ist nicht das Problem. Mehr Sorgen bereitet mir, wo der Schlüssel jetzt ist. Auch diese Frage sollte geklärt sein, bevor wir das Geschäft wieder aufnehmen.«

»Ich hab den Bengel komplett umgekrempelt, er hatte ihn nicht bei sich«, erklärte einer der Männer.

»Ich habe seine Kammer durchsucht, da war auch nichts zu finden. Vielleicht hat Overdiek ihn ja«, meinte die Frau.

»Wie soll er da rangekommen sein? Zaubern kann der Bastard nun auch nicht«, meinte der Mann, dessen Schlüssel verlustig gegangen war.

»Immerhin kann er genug zaubern, um aus der Kiste mit dem Riesen und eurem gedungenen Mordbrenner zu entkommen. Der im Übrigen mit unserer Anzahlung dahingeschieden ist«, gab die Frau sarkastisch zu bedenken.

»Dann machen wir es eben wieder selber. Hat doch bisher auch gut geklappt. Der Hinrichs, Brid, Schoppmann, Hajo, Michelangelo … Wer rumschnüffelt oder uns an den Karren pissen will, der wird eben beseitigt«, erklärte der Schlüsselverlierer und schlug sich mit der Faust in die flache Hand.

Der Mann mit dem Becher nickte und schenkte sich aus einer Steingutflasche nach. »Das ist richtig, aber auch diesbezüglich müssen wir zukünftig vorsichtiger werden. Die Häufigkeit derartiger Unfälle wirft Fragen und Misstrauen auf. Wir müssen mehr Acht geben, dass es keinen Anlass gibt, jemanden mundtot machen zu müssen. Was Overdiek angeht, muss der nächste Versuch sitzen. Das heißt, wir brauchen entweder eine gute Gelegenheit oder einen guten Plan.«

Die anderen nickten zustimmend.

»Was ist mit Maria Oppermann? Sie scheint öfters bei Overdiek zu stehen. Weiß sie auch etwas?«, fragte einer der Männer nach einer Pause.

»Kann ich mir schwer vorstellen. Sie hat nur die Kranken im Kopf«, zweifelte die Frau.

Der Mann mit dem Becher trank erneut. »Vielleicht ist sie Overdiek ja zugetan und er hat sie ins Vertrauen gezogen«, mutmaßte er langsam.

Eine Weile schauten ihn die anderen drei stumm an, dann brachen sie in Gelächter aus.

»Schwester Maria ist kälter als ein Ostseehering«, meinte die Frau noch immer lachend und die beiden anderen Männer nickten heftig.

Der Mann mit dem Becher zuckte die Schultern. »Wenn ihr meint«, murmelte er, schien aber wenig überzeugt.

Kapitel 28

Samstag, 26. Oktober 1619

Merten verschränkte die Hände hinter dem Rücken und blickte abwesend den Wolkenfetzen hinterher, die der Wind über den hellblauen Himmel trieb. Die letzten Tage hatten keine neuen Erkenntnisse gebracht. Kein Schloss war zu finden, zu dem einer der beiden unbekannten Schlüssel gepasst hätte. Michelangelo war noch immer nicht erwacht, ganz im Gegenteil, seine Atmung wurde immer schwächer.

Er hatte es mit Marias Hilfe gestern zwar geschafft, einen Blick in Möhrings Wirtschaftsbuch zu werfen, allerdings ebenfalls ohne nennenswerte Erkenntnisse. Die letzten Rechnungen sahen alle sauber aus, zumindest soweit er es in der Kürze der Zeit erkennen konnte.

Heute Abend wollte die Pflegerin ihn erneut besuchen und sie würden sich Gedanken machen, was sie als Nächstes tun konnten.

Bei dem Gedanken, dass er wieder mit ihr alleine in seiner Kammer sein konnte, begann sich Mertens Herzschlag zu beschleunigen.

»Hast du gekackt, Herr Merten? Caesar sieht dann auch immer so zufrieden aus«, riss ihn Ottilias Stimme neben sich aus seinen Gedanken.

»Was? Nein, ich …«, antwortete Merten verdattert. »Wo ist Caesar?«, fragte er dann erschrocken und blickte sich hektisch um.

Wie kleine Kinder hatte auch Caesar ein nahezu unheimliches Talent, in unbeobachteten Momenten eigene Wege zu gehen und dabei in sehr kurzen Zeitspannen erstaunlich weite Strecken zurückzulegen.

Auch Ottilia blickte sich um und kratzte sich dann fragend am Kopf. »Nicht hier«, stellte sie unnötigerweise fest.

»Verdammt«, fluchte Merten und sah sich weiter um. Sie standen nahe dem Tollhaus, aber es war sehr unwahrscheinlich, dass Caesar sich ausgerechnet dahin aufgemacht hatte, nachdem er den Großteil der Woche angekettet in dem Haus festsaß.

Eilig machte er sich auf zum Wassergraben. Merten schalt sich einen unaufmerksamen Narren. Er trug die Verantwortung für den Mann bei ihren Ausgängen und Caesar war ihm schon einmal bei einem Spaziergang fast in die übelriechende Brühe gefallen. Bei den momentanen Temperaturen wäre das noch gefährlicher als im Sommer.

Angestrengt blickte er in das trübe Wasser, aber zu seiner Erleichterung konnte er den Mann dort nicht ausmachen.

Schnellen Schrittes lief er nun doch zum Tollhaus und warf einen Blick hinein und war froh, mittlerweile wieder ohne Stock gut zu Fuß zu sein. Doch wenig überraschend war der Alte auch dort nicht zu sehen.

Mit Ottilia im Schlepptau machte er sich weiter auf. Im Badehaus konnte er nicht unbemerkt reingegangen sein. Aber die Tür des Gerätehauses daneben stand offen und davor der große Wagen, der für die Einkäufe und Transporte verwendet wurde. Der Rappe war angespannt und tänzelte nervös.

»Caesar?«, rief Merten in die Richtung und folgte mit den Füßen seinem eigenen Ausruf. Einige umhergehende Kranke sahen ihn verständnislos an.

Merten blickte kurz unter den Wagen und dann auf die Ladefläche. Leere Säcke, Kisten und Fässer standen auf dem Wagen. Doch Caesar konnte er dazwischen nicht ausmachen.

»Was habt ihr da zu suchen«, ließ ihn die barsche Stimme hinter ihm zusammenfahren.

Merten zuckte zusammen und drehte sich um. Der Hausmeister stand mit in die Hüften gestützten Händen hinter ihm und funkelte ihn böse an. Neben ihm stand der Knecht Reinhold und trug ein paar schmutzige Jutesäcke in den Armen.

»Caesar, ich suche Caesar. War er hier?«, entgegnete Merten hastig.

»Was? Welcher Caesar?«, wollte der Hausmeister immer noch ungehalten von ihm wissen.

»Der aus dem Tollhaus, der immer nur Latein spricht. Er ist ausgerissen! Kann er in der Werkstatt sein?«

»Wir sollten die Irren einfach alle in Kisten sperren«, knurrte der kräftige Mann. »Nein, da ist er nicht, von da kommen wir grad«, verneinte er schließlich. Auch Reinhold schüttelte den Kopf und warf die leeren Säcke auf die Ladefläche.

Enttäuscht machte sich Merten weiter auf die Suche und durchstöberte den ganzen Garten um den Hof herum. Erfolglos.

Nervös stand er auf dem Vorplatz vor dem Hauptgebäude und schaute sich weiter um. Sein Blick fiel auf die schmale Brücke, die über den Wassergraben führte. Was war, wenn Caesar vielleicht den Hof verlassen hatte? Soweit Merten wusste, war dies schon einmal passiert und man hatte ihn irgendwo in der Neustadt aufgegriffen, wo er weitschweifende Ansprachen auf Latein gehalten hatte.

Keine hundert Schritte hinter der Brücke konnte Merten zwei Kinder ausmachen. Zügig machte er sich auf den Weg und überquerte die Brücke. Die Kinder sammelten anscheinend liegengebliebene Eicheln oder andere Samen und Baumfrüchte in einen Korb ein. Argwöhnisch betrachteten sie den Neuankömmling und stellten sich schützend vor ihren Korb.

»Habt ihr einen Mann gesehen, der aus dem Pesthof gekommen ist? Kurze weiße Haare, dafür langer weißer Bart und trägt nur ein langes Hemd. Vielleicht noch eine Decke über die Schultern«, fragte Merten die beiden.

Doch die Kinder schüttelten nur den Kopf und musterten den Fremden argwöhnisch.

»Seid ihr sicher?«, fasste Merten nach.

Jetzt nickten die beiden.

Merten seufzte und bedankte sich dennoch bei den beiden. Mit einer beständig anwachsenden inneren Unruhe trat er den Rückweg zum Hof an. Es würde ihm wohl nichts anderes übrigbleiben, als die Pflegerinnen und Meister Möhring zu verständigen.

Gedankenverloren stapften seine Füße zurück über den Weg, bis er die Brücke über den Wassergraben erreicht hatte. Einem unguten Gefühl folgend hielt er in der Mitte an und starrte angestrengt auf das grün-braune Wasser in der Befürchtung, doch irgendwo ein weißes Hemd in der Brühe treiben zu sehen.

Ein wildes Wiehern riss ihn aus seinen Gedanken und sein Kopf ruckte erschrocken nach oben. Der Rappen stieg vor dem Wagen und schon raste das Tier samt Gefährt auf die Brücke und ihn zu.

Mit aufgerissenen Augen sah Merten das Gespann auf sich zukommen, während dumpfe Rufe an seine Ohren drangen. Dann fiel die Schockstarre von ihm ab. Nur wenige Schritte trennten ihn noch vor den heranpreschenden Hufen und auf der Brücke war kaum Platz zum Ausweichen. Immer wenn der Wagen den Wassergraben überquerte, mussten alle, die auf Schusters Rappen unterwegs waren, warten, da es kein Vorbeikommen gab.

»Ins Wasser!«, schoss es Merten durch den Kopf und er machte Anstalten, über das Geländer zu hechten.

Doch etwas erwischte ihn an der linken Schulter und warf ihn gleichzeitig hoch und zurück. Vermutlich der Kopf oder der Leib des Tieres. Er hörte einen wütenden Schrei und ein lautes Krachen. Splitterndes Holz und die Leiber von Tier und Mensch wirbelten durch die Luft. Merten verlor die Orientierung und spürte dumpfe Aufschläge gegen Kopf und Körper. Kurz wurde ihm schwarz vor Augen, doch der Aufprall im eisigen Wasser des Grabens brachte ihn augenblicklich zur Besinnung. Verwirrt strampelte er im

Wasser, bis er etwas Hölzernes zum Festhalten in die Hände bekam und sich daran klammerte.

Japsend sog er Luft in seine schmerzende Lunge und blickte sich um.

Der Wagen war auf die Seite gekippt und hatte das Geländer durchbrochen. Halb lag er noch auf der Brücke, halb stand er über. Kläglich wiehernd lag vor dem Karren das schwarze Zugpferd und zuckte in seinem Geschirr.

Um Merten herum schwammen Teile des Brückengeländers, zerbrochene Kisten, Fässer und leere Säcke im trüben Wasser. Merten bemerkte, dass er sich selbst an ein teils zerbrochenes Fass klammerte, das ihn nicht lange würde tragen können.

Ein merkwürdig bekannter, scharfer Geruch stieg ihm in dies Nase, während Stimmen von scheinbar weit her an sein Ohr drangen. Er sah sich um und bemerkte einige Gestalten am Rande des Wassergrabens stehen. Er trennte sich von seiner sinkenden Auftriebshilfe und war mit zwei kurzen Schwimmstößen bei ihnen.

Conrad Fadenrecht und der ehemalige Flussschiffer Ebinger zogen Merten vorsichtig aus dem Wasser.

»Gute Güte, hören Sie mich, Herr Overdiek?«, fragte der Vorleser und presste Merten ein Tuch auf die Stirn.

»Ja, ja, wird schon«, murmelte Merten und klapperte kurz mit den Zähnen. Langsam merkte er, wie eisig das Wasser war, und versuchte sich auf die Unterarme zu stemmen.

»Sie sollten besser liegen bleiben, bis Meister Möhring und jemand mit einer Trage kommt«, riet der Vorleser und wendete das Tuch. Merten sah, dass es von Blut nur so troff, und jetzt lief ihm der rote Lebenssaft auch ins Auge und ließ ihn nervös blinzeln.

Aus den Augenwinkeln sah Merten, wie der Hausmeister und zwei Kranke einen anderen Körper aus dem Wasser zogen.

»Was ist passiert?«, fragte Merten noch immer benommen.

»Dem Reinhold ist wohl das Pferd durchgegangen, mitten vor der Brücke«, stammelte Fadenrecht aufgeregt.

»Da bin ich mir nicht so sicher«, hörte Merten den Flussschiffer unsicher murmeln.

»Das Teufelsvieh war von Anfang an so unruhig!«, fuhr der Vorleser unbeirrt fort. »Sie hatten Glück, dass der Rappen vor dem Zusammenstoß dann doch gescheut und Sie nicht einfach niedergetreten hat.«

»Holt jetzt endlich mal jemand den Möhring?«, hörte er Ebinger neben sich angespannt rufen, bevor dieser ein Tuch auf Mertens Unterleib drückte.

Merten betrachtete verständnislos die Hände des Flussschiffers und sah einen gut daumendicken Holzspan aus sich herausragen.

»Oh«, machte er überrascht.

Mit dem Anblick fraß sich dann auch schnell der Schmerz in seine Eingeweide und er stöhnte angestrengt.

In ein stetig anwachsendes Gemurmel um ihn herum vernahm er schließlich Möhrings markante Stimme.

»Was ist passiert?«, fragte er energisch und erntete eine wenig hilfreiche Kakophonie unterschiedlichster Antworten.

»Bringt den Reinhold in den Behandlungsraum in die Badestube. Schwester Agatha, Sie bleiben bei ihm und holen mich, wenn er aufwacht«, ordnete der Pestmeister an, bevor Merten seine Gestalt über sich auftauchen sah.

»Hören Sie mich, Overdiek?«, fragte er eindringlich.

Merten rang sich ein gequältes Lächeln ab. »Bin ja nicht der Hermann Ziegler. Aber ich hab Caesar verloren«, gestand er. Ein kurzer Hustenanfall schüttelte ihn und zu seiner Sorge sah er, wie feine rote Tropfen sich anschließend auf Möhrings Hemd gelegt hatten. Merten schluckte und wischte sich die Lippen mit dem Ärmel ab. Kurz stutzte er und hob fragend eine Braue.

»Merten?«, ertönte da eine bekannte Stimme neben ihm und zu seiner Freude war es Maria. Sorgenvoll blickte sie auf den verletzten Kaufmann hinab.

Ernst blickte auch Möhring auf die frischen Blutspuren auf seiner Kleidung. »Auf eine Trage mit dem Mann und sofort in mein Arbeitszimmer. Schwester Oppermann, Sie gehen mir zur Hand. Es steht viel Arbeit an.«

Am späteren Abend saßen der Pestmeister, die drei Pflegeweiber und Hausmeister Hinrich im Arbeitszimmer Möhrings. Wenige Schritte neben ihnen lag Merten schlafend auf dem Behandlungstisch. Sein Kopf war in einen dicken Verband gehüllt, sein Körper von einer Decke verhüllt.

»Wie geht es denn Herrn Overdiek?«, wollte Schwester Veronika wissen und blickte hinüber zu dem Kranken.

Möhring atmete langgezogen aus und zuckte dann mit den Schultern. »Er hat eine schwere Kopfverletzung und ein ellenlanger Span hatte sich tief in seine Eingeweide gegraben. Wir haben die Wunden zwar gut versorgt, aber ob Fieber und Wundbrand ihn heimsuchen, können wir nur abwarten. Am meisten Sorgen macht mir jedoch seine Brust. Ich fürchte, die Lunge ist verletzt. Um ehrlich zu sein, ich weiß nicht, ob er die nächsten Tage übersteht, da können wir nur beten.«

Müde massierte sich der Pestmeister die Nasenwurzel. »Das sollten wir wohl auch besser tun. Aussatz hin oder her, aber wenn ein ehrbarer Hamburger Kaufmann von unserem eigenen Karren totgefahren wird, wird das der Stadt nicht gefallen. Von den Pfründen einmal ganz abgesehen, die Overdiek hier entrichtet hat.«

Maria funkelte den Pestmeister ob des letzten Satzes böse an, enthielt sich jedoch eines Widerwortes gegen ihren Dienstherrn.

»Ich kann noch immer nicht verstehen, wie das passiert ist«, warf Schwester Agatha kopfschüttelnd ein.

»Dem Reinhold ist wohl vor der Brücke das Pferd durchgegangen«, meinte Hinrich seufzend und schüttelte den Kopf.

Die junge Schwester Veronika rutschte bei dieser Aussage unruhig auf dem Schemel umher. »Der Ebinger hat es wohl anders gesehen«, murmelte sie und erhielt zu ihrem Unwohlsein die Aufmerksamkeit aller Anwesenden.

»Der Flussschiffer?«, fragte Schwester Agatha und die junge Pflegerin nickte.

»Was will der Ebinger gesehen haben?«, fragte Möhring stirnrunzelnd.

Die Pflegerin räusperte sich verlegen. »Er sagt, der Reinhold hielt erst ein ganzes Stück vor der Brücke. Dann hat er sich umgesehen und das Pferd angetrieben.«

Die Umstehenden sahen sie stumm an.

»Der Reinhold soll absichtlich versucht haben, den Overdiek zu überfahren?«, brach Schwester Agatha das Schweigen.

»Warum sollte er das getan haben?«, fragte der Pestmeister ungläubig.

Veronika zuckte beinahe hilflos die Schultern. »Ich hab es ja nicht gesehen. Das ist nur, was der Ebinger erzählt.«

Mit krauser Stirn massierte Möhring sich das Kinn. »Ich werde morgen mit Ebinger sprechen und natürlich mit Reinhold, wenn er ansprechbar ist«, beschloss er.

»Wie geht es denn Reinhold?«, fragte Maria mit für ihre Verhältnisse überaus kühler Stimme, wenn es um einen Kranken ging.

Möhring machte eine abwägende Geste. »Recht übel, er hat sich etliche Knochen gebrochen, aber er ist vermutlich nicht in Lebensgefahr.«

»Wir haben ihn nach der Wundbehandlung in seine Kammer gebracht, aber er hat starke Schmerzen und ist kaum anwesend«, ergänzte Schwester Agatha.

»Hätte er denn eigentlich einen Grund, dem Overdiek was anzutun? Hatten die beiden irgendeinen Händel?«, fragte Möhring in die Runde.

Maria biss sich auf die Lippe und schaute stumm zu Boden, während die anderen grübelten.

»Also der Overdiek war in letzter Zeit schon seltsam«, begann Hinrich vorsichtig. »Ist immer beim Gerätehaus rumgeschlichen und hat Reinhold und mir merkwürdige Fragen gestellt. Aber aneinandergeraten sind die beiden eigentlich nicht. Kann mir das mit dem Reinhold auch überhaupt nicht vorstellen.«

Möhring nickte zwar zustimmend, strahlte aber keine Überzeugung aus. »Auf jeden Fall werden wir vorerst einen neuen Knecht brauchen. Zu tun ist mehr als genug und der Reinhold wird die nächsten Wochen keinen Handschlag tun können.«

»Sollte kein Problem sein, vor dem Winter einen Tagelöhner zu finden, der sich über ein paar Wochen Anstellung und ein Dach über dem Kopf freut«, meinte der Hausmeister.

»Sollen wir Herrn Overdiek denn auch auf seine Kammer bringen?«, fragte Schwester Agatha.

Möhring blickte mit sorgenvoller Miene zu dem bewusstlosen Kaufmann. »Ich werde ihn die nächsten Tage wohl besser hierbehalten. Schwester Maria, ich möchte, dass sie regelmäßig nach ihm sehen. Ein Ableben von Herrn Overdiek wäre mehr als bedauerlich. In mehrfacher Hinsicht.«

Als sich Stunden später die Stille über den Hof und der Schlaf über seine Bewohner gelegt hatte, lag Reinhold unruhig in seinem Bett. Möhring hatte sein gebrochenes Bein und den Arm gerichtet und geschient. Auch seine Wunden und die schmerzenden Rippen hatte er verbunden, aber der Schmerz wühlte in seinem Körper wie ein bissiger Hund.

Schweiß stand ihm auf der Stirn und ein langgezogenes Stöhnen entschlich seinen trockenen Lippen, als ein Kälteschauer ihn schüttelte.

Der verfluchte Zosse hatte auf dem letzten Schritt gescheut, ansonsten hätten Hufe und Wagenräder diesen aussätzigen Bastard einfach in den Erdboden geknetet und er würde jetzt den Abend mit einem guten Becher Kornbrand verbringen.

»Kornbrand wäre jetzt gut«, murmelte er leise vor sich hin und grinste schief, als ihn erneut eine Schmerzenswelle durchfuhr.

Er hoffte, dass es sich zumindest gelohnt hatte und Overdiek bald ins Gras beißen würde. Nach allem, was er gehört hatte, hatte es den Kerl deutlich schwerer erwischt und die Zeichen standen gut, dass sich dieses Thema bald erledigt haben würde.

Müde sanken ihm die Augenlider nach unten. Wenn doch nur diese verfluchten Schmerzen verschwinden würden und er schlafen könnte.

Ein leises Knarren ließ seine Lider wieder unruhig nach oben flattern. Der abgeschattete Schein einer Öllampe kroch von der Tür träge durch sein Zimmer und er sah die Umrisse zweier Gestalten. Angestrengt blinzelte er in die Richtung.

»Ach ihr seid es«, murmelte er angestrengt, als sich die Tür schloss und die beiden Besucher näher traten.

»Wie geht es dir?«, flüsterte eine männliche Stimme, als die beiden Gestalten ans Bett getreten waren.

»Beschissen«, murmelte Reinhold leise. »Ich könnt dringend nen großen Kornbrand gegen die Schmerzen gebrauchen.«

»Sollst du haben«, flüsterte die zweite Gestalt mit offensichtlich weiblicher Stimme. »Ist dir kalt? Ich habe eine zweite Decke dabei.«

»Ist Overdiek endlich verreckt?«, fragte Reinhold leise, statt auf die Frage zu antworten.

»Pssst!«, machte die Frau und legte den Zeigefinger auf die Lippen, während sie angespannt zur Tür blickte.

»Leider nicht. Aber er befindet sich wohl auf einem guten Weg dahin«, antwortete der männliche Besucher flüsternd.

»Wenigstens was«, murmelte Reinhold.

»Aber wir haben ein Problem. Der Ebinger meint gesehen zu haben, dass du absichtlich auf den Overdiek zugefahren bist. Möhring wird morgen mit dir darüber sprechen«, flüsterte die Frau.

»Soll er. Wer glaubt schon diesem Knotenfuß mehr als mir«, murrte Reinhold trotzig.

»Ich fürchte, darauf können wir es nicht ankommen lassen«, seufzte der männliche Besucher.

Während der Knecht den Besucher verständnislos ansah, wurde es plötzlich schwarz um ihn, als sich die zusammengelegte Decke über sein Gesicht legte.

Mit beiden Händen presste die Frau die Decke fest auf das Gesicht des verdutzten Knechts, während der männliche Besucher ihn mit seinem ganzen Gewicht in das Bettstroh drückte. Ein verzweifelter Schmerzensschrei drang dumpf durch die Decke, als gebrochene Knochen von kräftigen Händen und Knien auf das Lager gepresst wurden. Auch die Frau kniete sich zusätzlich auf die Schulter des Knechts und presste die Decke noch fester auf das geschundene Gesicht.

Verzweifelt versuchte der Verletzte sich aufzubäumen und Luft in seine Lunge zu saugen, aber seine Besucher hatten die Decke zusätzlich gut gewässert, sodass kein Quäntchen Atemluft in seinen Körper strömte. Bestenfalls rann brackiges Wasser aus der alten Decke seine Kehle hinab und ließ ihn verzweifelt husten.

Der Todeskampf des jungen Mannes dauerte jedoch deutlich länger, als seine beiden Besucher erwartet hatten.

Immer wieder zuckte der Leib oder Muskeln spannten sich krampfhaft an.

Schweißperlen der Anstrengung standen auf den Gesichtern der beiden Mörder, während sie immer wieder besorgt zur Tür blickten.

»Verreck doch endlich«, keuchte der Mann gedämpft und drückte eine seiner großen Hände zusätzlich mit auf die Decke.

Endlich hörte das Zucken auf und ihr Opfer lag still.

»Noch nicht, wir müssen sicher sein«, flüsterte die Frau und lehnte sich weiter auf die Decke.

»Nichts für ungut, aber deine Dummheit wurde einfach zu gefährlich«, flüsterte der Mann, als die Frau geraume Zeit später die Decke entfernte.

Mit gebrochenen Augen blickte der Knecht zur Decke.

Emsig begannen die beiden Besucher das Bett und den Toten wieder herzurichten und alle Anzeichen eines gewaltsamen Eingreifens zu beseitigen.

»Schaut richtig friedlich aus«, meinte der Mann zufrieden, als sie die Leiche begutachteten.

Die Frau nickte. »Aber den Kornbrand bring ich ihm trotzdem nicht mehr.«

Kapitel 29

Mittwoch, 30. Oktober 1619

Maria saß nachdenklich im Speisesaal und schürfte abwesend mit ihrem Löffel in der leeren Holzschüssel.

»Sch… schwerer Tag heu… heute?«, fragte Balthasar sie und versuchte ihr mit seiner eingeschränkten Gesichtsmuskulatur aufmunternd zuzuzwinkern.

Maria nickte seufzend. »Heute haben wir Michelangelo tot aus seiner Kiste geholt und die Peternella hat ihrem Husten nicht mehr widerstanden. Caesar ist immer noch nicht aufzufinden und vor ein paar Tagen ist ja schon der Reinhold nach dem Unfall nicht mehr aufgewacht. Momentan prüft uns der Herr wahrlich hart.«

»Unfall …«, wiederholte Balthasar zögerlich.

»Ich weiß, was man sich erzählt, aber der Reinhold wird dazu nichts mehr sagen können«, meinte Maria.

»W… wie geht es M… Merten?«, fragte Balthasar.

Marias Gesicht trübte sich noch weiter ein. »Nicht gut. Er ist kaum noch aufgewacht«, sagte sie und schluckte hart.

Balthasar nickte beklommen und stocherte nun seinerseits in der leeren Schüssel.

»Schwester Maria, wir bräuchten Sie einmal«, riss Möhrings Stimme die Pflegerin aus ihren trüben Gedanken. Sie hatte während der kurzen Unterhaltung nicht bemerkt, dass der Pestmeister neben sie getreten war.

»Ich hoffe, es ist etwas Gutes«, seufzte die Pflegerin.

Möhring räusperte sich. »Ich fürchte nein. Herr Overdiek ist soeben verstorben«, erklärte er.

Maria riss erschrocken die Augen auf und schlug die Hand vor den Mund. Auch Balthasar, der Flussschiffer Ebinger und Schwester Veronika blickten bestürzt auf den Pestmeister.

Nicht nur vor Kälte fröstelnd zog Maria ihr Tuch enger um die Schultern. Wie betäubt blickte sie auf den offenen Armensarg, der neben drei anderen Totenkisten im Gewölbe unter dem Hof aufgebahrt war. Blass wie Wachs war die Haut des toten Kaufmanns und glich damit in der Farbe den Verbänden, die er noch immer trug. Seine gefalteten Hände lagen auf dem Griffkorb des Degens, den der General ihm vermacht hatte. Möhring war Marias Vorschlag gefolgt, die Waffe mit ihm zu bestatten.

»Ei… ein Ja… Jammer um so einen ju… jungen Mann«, meinte Balthasar neben ihr traurig.

»Vielleicht ist es besser so für ihn. Ich meine der Aussatz … das hätte auch ein sehr langes und hässliches Ende geben können«, wiegelte Ebingers raue Stimme ab.

Eine Weile herrschte betroffenes Schweigen ob des Einwurfs des Flussschiffers.

»Er wird doch aber bestimmt nicht in diesem Armensarg begraben, oder?«, fragte schließlich eine andere Kranke und hustete tief.

»Soweit ich weiß, lässt Meister Möhring einen guten Sarg anfertigen. Geld wird der Herr Overdiek ja genug dafür zurückgelegt haben«, meinte Schwester Veronika.

»Wer erbt das eigentlich alles?«, fragte Hausmeister Hinrich. »Bei den anderen Kranken geht ihr Besitz ja an den Hof, aber ja nur, weil sie zu Lebzeiten keine Pfründe gezahlt haben wie der Overdiek.«

»Ich glaube nicht, dass das jetzt eine angemessene Frage ist«, zischte Maria nur mühsam beherrscht.

»'tschuldigung, wusste nicht, dass dir der Overdiek so am Herzen lag«, murmelte der Hausmeister überrascht.

Schweigend blickten die Anwesenden auf die aufgebahrte Leiche, bis Hinrich sich räusperte. »Soll ich ihn mal wieder zumachen?«, fragte er diesmal vorsichtig und deutete auf den schlichten Holzdeckel, der neben dem Sarg lehnte.

Maria nickte stumm.

Mit einer Mischung aus Trauer und grimmiger Entschlossenheit sah sie zu, wie der grobe Holzdeckel sich über den Toten legte. Mit schweren Beinen verließ sie dann gemeinsam mit den anderen das Gewölbe.

Kapitel 30

Freitag, 1. November 1619

Die kleine, graue Hausmaus tippelte geschäftig über den kargen Steinboden, hielt ab und an inne und schnupperte konzentriert. Bei derartig vielen verlockenden Gerüchen war es schwierig, sich für eine Richtung zu entscheiden. Doch ihre Aufmerksamkeit galt nicht nur der Nahrungssuche. Immer wieder streunten Katzen durch die Gänge und hatten eine ganz eigene Vorstellung von angemessener Nahrungsaufnahme. Doch momentan konnte sie keines der krallen- und zahnbewehrten Raubtiere ausmachen.

Aufgeregt schnupperte sie an einem der Fässer, die den verführerischen Duft von Getreide ausströmten. Eine Schande, dass die riesigen Zweibeiner so wenig vorausschauend waren und viel zu schwere Deckel auf die Fässer legten. Wie sollte sie so an den köstlichen Inhalt kommen?

Wie zumeist lagen jedoch einige heruntergefallene Körner um das Fass herum, die zumindest einen schmackhaften Anfang darstellen würden. Nachher würde sie noch eines der Regale hochklettern. Mit einem kleinen Sprung konnte sie von dort eines der Bänder erreichen, an dem ein köstlicher Schinken von der hohen Decke baumelte.

Kurz horchte sie auf, als die zehn Glockenschläge aus der Ferne ihr Ohr erreichten. In diesem Gewölbe tief unter der Erde waren die Schläge für menschliche Ohren zwar nicht zu vernehmen, aber ihr feines Gehör registrierte den dumpfen Ton durchaus.

Die meisten Menschen hätten vermutlich auch nicht des Nachts allein in dem unterirdischen Gewölbe verbringen wollen, vor allem nicht in dieser Nacht zwischen Allerheiligen und Allerseelen. Zwar gedachten nur die Katholischen an Allerseelen ihren Verstorbenen und beteten um Aufnahme für die Seelen, die noch im Fegefeuer standen, aber dem alten Glauben, dass in der Nacht davor Dämonen und Teufel oft ihr Unwesen trieben, hingen noch sehr viel mehr Leute an.

Dem Nager wars gleich, während er das letzte Korn eifrig in die kleine Schnauze schob und schon auf Ausschau nach dem nächsten Leckerbissen war. Ein hölzernes Schaben ließ das Tier jedoch innehalten und vorsichtshalber ein paar flinke Schritte hinter einen Regalpfosten machen. Das Geräusch kam von der Wand, wo einige der länglichen Holzkisten standen. Es klang zwar nicht wie eine Katze, dennoch war Vorsicht besser als selbst verdaut zu werden.

Dem Schaben folgte ein tiefes, dunkles Stöhnen und dann eine Weile Stille.

Schließlich stoben einige Funken aus der Richtung auf und entflammten eine Lampe. Nun war der Hausnager zwar weder abergläubisch, noch hing er einer Konfession an, dennoch war ihm diese Betriebsamkeit alles andere als geheuer. Flink huschte das Tier durch die Beine der Regale davon und verschwand in der Dunkelheit.

Die Gestalt, die sich gerade in dem Sarg erhoben hatte, stellte die Laterne auf die nebenstehende Totenkiste und lauschte in die Stille des unterirdischen Gewölbes. Erst als nichts zu vernehmen war, erhob sie sich zur Gänze und bog stöhnend den Rücken durch.

»Noch ein paar Tage in dieser Kiste schlafen und ich segne wirklich das Zeitliche«, murmelte Merten und ließ knirschend die Schultern kreisen.

Herzhaft gähnte er, kratzte sich schlaftrunken den Kopfverband und schüttelte die steifen Beine aus.

Ihn fröstelte in dem einfachen Leichenhemd, das er trug. Maria hatte ihm zwar schon vor Einbruch der ersten Nacht eine Decke gebracht, aber die war kein Vergleich zu seinem weichen Bett und der warmen Daunendecke, unter der er üblicherweise schlief. Erst recht nicht in diesem feuchten Kellergewölbe. Aber eine dicke Daunendecke im Sarg wäre nun doch zu auffällig gewesen, zumal immer die Gefahr bestand, dass sich doch noch andere Kranke oder Bedienstete von dem »Toten« verabschieden wollten.

»Was tut man nicht alles für die Wahrheitsfindung«, flüsterte er leise und schlurfte zu einer staubigen Kiste in der Ecke. Er klappte den Deckel auf und entnahm Pantoffeln und Hausmantel, in die er umgehend schlüpfte.

»Besser«, murmelte er und schauerte dennoch fröstelnd.

Er hörte seinen eigenen Magen knurren und machte sich umgehend auf die Suche. Glücklicherweise ein einfaches Unterfangen in dem Lagerkeller. Er zapfte sich ein gutes Bier und nahm einige tiefe Schlucke direkt aus dem Füllkrug, sodass ihm der Gerstensaft über das Kinn lief. »Ah, besser«, seufzte er und stellte den Krug ab. Dann fanden noch eine Hartwurst, ein großes Stück Speck und zwei eingelegte Gurken den Weg in seinen Magen.

Die letzten zwei Tage in dem Gewölbe zeichneten sich nicht gerade durch außerordentlichen Komfort aus, zumal er tagsüber die meiste Zeit in dem Armensarg gelegen und gedöst hatte. Über die Verpflegung hier unten konnte er sich jedoch keinesfalls beschweren, dachte er und trank noch einen großen Schluck Bier.

Dennoch war es sehr freundlich von Meister Möhring gewesen, ihm ein frisch gebackenes Brot runterzubringen, als er nach ihm gesehen hatte. Der Pestmeister und Maria waren die einzigen beiden, die von dem Mummenschatz wussten. Da Merten sich noch immer nicht sicher war, wer alles hinter den Verbrechen steckte, wäre es zu gefährlich gewesen, andere einzuweihen. An Möhring führte jedoch kein Weg vorbei, schließlich musste ja jemand glaubhaft seinen Tod verkünden, und Maria ins Vertrauen zu ziehen erklärte sich von selbst.

Nach seinem späten Abendmahl schlenderte Merten zurück zu seiner Totenkiste und setzte sich. Nachdenklich suchend blickte er in dem Gewölbe umher. Er war sich sicher, dass irgendwo hier, vermutlich an der Nordwand, etwas zu finden war. Doch wo nur? Seine Suche hatte ihn die letzten zwei Tage nicht entscheidend weitergebracht. Er starrte auf die Steinmauer, die Regale, Kisten und das aufgetürmte Gerümpel.

Grübelnd schlug er die Beine übereinander und verzog kurz das Gesicht, während er sich an die Seite griff. Die Wunde, die der Holzspan gerissen hatte, war zum Glück nicht tief gewesen; Möhring hatte sie dennoch mit einigen Stichen nähen müssen. Sein voller Geldbeutel war von dem Holz durchstoßen worden und hatte das meiste abgefangen. Da sollte noch einer sagen, dass Geld nicht glücklich machen würde.

Auch die anderen Verletzungen hatten sich zu seinem Glück zwar als etwas schmerzhaft, doch nicht ernstlich gefährlich erwiesen. Die Kopfwunde musste ebenfalls genäht werden und er hatte einige Tage einen ordentlich brummenden Schädel gehabt. Aber der Pestmeister hatte ihn lange genug in seinem Behandlungsraum kuriert, sodass davon nicht mehr viel nach war. Dort war es für den Kaufmann auch sicherer gewesen als in seiner eigenen Kammer. Nach dem Mordversuch durch Reinhold war zu befürchten, dass es seine Spießgesellen noch einmal versuchten, und zum Behandlungsraum hatte nur Möhring den Schlüssel. Außerdem sollte von Mertens gutem Zustand niemand außer dem Pestmeister und Maria etwas mitbekommen.

Anfangs hatte Möhring noch eine gefährliche Quetschung des Brustkorbs befürchtet, doch der blutige Husten rührte nur von einer Verletzung im Mundraum, wie er später erleichtert befunden hatte. Mit dem »nur« konnte Merten sich jedoch nicht vollständig anfreunden, hatte er gar einen der seitlichen Zähne verloren und seine Zunge war ebenfalls noch geschwollen und heilte nur langsam aus. Irgendwas von der Ladung musste ihn mächtig am Schädel und im Gesicht getroffen haben. Aber mit ausreichend Bier ließen sich die Folgen durchaus ertragen und selbst die eingelegten Essiggurken brannten nicht mehr ganz so übel beim Kauen.

Dennoch gab es sicherlich Erquicklicheres, als hier im Gewölbe die Leiche zu spielen, und Merten hoffte, dass er nicht mehr allzu lange ausharren musste.

Aber er war sich sicher, dass die Bande nach dem letzten missglückten Anschlag auf ihn ihr Tun zunächst einstellen würde, solange er noch am Leben war, und das hätte es kaum möglich gemacht, ihnen das Handwerk zu legen. Davon hatte er nach dem Anschlag auch Möhring überzeugen können und dieser hatte zähneknirschend dem Mummenschanz zugestimmt, nachdem er ihm seinen Verdacht offenbart hatte. Und leider war nun einmal der feuchte Gewölbekeller genau der richtige Ort, um die fehlenden Teile des Rätsels zusammenzusetzen.

Ächzend stand er auf und machte sich zum erneuten Mal in den letzten Tagen an die Untersuchung der Wände. Irgendwo hier musste etwas sein, war er sich sicher, während er mit der Lampe leuchtete und gelegentlich Stein und Holz betastete.

Ein Knarren ließ ihn zusammenfahren. Es kam vom anderen Ende des Gewölbes aus der Richtung des Niedergangs von der Küche. Hastig dämmte er die Lampe, griff seinen Degen und versteckte sich in einiger Entfernung hinter einer Ansammlung von Regalen und Kisten, bevor er die Lampe gänzlich abschirmte.

Aufgeregt lauschte er und lugte zwischen einem Spalt hindurch in das Gewölbe. Konnte es Maria sein, die ihm einen Besuch abstattete? Eigentlich nicht. Die Pflegerin hatte heute Nacht keinen Dienst und sie hatten vereinbart, dass es zu verräterisch war, wenn sie ihn außerhalb ihres Rundgangs besuchen würde. Für die Landschoof oder eine der Mägde war es jedoch viel zu spät, um noch Arbeit hier zu verrichten.

Trotz seiner Anspannung musste Merten grinsen. Vermutlich war es die jähzornige Köchin gewesen, die sich am Nachmittag in dem Lagergewölbe aufgehalten hatte, als er in seiner Leichenkiste unterdrückt niesen musste. Er hatte sie nicht sehen können, aber einen unterdrückten Aufschrei und sich hastig entfernende Schritte gehört. Sein unfreiwilliger Ausflug in den Wassergraben hatte ihm eine ordentliche Erkältung beschert und der Aufenthalt im feuchten Gewölbekeller hatte es nicht besser gemacht. Seine größte Sorge die letzten zwei Tage war jedoch, dass er schnarchen könnte, während er tagsüber in dem Sarg schlief.

Merten hörte sich nähernde Schritte und nahm einen schwachen Lichtkegel wahr. Aufgeregt schluckte er und seine geschwollene Zunge fühlte sich übergroß in seinem Mund an.

Die Schritte gingen an ihm vorüber und endeten vor der Nordwand, die er eben noch untersucht hatte. Im Dämmerlicht sah der Kaufmann eine Frauengestalt in einfacher Kleidung. Es war Sophia Regenhardt, eine der Mägde. Sie hatte damals die Leiche vom Hinrichs gefunden und war aufgeregt aus dem Keller gerannt. Hatte sie vielleicht doch noch zu arbeiten um diese Zeit? Unwahrscheinlich … Zumal sie an sich keinen eigenen Schlüssel zur Küche haben sollte. Mertens Herzschlag beschleunigte sich, als er sah, wie die Magd zielsicher einen der hölzernen Stützpfosten an der Wand ansteuerte.

Sie kniete sich hin und friemelte in ihrer Rocktasche. Merten vernahm ein leises Klimpern wie von einem Schlüsselbund … Zu seinem Ärger stand sie mit dem Rücken zu ihm und er konnte nicht sehen, was sie tat, aber er hörte ein metallisches Klicken.

Mit einem angedeuteten Nicken beobachtete Merten, wie sie einen Teil der Gewölbewand wie eine Tür öffnete. Es war keine große Öffnung, gerade so, dass ein kleiner Mensch gebeugt hindurchgehen konnte oder ein großer auf allen vieren.

Das deckte sich mit seinen Erwartungen. Nach allem, was er bisher erfahren und durchdacht hatte, musste es diesen Zugang geben und sicherlich führte er letztendlich auch in das Gerätehaus.

Er beobachtete, wie die Magd gebeugt in den engen Gang schritt und die Geheimtür hinter sich zuzog. Dunkelheit umfing den Kaufmann in dem Gewölbe.

Merten grübelte und zupfte sich nervös am roten Kinnbart. Sollte er ihr hinterhergehen oder besser noch abwarten? Er hielt es für unwahrscheinlich, dass nur Reinhold und die Magd Teil des Übels waren.

Die Neugier siegte. Er drehte den Blendschirm seiner Laterne eine Winzigkeit auf und schlich auf seinen Pantoffeln bis zur Stelle, an der Sophia verschwunden war. Mit zusammengekniffenen Augen betrachtete er die behauenen Feldsteine, konnte aber auf den ersten Blick nichts erkennen. Der größte, direkt über dem Boden, musste es sein. Vermutlich war er nicht massiv, sondern nur fingerdick und Teil einer Tür, die sich makellos in die restliche Felsmauer einfügte. Wenn er genau hinsah, meinte er jedoch eine feine Fuge um ihn herum zu erkennen. Konzentriert betrachtete er den Stützpfeiler, der daneben in der Mauer eingelassen war wie bei einem Fachwerkhaus. Hier hatte sie sich zu schaffen gemacht. Doch Merten erkannte nichts. Keine Öffnung, kein Spalt, in den sie hätte den Schlüssel stecken können. Behutsam tastete er das Holz ab. Dann lächelte er, als seine Finger über das Astloch im groben Balken fuhren. Es ließ sich mit dem Nagel entfernen, ein hölzerner Profen wie der Korken auf einer Flasche. Dahinter lag eine längliche Vertiefung, ganz so wie ein Schlüsselloch.

Er überlegte. In der Kiste, in der seine Pantoffeln und der Hausmantel gelegen hatten, war auch noch der Schlüssel, der bei Hajo unter dem Bett gelegen hatte. Merten war sich sicher, dass einer der Schlüssel, für die er bisher kein passendes Schloss gefunden hatte, in die Öffnung hinter dem Astloch passen würde.

Erneut riss ein Geräusch von der anderen Seite des Gewölbes ihn aus seinen Gedanken. Er steckte den hölzernen Profen zurück in den Balken, dämmte die Lampe ab und schlich wieder in sein altes Versteck hinter den Regalen.

Aufgeregt wartete er die Ankunft des neuen Besuchers ab. Die Schritte, die sich näherten, waren deutlich schwerer, als die der Magd es gewesen waren. Wenig überrascht beobachtete Merten, wie Hausmeister Hinrich durch das Gewölbe schritt und den gleichen Weg wie die Küchenhilfe nahm. Auch er kniete sich vor die geheime Öffnung und war wenig später durch die Tür in der Wand verschwunden.

Abermals überlegte Merten. Sollte er jetzt hinterher oder doch besser zu Möhring gehen und den Brookvogt informieren? Doch was, wenn die beiden Wind davon bekämen und dann nicht mehr auftauchten? Er könnte dann zwar ihr Geschäft unterbinden, aber zur Rechenschaft würden die beiden dann vielleicht nicht mehr gezogen. Er dachte an den Anblick von Hajos blasser, aufgedunsener Leiche im Sarg und fasste einen Entschluss.

Er öffnete die Lampenblende einen Spalt und holte das Schlüsselbund aus der Kiste. Zwei Schlüssel hatten sie bisher nicht zuordnen können. Der eine wäre vermutlich zu kurz, doch der andere war vielversprechend.

Dann schlich er wieder zur Geheimtür. Seine Finger entfernten das Astloch und er leuchtete in die kleine Öffnung. Gerade wollte er den Schlüssel einführen, da kam ihm noch eine Idee.

Er ging zu einem entfernten Vorratsregal und öffnete den Deckel eines Tonbehälters. Mehrfach tauchte er den Schlüsselkopf in die frisch geschlagene Butter. Das würde die Sache noch etwas geräuschloser machen. Kurz musste er grinsen bei der Vorstellung, wie die Landschoof schauen würde, wenn sie ihn dabei beobachten würde, wie er das Metall in die gute Butter tauchte.

Schließlich schlich er erneut zu der Geheimtür und führte behutsam den Schlüssel in das versteckte Loch. Er passte perfekt!

Merten löschte die Lampe, um sich nicht durch den Schein zu verraten, und drehte mit geschlossenen Augen den Schlüssel. Er spürte einen kurzen Widerstand, dann war die Umdrehung vollendet.

Er tastete nach der Steinplatte und wie er gehofft hatte, ließ sie sich einfach aufziehen. Die beiden mussten die Aufhängung gut geölt haben, das Öffnen ging nahezu geräuschlos von sich.

Eine Weile lauschte Merten. Er hörte dumpf Geräusche und Stimmen von der anderen Seite und erkannte einen dämmrigen Lichtschein hinter der Öffnung, doch nichts, was auf Aufregung oder Alarm schließen ließ.

Also gut. Er tat noch einen tiefen Atemzug, streifte die Pantoffeln von den Füßen, fasste den Degen fester und beugte sich zur Öffnung hinunter. Vorsichtig betrat er gebeugt den Gang. An sich wäre es für ihn einfach gewesen, auf allen vieren zu gehen, wie es bereits der Hausmeister getan hatte, aber so war er leiser und hatte auch die Waffe zur Hand.

Der Gang war einige Schritte lang und an seinem Ende sah Merten, wie dämmriges Licht Kisten, Stühle und Fässer beschien. Leider konnte er nicht um die Ecke in den ganzen Raum schauen, hörte aber, wie die beiden sich unterhielten und arbeiteten. Er drückte die Daumen, dass sie ihn nicht bemerken würden, solange er noch in dem Gang steckte.

Vorsichtig schlich er voran. Aufgrund der gebückten Haltung langsamer, als er es sich wünschen würde. Zu seiner Überraschung war der kurze Stollen nicht nur einfach ins Erdreich gegraben, sondern gut abgestützt und sogar verschalt. Selbst der erdige Boden war teils mit Steinplatten ausgelegt.

Je näher Merten dem Ausgang in den unterirdischen Raum kam, desto wärmer wurde es. Außerdem nahm er einen merkwürdigen, stechend-scharfen Geruch wahr, was den Kaufmann jedoch wenig verwunderte.

Schließlich betrat er auf nackten Sohlen den Raum und richtete sich auf. Er stand in einem holzverkleideten Raum neben einem kleinen Arbeitstisch. Fässer, Kisten und Holzscheite lehnten an den Wänden. Auf der gegenüberliegenden Seite führte eine Leiter zu einer Luke in der Decke. Er war sich sicher, dass sie in einem geheimen Ausgang im Gerätehaus führte. Zwei große Kupferkessel waren mit einem Rohr verbunden, unter einem brannte ein Feuer, dessen Rauch durch einen Abzug in der Decke entwich. Dennoch war es schwül und stickig in dem unterirdischen Raum.

Hausmeister Hinrich und Sophia waren geschäftig bei der Arbeit und drehten ihm den Rücken zu. Sie rührten und werkelten und gerade legte Hinrich noch ein Scheit auf das Feuer. Merten kam nicht umhin, sich von der Schnapsbrennerei beeindruckt zu zeigen, die sie hier aufgebaut hatten. Allein die hochwertige Destille musste ein Vermögen gekostet haben, gemessen an den Einkünften der beiden.

Stumm beobachtete er sie, bis die Magd eher zufällig den Kopf drehte und sich seiner gewahr wurde. Zunächst erstarrte sie mit aufgerissenen Augen, dann entschlich sich ein spitzer Schrei ihrer Kehle und sie taumelte mit vom Schrecken verzerrtem Gesicht zurück an die Holzwand und bekreuzigte sich.

»Bist du von Si…«, begann Hinrich, doch dann bemerkte auch er Mertens Anwesenheit.

Er ließ ein Geräusch verlauten, als hätte etwas Schweres ihn in die Magengrube getroffen. Er hielt ein schweres Holzscheit zittrig schützend vor sich und wich ebenfalls nach hinten aus, bis die Wand in seinem Rücken ihn stoppte.

»Verschwinde, du Teufel«, keuchte der Mann.

Merten hatte gehofft, dass die beiden bei seiner Ankunft in der geheimen Kammer überrascht sein würden, aber erst jetzt machte er sich bewusst, dass er für sie ein auferstandener Toter war. Nun ja, das war nicht eben nachteilig, dachte er bei sich und beschloss, diesen Umstand noch ein wenig auszukosten.

Langsam hob er den Degen und deutete mit der Spitze auf die beiden. »Sünder!«, grollte er mit der düstersten Stimme, zu der er fähig war, und machte einen schleppenden Schritt auf sie zu.

»Fahr zurück in die Hölle, Dämon!«, rief Hinrich etwas zu schrill für einen so großen Mann und fuchtelte weiter zittrig mit dem Holzscheit.

Zufrieden bemerkte Merten, wie sich zudem mit einem platternden Geräusch eine große Pfütze um die Magd herum ausbreitete.

Drohend richtete er die Degenspitze abwechselnd auf die beiden. »Hajo, Michelangelo, der General, Peter Schoppmann, Dirk Hinrichs, Brid Eisner, Gertraud Bittner und dann noch ich selbst. Ihr seid schlimmer als die Pest und ihr werdet dafür zahlen.«

»M… mit dem General und der Gertraud haben wir nichts zu schaffen«, stammelte der Hausmeister.

»Und der Reinhold war das ganz allein mit dir, das war nicht abgesprochen. Ich schwöre, bei allem, was mir heilig ist«, versicherte die Magd hastig.

»Euch ist nichts heilig«, kommentierte Merten kühl und nahm zufrieden zur Kenntnis, dass sie gerade zumindest indirekt die meisten Morde gestanden hatten.

»Erbarmen«, bettelte die Magd. »Wir haben den Reinhold auch für den Mord an dir bezahlen lassen«, tat sie eifrig kund.

Merten richtete nur kühl die Degenspitze auf die Frau. »Für eure Taten …«, begann er, wurde jedoch von einem heftigen Nieser unterbrochen. »Für eure Taten gibt es weder Vergebung noch Wiedergutmachung«, entgegnete er und wischte mit dem Ärmel des Nachthemds den Rotz von der Nase.

Stirnrunzelnd starrte Reinhold den »Schnoddrigen Toten« mit zusammengekniffenen Augen an. »Du bist gar nicht verreckt! Was ist das für ein Mummenschanz?«, knurrte er mit aufkeimender Wut.

»Nicht tot?«, fragte die Magd verständnislos und blickte zwischen dem Hausmeister und der sprechenden Leiche hin und her.

Kurz überlegte Merten, ob er die beiden weiterhin von seiner übernatürlichen Präsenz überzeugen wollte, hielt dies jedoch für wenig aussichtsreich. »Nein, ich bin nicht tot. Aber ich kann sehr schnell dafür sorgen, dass ihr es seid, wenn du nicht das Holzscheit fallen lässt«, warnte Merten grimmig.

Mit hassverzerrtem Gesicht starrte der Hausmeister sein Gegenüber an. Es war unschwer zu erkennen, dass er ihm gerne den Schädel einschlagen würde. Aber Hinrich war nicht dumm. Er wusste, dass ein Holzscheit kein Degen war und dass Merten noch dazu mit selbigem umzugehen wusste. Mit versteinerter Miene ließ er das Holz auf den Boden fallen.

»Nicht tot? Ich verstehe nicht«, gab die Magd immer noch verdattert zu.

»Der verwesende Mistkerl hat die Leiche nur gespielt«, zischte Hinrich mühsam beherrscht.

Eine Weile herrschte eine angespannte Stille in dem unterirdischen Raum. Nur das Knistern des Feuers übertönte das Atmen der Anwesenden. Dann klopfte Merten mit der Degenspitze gegen eines der Fässer. Es klang dumpf, das Fass musste voll sein. »Kein dummes Geschäft, muss ich zugeben. Hätte ich euch nicht zugetraut. Der Wagen vom Pesthof fährt täglich nach Hamburg rein und raus oder auch ins Umland, um Besorgungen zu machen. Niemand würde an den Stadttoren auf den Gedanken kommen, nach Schmuggelware in der Ladung zu suchen. Der Rat erhebt saftige Steuern auf Kornbrand und den Bauern ist es aufgrund der Getreideknappheit untersagt, zu viel Korn zu Schnaps zu brennen. Gute Preise und hoher Profit, nehme ich an?«

Hinrich spuckte aus. »Noch ein oder zwei Jahre, dann hätten wir uns zur Ruhe gesetzt. Schneller vielleicht sogar, nachdem der Reinhold seinen Anteil nicht mehr braucht.«

Sophia nickte. »Dann wäre Schluss gewesen mit der Buckelei.«

»Habt ihr von Anfang an selbst gebrannt?«, fragte Merten und klopfte nun mit der Degenspitze gegen die Destille.

Hinrich schüttelte den Kopf. »Anfangs haben wir nur den fertigen Brand gekauft und nach Hamburg geschmuggelt. Das meiste kam aus Altona. Aber in Hamburg haben die uns das Zeug aus den Händen gerissen, wir hatten viel weniger, als wir hätten verkaufen können.«

»Da haben wir eben beschlossen selber zu brennen. Genug Silber für die Anschaffungen hatten wir schon verdient«, ergänzte Sophia und wischte sich den Schweiß von der Stirn.

Merten nickte verstehend. »Nur habt ihr dann einen Ort gebraucht, wo ihr in Ruhe brennen und lagern konntet. Und da es bei Hinrich und Reinhold nicht auffiel, wenn sie mit Arbeiten beschäftigt waren, Baumaterial ranschaffen oder Erde wegfahren, hattet ihr dafür alle Zeit der Welt.«

Hinrich lachte kurz auf. »Das meiste haben wir sogar Möhring als Kosten für Instandhaltung aufbrummen können.«

»Und anschließend hattet ihr eine unsichtbare Brennerei mit Lagerhaus. Ungesehenen Zugang, um im Gerätehaus die Fässer aufzuladen oder Getreide hier runterzubringen. Über den Lagerkeller kommt ihr auch nachts gut rein und könnt auch mal den einen oder anderen Scheffel Korn abzweigen. Zumindest wurde die Landschoof für ihren hohen Verbrauch gescholten«, mutmaßte Merten.

Sophia zuckte die Schultern. »Das meiste Getreide kaufen wir schon im Umland oder in Altona ein, aber ein kleiner Nachschlag ab und an kann ja nicht schaden.«

»Wie bist du uns auf die Schliche gekommen?«, wollte Hinrich wissen.

Merten musterte ihn. Er hatte oft genug Verhandlungen geführt, um zu erkennen, dass der Mann nur Zeit schinden wollte. Aber was konnte das schaden, wenn er ihnen seine Gedanken preisgab? »Sicher war ich mir bisher nicht«, gab Merten zu. »Es waren viele kleine Teile, die sich nach und nach ergaben. Als Reinhold mich mit dem Karren überfahren wollte, sind einige Fässer zerbrochen. Der Geruch war eindeutig. Nun gibt es eigentlich keinen rechtschaffenen Grund, warum das Pesthof Kornbrand nach Hamburg liefern sollte.«

»Der Bastard war selbst zu dumm, um ein Loch in den Schnee zu pissen«, wetterte Sophia. »Ausgerechnet mit einer Lieferung einen Unfall heraufzubeschwören.«

Merten ignorierte ihren schmählichen Nachruf. »Bevor der Peter Schoppmann seinen eigentümlichen Unfall im Stall hatte, ist er zu erstaunlichem Wohlstand gekommen. Konnte sich die Gunst von Anna Maienkranz und dazu jede Menge Kornbrand leisten. Ich vermute, er ist euch nicht nur beim Hof, sondern auch hier zur Hand gegangen«, mutmaßte Merten.

»Bis er zu gierig wurde«, meinte der Hausmeister knapp.

Merten legte den Degen auf seiner Schulter ab, um seinen Arm etwas auszuruhen, blieb jedoch aufmerksam. »Begonnen hatte die Geschichte aber mit der Brid Eisner und dem Dirk Hinrichs. Dass der einen eigenen Schlüssel zur Küche und zum Lagerkeller besitzt, damit konntet ihr nicht rechnen. Irgendwas hat er mitbekommen und vermutlich weiter rumgestöbert. Vermutlich hat er auch noch was gemeinsam mit der Brid im Gerätehaus entdeckt, als er sie rumführen musste. Vielleicht wollte er euch sogar erpressen. Da habt ihr beschlossen zwei Fliegen mit einer Klappe zu schlagen und den Hinrichs um die Ecke zu bringen und es der Brid in die Schuhe zu schieben.«

Sophia zuckte die Schultern. »Bot sich halt an. Für einen Toten brauchts eine glaubhafte Erklärung. Andernfalls gibt es Unruhe und die ist schlecht für das Geschäft.«

Merten schüttelte den Kopf. »Die Brid hat doch nie gesprochen, egal was sie gesehen hat, als sie mit dem Dirk unterwegs war«, meinte er tonlos.

Hinrich winkte ab. »Wer weiß das bei diesen Tollen schon? Vorsicht ist besser als Nachsicht.«

»Dumm nur, dass Michelangelo euch gesehen hat. Ihr habt ihn vergiftet?«, fragte Merten knapp.

»Hat er selber getan. Wir brauchten es ihm nur geben. Wollt wohl endlich seine Ruhe«, meinte Sophia.

Merten schloss kurz die Augen. Er musste sich zunehmend beherrschen, den beiden nicht einfach den Wanst aufzuschlitzen. »Leider hat Weidenbaum mitbekommen, dass in der Nacht niemand die Küche vom Hof betreten hatte. Da es unwahrscheinlich war, dass die Brid sich den ganzen Tag da unten versteckt hatte, blieb nur noch ein zweiter Eingang zum Lagerkeller.«

»Verdammter Jude«, knurrte Hinrich.

»Zu guter Letzt gab es noch einige weitere Ungereimtheiten. Wie die Nacht des Feuers, wo du und Reinhold in voller Kleidung aus der Küche gekommen seid«, schloss Merten.

Hinrich zog geräuschvoll die Nase hoch. »Bist ja ein echter Schlaumeier und Klugscheißer, nur bei einer Sache irrst du dich wahrscheinlich.«

Merten hob fragend eine Augenbraue. »Und was sollte das sein?«, wollte er wissen.

»Wir waren nicht zu dritt, sondern zu viert«, antwortete der Hausmeister mit einem hintergründigen Lächeln.

Merten brauchte eine Weile, um die Worte und den Gesichtsausdruck des Mannes zu interpretieren. Dann zog sich sein Magen zusammen. Er hatte seine ganze Aufmerksamkeit auf die beiden Schmuggler gerichtet und den Durchgang hinter sich vollständig vergessen.

Hastig machte er einen Satz zur Seite. Dennoch streifte etwas Mertens Kopf und krachte hart auf seine Schulter, sodass er das Gefühl hatte, sein Arm würde abgerissen. Mit Schrecken sah er die Klinge des Handbeils, die seinen Kopf verfehlt hatte. Nur der Stiel war auf seine linke Schulter niedergefahren und ließ sie eher taub als schmerzerfüllt zurück.

Er riss den rechten Ellenbogen nach hinten, traf auf etwas Hartes und hörte einen erstickten Schrei. Zu seiner Erleichterung vernahm er, wie das Beil auf den Boden prallte.

Da war Hinrich schon mit einem Holzscheit heran. Noch bevor dieser zuschlagen konnte, stach Merten zu. Die Klinge fuhr den Mann in den Oberarm und trat auf der anderen Seite wieder aus. Mit einem Tritt beförderte er den schreienden Angreifer nach hinten und befreite so seine Klinge. Er hieb noch einmal hinterher, verfehlte den taumelnden Mann aber. Aus den Augenwinkeln sah er etwas auf sein Gesicht zurauschen. Es war Sophia, die mit einem Tonkrug nach ihm schlug. Für einen Stich mit dem Degen war sie zu nah an ihm, also hieb er ihr den Griffkorb ins Gesicht und zog den Kopf beiseite.

Er hörte befriedigt ihren Schmerzensschrei, konnte jedoch nicht verhindern, dass der Krug auf seine lädierte Schulter traf. Sterne blitzten vor seinen Augen auf und das Blut rauschte in seinen Ohren. Wenn er ohnmächtig würde, wäre er tot.

In einem Akt der Verzweiflung schlug er wild mit dem Degen um sich, um die Angreifer auf Abstand zu halten. Er hört es krachen und scheppern und einen erneuten Schmerzenslaut.

Jemand griff von hinten um seinen Hals und ein kräftiger Unterarm drückte ihm die Luft ab. Zu seinem Glück lag der Arm nicht ganz unter seinem Kinn, sonst hätte ihn wohl schnell das Bewusstsein verlassen. Er hieb und stach nach hinten, doch aus dieser Position war die lange Klinge nicht sehr hilfreich.

Schon sah er vor sich Hinrich und Sophia auftauchen. Er stach wüst mit dem Degen nach ihnen, legte sich gar in seinen Haltegriff und trat mit beiden Füßen zu. Hinrich sprang zurück, aber die Magd erwischte er wuchtig an der Brust. Sie flog zurück, prallte mit dem Kopf auf einen Tisch und riss die gesamte Destille nebst einer großen Schale und anderen Werkzeugen mit sich zu Boden. Keinen Atemzug später loderten Flammen in der halben Kammer auf. Panisch griff Hinrich sich eine Decke und versuchte den Brand zu ersticken, während er sich das Gesicht mit dem

Ärmel abschirmte. Sophia stand lichterloh in Flammen, ihre ganze Kleidung hatte das Destillat aufgesogen und sie wirkte wie ein menschlicher Kerzendocht. Schmerzen schien sie keine zu haben. Sie lag starr und regungslos auf dem Boden.

Merten warf sich indes nach hinten und stieß damit seinen Angreifer gegen die Wand. Ein wenig lockerte es den Griff um seinen Hals. Er nahm den Degen und stach nach unten. Ein wütender Schrei ertönte, als er den Fuß seines Angreifers durchstach. Endlich lockerte sich der Griff genug und er konnte den Hintermann abschütteln. Er bekam dessen Kleidung zu fassen und schleuderte ihn in einen Stapel brennender Holzkisten.

»Sie?«, rief Merten überrascht, als er den Schulmeister Georg Lademacher erkannte. Nun ergab es einen Sinn, dass Lademacher ihn vor einigen Monaten aus dem Schuppen vertrieben hatte, und dass der Schulmeister dem Brand zugetan war, war kein großes Geheimnis. Die anderen drei wären vermutlich auch nicht in der Lage gewesen, ein derartiges Unterfangen zu planen.

Doch für solche Gedanken war keine Zeit. Eine brüllende Hitze hatte sich in der Kammer ausgebreitet. Die Flammen hatten das trockene Holz der Kisten und der Wandverschalung bereits angegriffen und sollte noch weiterer Alkohol in den Fässern lagern, konnte hier schnell die Hölle ausbrechen. Das dachte sich wohl auch der Hausmeister. Er hatte den Versuch aufgegeben, die Flammen zu ersticken. Mit einer kleinen Truhe unter dem Arm versuchte er die Stiege zum Gerätehaus zu erklimmen. Kein einfaches Unterfangen, denn sein verletzter Arm war ihm keine große Hilfe mehr.

Merten setzte ihm nach. Oder besser, er wollte es. Kaum hatte er einen Satz nach vorn gemacht, hielt ihn jemand am Bein fest. Lademacher!

Merten fiel der Länge nach hin und der harte Aufprall presste ihm die Luft aus der Lunge. Schon war der Schulmeister über ihm und trat ihm hart gegen die Rippen und den Kopf. Merten konnte zwar noch schützend die Arme hochreißen, musste dennoch zwei harte Treffer einstecken. Während sich die Kammer um ihn herum drehte, sah er, wie auch der Schulmeister die Flucht über die Stiege ergriff.

Nur mühsam berappelte sich der Kaufmann und kam schwankend auf die Beine. Das Feuer hatte sich weiter ausgebreitet und wurde durch das Öffnen der Deckenluke noch mehr angefacht. Er stapfte zur Stiege, ignorierte den Schmerz in seiner Schulter und hastete die Sprossen hoch. Einige Schritte über sich sah er Lademacher beim Aufstieg. Blut tropfte von seinem Schuh in Mertens Gesicht.

Verbissen kletterte er ihm hinterher und noch bevor der Schulmeister sich gänzlich aus der Öffnung in das Gerätehaus schleppen konnte, stach ihm Merten in das Gesäß. Schreiend flüchtete Lademacher gänzlich aus dem Schacht. Merten tat es ihm gleich und kniete bald keuchend vor der Schachtöffnung.

Der Schulmeister versuchte hustend auf die Beine zu kommen, doch seine Verletzungen ließen ihn sogleich einknicken. Merten bekam ihn dazu am Hosenbein zu fassen und riss ihn gänzlich zu Boden. Zwei wuchtige Schläge mit dem Degenkorb ins Gesicht ließen den Kiefer des Mannes brechen wie einen trockenen Ast und beförderten den Schmuggler in eine tiefe Ohnmacht.

Schwer atmend richtete sich Merten auf. Wo war der Hausmeister? Die Flammen aus dem Schacht tauchten das Gerätehaus in ein flackerndes Dämmerlicht und er sah sich wankend um. Keinen Moment zu früh.

Hinrich hatte sich einen schweren Hammer gegriffen und der Metallkopf sauste soeben auf Mertens Schädel zu. Der Kaufmann riss den Degen hoch und es gelang ihm gerade noch, den Angriff abzulenken. Jedoch wurde ihm die Waffe wuchtig aus der Hand geprellt und ein dumpfer Schmerz fuhr in seinen rechten Unterarm. Scheppernd verschwand die Waffe in der Dunkelheit.

Erneut schlug Hinrich zu und Merten sprang zurück. Er stolperte und schlug rücklings auf den Boden.

»Dich mach ich kalt!«, drohte der Hausmeister und stapfte vorwärts.

Verzweifelt griff sich Merten eine Handvoll Dreck und Sägemehl vom Boden und warf sie seinem Angreifer ins Gesicht. Hinrich jaulte auf und rieb sich den Dreck aus den Augen, während Merten auf die Beine und auf ihn zusprang. Er bekam den Arm mit dem Hammer zu fassen, hatte aber keine Kraft mehr, um sie dem Mann zu entwinden.

Stattdessen riss der Hausmeister das Knie hoch und traf Merten in den Unterleib. Keuchend sackte dieser zusammen. Noch bevor er wieder aufstehen konnte, war sein Gegner über ihm. Den Hammer drohend erhoben.

»Dein Gesicht verteil ich über den Boden«, versprach Hinrich grimmig.

Mit aufgerissenen Augen schaute Merten auf den Hammer. Er hatte immer geglaubt, der Aussatz wäre einmal sein Ende.

Da flog ein heller Schatten von der Decke, ganz wie ein Engel in flatterndem weißen Gewand mit hellen Haaren. Schwer landete der Neuankömmling auf dem Hausmeister und riss ihn zu Boden.

Merten traute seinen Augen nicht. War das Caesar in seinem Nachthemd?

Mit einem wilden Gesichtsausdruck stieß der zerzauste Alte den Kopf nach vorn und biss dem Mann unter sich in den Hals. Wütend schüttelte er den Kopf und riss dem Mann ein Stück Fleisch aus der Kehle. Zähnefletschend spuckte er es aus, bevor er erneut zubiss. Ein dicker Blutstrahl pulsierte aus der Wunde und ergoss sich über Merten.

Hinrich war zunächst zu perplex, um auf den Angriff zu reagieren, dann kam er zu sich und schüttelte seinen viel leichteren Widersacher mühelos ab, sodass dieser in einem Bündel Zaunpfeiler landete.

»Ich mach euch beide kalt«, grollte er.

Doch er wankte unsicher und hielt sich beinahe abwesend die Hand vor die Halswunde. Blut lief in Bächen zwischen seinen Fingern hindurch und seine Augen waren unnatürlich aufgerissen.

Noch zwei Schritte wankte er auf Merten zu, dann fiel er auf die Knie.

»Ich …«, keuchte er, bevor er gänzlich umkippte und sich ein kleiner roter See um ihn bildete.

Wacklig kämpfte sich Merten auf die Beine und trat zur Vorsicht den Hammer von dem Mann weg. Er wandte sich an Caesar. »Geht es dir gut?«

Der stand erstaunlich sicher auf seinen Beinen. »Mens sana in corpore sano.[24]«

Merten schüttelte den Kopf und blickte nach oben auf den Heuboden, von dem Caesar offensichtlich gesprungen war. »Warst du etwa die ganzen Tage da oben?«, fragte er ungläubig.

Der Alte nickte versonnen lächelnd.

Merten schüttelte erneut den Kopf. Dann blickte er auf den toten Hinrich und auf den blutverschmierten Caesar.

»Zieh dein Hemd aus und pack mit an«, wies er ihn an und griff mit schmerzverzerrtem Gesicht in das Hemd des Toten.

»Quo vadis, domine?[25]«, fragte Caesar irritiert.

»Der muss runter ins Feuer und am besten dein Hemd gleich mit«, erklärte Merten und begann an der Leiche zu ziehen.

---

[24] Ein gesunder Geist sei in einem gesunden Körper.

[25] Wohin gehst du, Herr?

Caesar breitete verständnislos die Hände aus. »Vivere militare est.[26]«

Merten seufzte. »Hör zu, alter Knabe. Ich weiß, dass du mir nur geholfen hast, aber wenn rauskommt, dass du den Hinrich gerissen hast wie ein Wolf ein Lamm, dann landest du schneller in einer dieser Kisten, als wir Kornbrand sagen können. Also schmeißen wir ihn jetzt da runter und dann brechen wir die Tür auf und nichts wie raus.«

Caesar zuckte die Schultern und gemeinsam schleiften sie den Toten zum Schacht. Merten erkannte, dass die Falltür hier ähnlich gut versteckt war wie der Zugang zum Lagerkeller.

Funken stoben auf und eine Hitzewelle loderte ihnen entgegen, als der Körper in der brennenden Kammer aufprallte. Abwesend zog sich Caesar das Hemd aus und warf es hinterher. »Auri sacra fames[27]«, kommentierte er mit einem Blick in das Feuer.

Stöhnend zog Merten seinen Hausmantel aus und reichte ihn dem Alten.

Dann fiel sein Blick auf den bewusstlosen Lademacher. Mertens Augen wanderten zwischen ihm und dem Feuerschacht hin und her und seine Zähne bissen zornig aufeinander.

---

[26] Zu leben heißt zu kämpfen.

[27] Verfluchter Hunger nach Gold.

Kapitel 31

Sonntag, 3. November 1619

Draußen pfiff ein kalter Wind um den Hof und vermutlich zog auch bereits manch einer der Kranken seine Decke zittrig bis zum Kinn hoch. Doch der schwere Ofen in Mertens Kammer strahlte eine angenehme Hitze aus und der heiße Wein tat sein Übriges Maria und ihm eine wohlige Wärme in den Bauch und leichte Röte ins Gesicht zu zaubern.

Mit einem kurzen Stöhnen richtete sich Merten in seiner halb sitzenden Position auf dem Bett etwas mehr auf und trank noch einen Schluck.

»Hast du noch arge Schmerzen?«, fragte die Pflegerin besorgt.

Merten wog etwas den Kopf. Er hatte beim Kampf mit den Schmugglern einiges abbekommen. Das zweite Mal in kurzer Zeit mit seinem Unfall auf der Brücke und vollständig war die Begegnung mit dem Söldner und Mordbrenner auch noch nicht ausgeheilt.

»Ich glaube, es ist an der Zeit, mal ein paar Wochen nicht durchgewalkt zu werden«, meinte er mit einem schiefen Grinsen. »Ich hoffe nur, dass die Schulter wieder ganz wird«, schob er hinterher und blickte besorgt auf den stützenden Verband, den Möhring ihm angelegt hatte.

»Der Meister sagt, dass das schon wieder wird. Vielleicht brauchst du nur ein wenig mehr … Betreuung«, meinte sie augenzwinkernd.

»Ich hoffe, du kriegst keine Schwierigkeiten, wenn du einem der Kranken zu viel Aufmerksamkeit widmest«, gab Merten zu bedenken.

Maria schüttelte entschieden den Kopf. »Meister Möhring ist sehr erleichtert, dass wir die Sache nicht an die große Glocke hängen und vor allem das Wort Schmuggel nicht fällt. Dazu noch die großzügige Spende für den Hof.«

Merten zuckte die heile Schulter. »Eigentlich war es ja die Spende von Lademacher, Hinrich, Reinhold und Sophia. In der kleinen Truhe, die Hinrich noch nach oben gerettet hatte, war schon eine stattliche Summe.«

»Und nun ist er dir wohl sehr wohl gesonnen und hat immer noch ein wenig Bammel, du könntest die ganze Geschichte erzählen«, urteilte Maria. Dann reckte sie das Kinn und stellte ihre Stimme eine Tonlage tiefer. »Ach ja, Schwester Oppermann. Der Herr Overdiek braucht beste Betreuung die nächste Zeit, nur die beste Betreuung bis zu seiner Genesung. Zeit spielt keine Rolle. Hauptsache, ihm ist wohl und … er kommt nicht auf dumme Gedanken«, imitierte sie den Pestmeister.

Beide lachten kurz auf, woraufhin Merten sich die Rippen hielt.

»Außerdem wird dich außer mir gerade ohnehin niemand in deiner Kammer besuchen. Möhring hat zwar allen erzählt, dass es sich bei deiner »Auferstehung« um ein rein medizinisches Phänomen handelt und du scheintot warst, aber du kennst ja die Leute. Die meisten werden dir aus dem Weg gehen und ein Kreuz schlagen, wenn sie dich sehen.«

Merten seufzte. »Dann ändert sich ja nicht so viel«, meinte er leicht bitter.

Eine Weile tranken beide schweigend.

Dann zog Maria unwohl die Knie an den Leib. »Ich kann immer noch nicht glauben, dass die vier das getan haben. Schmuggel ist ja eine Sache, aber all diese Morde …«

Merten blickte sie ernst an. »Manchmal sind die Dinge eben nicht so, wie man glaubt, und manchmal täuscht man sich in Menschen.«

Sie blickte stumm zurück und wich dann gar seinem Blick aus. »Seit wann weißt du es?«, fragte sie matt.

»Wissen wäre zu viel gesagt«, seufzte Merten und lehnte sich zurück. Er wirkte nun sichtlich erschöpft. »Sophia und Hinrich haben den Mord am General und an Gertraud geleugnet, aber nur die beiden. Warum sollten sie hier lügen, wenn sie die anderen freimütig zugeben? Und genau diese zwei Toten passten auch die ganze Zeit nicht ins Bild und gaben ein Rätsel nach dem anderen auf.«

Merten erzählte ruhig mit geschlossenen Augen, während Maria in den dunkelroten Wein starrte.

»Anfangs dachte ich noch, die beiden waren auf den Fluren unterwegs und waren zur falschen Zeit am falschen Ort, aber es wäre schwierig, so präzise Stiche ins Herz in einem Kampf zu setzen und dann die Leichen noch unbemerkt zurück in ihr Bett zu bringen. Aber auch sie unbemerkt im Bett zu töten, wäre nicht einfach. Wie wir gesehen haben, wurden sogar ihre Nachthemden vorher geöffnet. Der General war ein wackliger, kranker Mann, aber selbst er hätte noch so viel Gegenwehr und Lärm gemacht, dass sogar der alte Maulwurf neben ihm etwas mitbekommt. So viel von seiner Medizin konnte er gar nicht trinken.«

Erneut machte Merten eine Pause, bevor er mit seinem Gedankengang fortfuhr. »Dazu kommt noch die spezielle Wunde, die nur von einer sehr besonderen Waffe verursacht werden kann. Ein Messer verursacht einen anderen Schnitt, das habe ich leider selber schon erfahren müssen. Der Degen des Generals stammt aus Italien und die Scheide für die Linkhandwaffe war leer. In Italien wird oft das Stilette als Zweitwaffe beim Fechten verwendet. Eine meist dreieckige Klinge, sehr Spitz, aber nicht scharf. In manchen Regionen ist sie auch untersagt, da sie von Meuchlern verwendet wird. Eine Waffe, die perfekt zu den Wunden passen würde. Nur ergibt das noch weniger Sinn. Nachts auf dem Gang hätte der General sie nicht dabei und welcher Mörder geht schon ohne eigene Waffe zu seinem Opfer ans Bett in der Hoffnung, dort eine zu finden?«

»Du brauchst nicht weiterzureden«, flüsterte Maria leise.

Doch Merten räusperte sich und fuhr fort: »Die einzig sinnvolle Erklärung ist, dass der General gar nicht ermordet wurde, zumindest nicht gegen seinen Willen. Der alte Haudegen wollte immer durch die Klinge sterben und hatte tiefe Abscheu gegen die Vorstellung, langsam in seinem Bett zu Tode zu siechen. Er hatte die Waffe und er wusste auch, wie man sie richtig einsetzen musste, für einen schnellen, schmerzlosen Tod ohne verräterische Anzeichen. Nur konnte er das nicht allein. Zum einen ist das technisch nicht so einfach und zum anderen ging dem alten Kämpen die Selbstentleibung sicherlich gegen die Soldatenehre.«

»Viel mehr hatte er ja nicht mehr«, stimmte Maria mit feuchten Augen zu.

Merten nickte. »Also brauchte er jemanden, der ihm hilft, den er anleiten konnte, wie vorzugehen ist. Ich bin mir sicher, dass auch Gertraud dieses Bedürfnis hatte. Nun zeigen unsere Gesetze und die Kirche wenig Verständnis für diese Art von letzter Hilfestellung. Also stellt sich die Frage, wer auf dem Hof bereit wäre, sein eigenes Leben aus Mitgefühl für die Kranken aufs Spiel zu setzen, nahe zum General stand und sich nachts unauffällig durch die Gänge bewegen und in die Zimmer gehen konnte.«

Maria vergrub ihr Gesicht in den Händen. »Sie haben sehr gelitten und es war ihr letzter Wunsch. Die Kranken fragen immer wieder nach Hilfe, aber beim General … Ich konnte ihm das nicht verwehren und als die Gertraud davon erfahren hat …«

Merten senkte den Kopf und rieb sich die müden Augen. Er fühlte sich gerade sehr alt und kraftlos.

»Wirst du mich verraten?«, fragte die Pflegerin tonlos.

Merten schüttelte schwach den Kopf. »Wie könnte ich? Sie würden dich nach Sankt Georg auf den Richtblock schicken.«

Maria atmete langsam ein und aus und sah Merten lange an. Dann legte sie sich stumm neben ihn und schloss die Augen.

Kapitel 32

Samstag, 9. November 1619

Es war kühl draußen, sodass sich helle Wölkchen vor den Mündern und Nasen der Menschen um den Hof bildeten, aber es war klar und hell und der wolkenlose Himmel leuchtete in einem hellen Blau.

Auf einen Stock gestützt ging Merten durch den Hofgarten und ließ sich schließlich auf einer Bank nieder. Er spürte die misstrauischen Blicke der meisten Bewohner, die dem »Auferstandenen« lieber aus dem Weg gehen würden. Fröstelnd zog er den Umhang enger und genoss nach den Tagen im Bett dennoch die Strahlen der Sonne auf seinem Gesicht.

Zufrieden beobachtete er den riesigen Gerd, wie er einige schwere Holzscheite zur Küche trug. Sandtmann hatte ihm eine gewisse Unbedenklichkeit bescheinigt und Möhring mochte Merten momentan ohnehin keinen Wunsch abschlagen. Auch Brid Eisner war wieder so frei, wie man es im Tollhaus sein konnte. Die Zeit in der Kiste schien sie jedoch noch weiter von der Realität entrückt zu haben, als sie es vorher schon war.

»M… Morgen, Merten. Wie… wieder wohlauf?«, sprach ihn Balthasar von der Seite an.

Merten nickte und machte ein wenig Platz auf der Bank. Balthasar war einer der wenigen, die ihn nicht mieden nach seiner Rückkehr aus dem Sarg.

»Es geht schon. Spielen wir nachher eine Partie?«, fragte er und schaute zufrieden blinzelnd Richtung Sonne.

Balthasar nickte. »Sch… schlimme Sachen, die d… da passiert sind mit dem L… La… Lademacher«, meinte er dann.

»Ja, schlimme Sachen«, stimmte Merten knapp zu.

Eine Weile schwieg Balthasar. »Und schade, dass M… Maria gegangen ist. So kurz v… vor dem Winter.«

Merten nickte. »Ja, das ist sehr schade. Ich glaube, sie brauchte etwas Abstand vom Hof. Sie wird schnell eine neue Anstellung finden. Es gibt mehrere Hospitäler hier und Möhring hat ihr ein gutes Empfehlungsschreiben ausgestellt.«

Balthasar wischte sich die von der Kälte feuchte Nase. »Ho… hoffe, sie kommt w… wieder.«

»Das hoffe ich auch«, seufzte Merten. Mühsam stemmte er sich in die Höhe. »Ich muss noch etwas erledigen«, verabschiedete er sich.

»B… bis später«, verabschiedete auch Balthasar ihn und hob kurz die Hand.

Mertens Weg führte ihn vorbei am vollständig abgebrannten Gerätehaus. Weder das Werkzeuglager noch die Scheune waren zu retten gewesen. Letztendlich war mit dem Brand auch die unterirdische Kammer vollständig eingestürzt. Zum Glück hatte das Feuer jedoch nicht auf das Badehaus oder gar das Hauptgebäude übergegriffen.

Möhring hatte die letzten Tage alle Hände voll zu tun gehabt, neue Angestellte für den Pesthof einzustellen. Die ersten kräftigen Hände waren bereits damit beschäftigt, die verkohlten Trümmer abzutragen, und an den Mauern lehnte bereits neues Bauholz.

Sein Weg führte ihn an der kleinen Baustelle vorbei, bis er das Tollhaus betrat.

Die meisten Einwohner waren bei dem klaren Wetter im Garten oder mit Arbeiten beschäftigt. Dennoch verfolgten ihn einige neugierige Augenpaare auf seinem Weg zu den Tollkisten. Er schob einen kleinen Schemel vor eine der niedrigen Türen und öffnete die kleine hölzerne Klappe.

»Wer ist da?«, hörte er eine aufgeregte Stimme aus der Dunkelheit.

Merten schwieg, bis ein nervös blinzelndes Augenpaar auf der anderen Seite der Sichtluke auftauchte.

»Herr Overdiek, Sie müssen mich hier rausholen, ich bin nicht verrückt«, rief Lademacher hastig in der Kiste.

Merten lächelte kühl. »Das ist kaum zu glauben, nach allem, was Sie getan haben. Feuer gelegt, den Hausmeister und die Sophia erschlagen, selbst den Mord am Dirk Hinrichs haben Sie uns gestanden.«

»Das ist nicht wahr, das habe ich nie getan«, rief Lademacher verzweifelt.

»Nun, dann steht wohl Ihr Wort gegen meines und das von Meister Möhring und Schwester Oppermann. Seien Sie froh, dass wir den Brookvogt und den Physikus Sandtmann von Ihrer Tollheit überzeugen konnten. Sonst würde Ihr Kopf jetzt vom Köppelberg rollen.«

Lademacher schluckte hart. »Ich will die ganze Wahrheit sagen. Besser hingerichtet als hier drin.«

Merten schüttelte den Kopf. »Das untersagt das Stadtrecht, die Tollen können nicht zur Rechenschaft gezogen werden«, sagte er ruhig und schloss die Klappe. Er fand, man musste nicht immer ein guter Mensch sein.

ENDE

ANHANG

Dankeschön!

Liebe Leserin, lieber Leser,

vielen Dank, dass Du diese Geschichte bis zu ihrem Ende verfolgt hast!
Applaus ist das Brot des Künstlers. Wenn Dir dieses Buch also gefallen hat, würde ich mich sehr über eine Bewertung bei Deinem Shop von Dir freuen.
Hast Du Fragen, Anmerkungen oder Kritik? Dann schreibe mir gerne eine Mail an Albrecht.Sommerfeldt@googlemail.com

Du willst kein neues Buch verpassen? Dann schau mal auf meine Website und registriere Dich für den Newsletter.
https://www.albrecht-sommerfeldt.de/kontakt

Ein paar Körnchen Wahrheit

Grundsätzlich handelte es sich um eine fiktive Geschichte. Es gibt keinerlei Hinweise auf Morde im Pesthof.

Richtig ist, dass der Pesthof 1606 auf dem Hamburger Berg, der sich heute im Amüsierviertel St. Pauli befindet, errichtet wurde. Die bisherigen Hospitäler waren mit der Versorgung der Kranken bei den auftretenden Pestepidemien im 15. und 16. Jahrhundert überfordert. Die provisorisch errichteten Lazarette im Gebiet der Hamburger Neustadt grenzten jedoch zu nah an die Wohnhäuser der expandierenden Stadt.

Nach Ausbruch der letzten Pestepidemie 1604 beschlossen daher Rat und Bürgerschaft die Gründung des Pesthofs weiter vor den Toren der Stadt auf halbem Weg zu Altona.

Er war keine städtisch finanzierte Einrichtung, sondern eine bürgerliche Stiftung, in der auch andere Kranke versorgt wurden. Angeschlossen war auch ein »Tollhaus« für psychisch Kranke. Wie in anderen Hospitälern bestand auch dort die Möglichkeit, sich dort für einen Altersruhesitz einzukaufen.

Es ist unklar, ob der Pesthof in Epidemiezeiten überhaupt jemals als Seuchenhospital eingesetzt wurde oder ob seine anderweitige Belegung dies unmöglich machte.

Bis zu seiner Zerstörung durch napoleonische Besatzungstruppen im Winter 1813/14 wurde der Hof immer weiter ausgebaut.

1636 war der Hof auf 177 Bettstellen angewachsen, wobei nicht jeder Kranke über ein eigenes Bett verfügte. Im 17.

Jahrhundert hatte nur etwa jeder zweite Kranke eine eigene Bettstelle, später soll sich das Verhältnis noch weiter verschlechtert haben. Gut situierte Kranke musste daher ein eigenes Bett nebst dem zugehörigen Leinenzeug stellen.

Im Gegensatz zur sonstigen Ausstattung soll die Verpflegung für die damalige Zeit hingegen gut gewesen sein.

Neben dem quadratischen Hauptbau mit Innenhof gab es das erwähnte Tollhaus, ein Waschhaus, ein Pastorenhaus und einen Kräutergarten. Später wurden noch weitere Gebäude angeschlossen. Die ganze Anlage wurde von einem Wassergraben umfasst. Da er nicht nur als Einfriedung und Löschwasserreservoir, sondern auch zur Abwasserentsorgung genutzt wurde, verdreckte er zunehmend und soll eine starke Geruchsbelästigung in der ganzen Umgebung verursacht haben.

Die medizinische und ökonomische Leitung wurde zunächst aus Kostengründen in Personalunion durch den Pestmeister sichergestellt. Seit 1611 wird der Amtsbarbier Peter Möhring, der vorher im heiligen Geist Hospital beschäftigt war, in den Büchern geführt. Weiterhin ist von drei »Pflegeweibern«, einem »Jungen«, Hilfspersonal, einem Vorleser und einem Schulmeister die Rede. Die Schulmeisterstelle soll aufgrund von Alkoholproblemen öfters neu besetzt worden sein.

Ob sich Kranke mit »dem Aussatz«, also der Lepra, im Hof aufgehalten haben, ist nicht überliefert.

Die Lepra hatte ihren Höhepunkt im 13. Jahrhundert und ging mit dem Ende des 16. Jahrhunderts stark zurück. Im 17. Jahrhundert fanden schließlich kaum noch Leprakranke

Erwähnung. Die Ursache für den Rückgang waren vermutlich verbesserte Hygiene, aber auch die Verdrängung durch schneller tötende Krankheiten wie Pest, Cholera und Typhus.

Lepröse wurden stark ausgegrenzt, da die Krankheit als Strafe Gottes galt. Im Mittelalter organisierte die Kirche gar zu Lebzeiten der Kranken ein reguläres Begräbnis und lasen ihnen die Totenmesse. Es folgte der Ausschluss aus der Gemeinde. Die Kranken mussten von da an ihr Dasein in speziellen Lepraspitälern, einem sogenannten Leprosorium fristen.

Auch von Übergriffen der Bevölkerung auf Leprakranke oder Lepraspitäler wird berichtet.

Außerhalb des Spitals waren die Kranken angehalten ihre Umwelt durch eine besondere Leprosentracht zu warnen. Sie bestand aus einem kuttenähnlichen, grauen Gewand, einem grauen Hut und weißen Handschuhen, dazu einem Zeigestock und Siechenschellen oder einer Warnklapper, um Gesunden ihre Anwesenheit anzuzeigen.

Mit dem Rückgang der Lepra wurden auch zunehmend andere Kranke oder mittellose Gesunde in den Lepraspitälern aufgenommen oder Lepröse in die regulären Hospitäler eingeliefert.

Es ist zu vermuten, dass sich die gesellschaftliche Stigmatisierung mit dem Rückgang der Krankheit ein wenig besserte, aber die Kranken wurden weiterhin weitgehend aus der Gesellschaft ausgestoßen.

Bereits veröffentlicht

Hamburg 1617, Kirchspiel um St. Jakobi.

Dunkle, enge Twieten, die vor Unrat starrten. Ortsfremde Bettler, die aus Angst vor Staupenschlag und Vertreibung nur verstohlen ihre Schüssel aus den Schatten zur Straße hielten. Strichkatzen, die mit gehobenen Röcken versuchten Freier für ein schnelles Geschäft in eine Gasse zu locken. Ärmliche Kammern voll von Hungerleidern und Habenichtsen. ›Glunterschratzen‹, also Hurenkinder, wurden sie im Rotwelsch, der Geheimsprache der Vagabunden und Diebe, abfällig genannt.

Abseits der großen Handelshäuser bot das Stadtviertel der ärmlichen Handwerker, Gauner und Landarbeiter nur wenig vom sonstigen Glanz der aufblühenden Hansestadt.

Doch dieser Pfuhl aus Dreck und krummen Geschäften war das vertraute Zuhause des knorrigen Veteranen und Tagelöhners Johann Gabelschlag.

Eigentlich gingen seine Geschäfte gerade gut genug, dass er sich kaum Sorgen um den anstehenden Winter machte. Wäre da nicht diese beunruhigende Geschichte gewesen, die von Tag zu Tag längere und düstere Schatten warf. Denn wahrlich nicht jeder, den die schmutzigen Gassen verschluckten, wurde vermisst oder gar betrauert.

ALBRECHT SOMMERFELDT
Teufelstaler
HISTORISCHER
THRILLER

Hamburg 1618

Ein Schicksalsschlag führt den Medizinstudenten Rasmus Steinschneider aus der Prager Karls-Universität zurück in seine Geburtsstadt Hamburg.

Doch düstere Dinge gehen in seiner alten Heimat vor und gar der Teufel selbst scheint seine Klauen nach der Hansestadt auszustrecken.

Während Rasmus versucht, die Ehre seiner Familie wiederherzustellen, gerät er selbst immer mehr in Gefahr, durch die rätselhafte Bedrohung sein Leben oder gar seine unsterbliche Seele zu verlieren.

Zur Seite steht ihm dabei außer seinem alten Freund Casper ausgerechnet Max Grave, der Scharfrichter.

Doch welche verfluchte Macht mag immer mehr gute Seelen auf die Seite des Leibhaftigen ziehen? Und was hat es mit den unheimlichen Münzen auf sich, die anscheinend direkt in der Hölle geprägt wurden?

Quellenangaben

Titelbild:

The Premature Burial. Oil painting by Antoine Joseph Wiertz

Quelle: Wikipedia; public domain / gemeinfrei

Rückseite:

Georg Braun, Historische Karte Hamburg 1588;

Quelle: Wikipedia; public domain / gemeinfrei

„Es ist wichtig, einen kranken Körper zu stärken, damit er dem Teufel und seinen Gehilfen Widerstand leisten kann."
Hildegard von Bingen (1098 - 1179)

Der Pesthof